ÉLAGUÉ

Hate List

Hate List

Jennifer Brown

Hate List

*Traduit de l'anglais (américain)
par Céline Alexandre*

Jennifer Brown vit à Kansas City dans le Missouri, avec son mari et leurs trois enfants. Récompensée à deux reprises aux Erma Bombeck Global Humor Awards, elle est chroniqueuse pour le journal *Kansas City Star*. *Hate List* est son premier roman.

Titre original :
HATE LIST
(Cette édition a été publiée avec l'accord de Little, Brown and Company (Inc.), New York, 2009)
© Jennifer Brown, 2009
Tous droits réservés, y compris droits de reproduction totale ou partielle, sous toutes ses formes.

Pour la traduction française :
© Éditions Albin Michel, 2012

Pour Scott

*We'll show the world they were wrong
And teach them all to sing along.*

« Nous prouverons au monde qu'ils avaient tort
Et nous leur apprendrons à chanter en chœur avec nous. »

Nickelback

Première partie

1

[Extrait du *Sun-Tribune* du comté de Garvin, 3 mai 2008, Angela Dash, envoyée spéciale]

Les enquêteurs chargés d'identifier les victimes de la tuerie qui a eu lieu vendredi matin dans la cafétéria du lycée de Garvin, cafétéria connue sous le nom du « Foyer », avouent avoir découvert une scène particulièrement « lugubre ».

« Nous avons des équipes sur place qui inspectent le moindre détail, affirme le sergent Pam Marone. Nous commençons à avoir une idée précise de ce qui s'est passé hier matin. Ça n'a pas été facile. Certains de nos officiers les plus aguerris ont été très secoués en arrivant sur place. C'est une tragédie épouvantable. »

La tuerie, déclenchée au moment où les élèves se préparaient pour le premier cours de la journée, a fait au moins six morts parmi eux, et un nombre important de blessés.

Valérie Leftman, âgée de seize ans, fut la dernière victime visée avant que Nick Levil, le tueur présumé, ne retourne son arme contre lui.

Touchée en pleine cuisse et à bout portant, Leftman a dû subir des soins chirurgicaux importants en raison de la gravité de ses blessures.

L'hôpital du comté de Garvin estime qu'elle fait partie des personnes qui sont « dans un état critique ».

« Elle saignait énormément, a précisé un médecin urgentiste à nos envoyés spéciaux. Il a dû toucher l'artère. »

« Elle a beaucoup de chance, a renchéri une infirmière travaillant aux urgences. Elle va sans doute survivre, mais nous sommes obligés d'être très vigilants. Surtout vu le nombre de personnes qui souhaitent l'interroger. »

Les rapports des témoins du massacre varient. Certains affirment que Leftman est une victime, d'autres une héroïne, d'autres encore prétendent qu'elle était impliquée dans le projet de Levil d'éliminer certains élèves qu'ils ne supportaient pas.

À en croire le témoignage de Jane Keller, qui a vu de ses propres yeux le massacre, Levil aurait tiré sur Leftman accidentellement. « J'ai l'impression qu'elle a trébuché sur quelque chose mais je n'en suis pas complètement sûre, a-t-elle confié à nos envoyés. Tout ce que je sais c'est qu'après, tout est allé très vite. Et quand elle s'est écroulée sur lui, certains en ont profité pour fuir. »

La police enquête pour savoir si le coup tiré sur Leftman était accidentel ou si c'est un double suicide qui aurait mal tourné.

Des premières sources semblent indiquer que Leftman et Levil avaient soigneusement organisé leur suicide ; d'autres témoins, proches du couple, ajoutent qu'ils parlaient aussi d'homicide, d'où les doutes de la gendarmerie qui s'interroge pour savoir si la tuerie de Garvin n'aurait pas des causes plus profondes.

« Ils parlaient souvent de la mort, affirme Mason Markum, un ami proche de Leftman et Levil. Nick en parlait plus souvent que Valérie, mais quand même, elle aussi y faisait allusion. On pensait que c'était une espèce de jeu entre eux, mais j'imagine qu'ils ne plaisantaient pas. J'ai du mal à croire qu'ils étaient sérieux. C'est fou, il

y a trois heures encore je discutais avec Nick et il ne m'en a pas dit un mot. Pas un. »

Que les blessures de Leftman soient intentionnelles ou non, il fait peu de doute dans l'esprit de la gendarmerie que Nick Levil avait prévu de se suicider après avoir tué une demi-douzaine d'élèves du lycée de Garvin.

« Des témoins présents au moment de la fusillade affirment qu'après avoir tiré sur Leftman il a pointé son fusil sur sa tempe avant d'appuyer sur la gâchette », confirme Marone. Levil a été déclaré mort sur les lieux du crime.

« C'était un soulagement, avoue Keller. Certains gamins ont poussé des cris de joie, ce qui est à mon avis une erreur. En même temps je comprends leur réaction. C'était franchement terrifiant. »

La gendarmerie du comté de Garvin enquête pour savoir dans quelle mesure Leftman est impliquée dans la tuerie. La famille de la jeune fille a refusé d'émettre le moindre commentaire ; de son côté, la gendarmerie se contente de répéter qu'elle est « impatiente » d'avoir un entretien avec la jeune fille.

L'alarme de mon réveil venait de sonner pour la troisième fois quand ma mère s'est mise à marteler ma porte pour que je sorte de mon lit. Jusqu'ici, rien de spécial. Sauf que ce matin-là, c'était différent. C'était le jour où j'étais censée me ressaisir et reprendre ma vie en main. Mais chez les mères, les vieilles habitudes ont la vie dure : il suffit que l'alarme à répétition de votre réveil ne marche pas pour qu'elles hurlent et frappent, quelle que soit la journée qui vous attend.

Peu à peu j'ai reconnu ce léger tremblement qu'elle a si souvent dans la voix depuis quelque temps. Ce tremblement qui signifie qu'elle ne sait plus si c'est parce que je suis difficile ou si elle ferait mieux d'appeler le numéro d'urgence, 911.

– Valérie ! Lève-toi ! Ton lycée a été particulièrement indulgent en acceptant de te reprendre. Alors ne fiche pas tout en l'air dès le jour de la rentrée !

Comme si j'étais contente de retourner au lycée. De remettre les pieds dans ces immenses couloirs hantés ; dans le Foyer, là où le monde tel que je le connaissais a définitivement explosé en mai dernier. Comme si je n'en avais pas fait des cauchemars, de cette cafétéria, toutes les nuits, quand je me réveillais en sueur, en larmes, soulagée comme jamais de me retrouver dans l'atmosphère rassurante de ma chambre.

Le lycée a eu du mal à savoir si j'étais plutôt du côté des bons ou des méchants. Je pourrais difficilement leur en vouloir. Je ne le savais plus très bien moi-même. Étais-je le mauvais génie qui avait mis en branle le plan pour éliminer la moitié de son lycée, ou l'héroïne qui s'était sacrifiée pour mettre fin à la tuerie ? Il y a des jours où j'avais l'impression d'être les deux. D'autres, ni l'un ni l'autre. C'est tellement compliqué.

La direction du lycée a essayé d'organiser une espèce de cérémonie pour moi au cours de l'été. Délirant. Je n'ai jamais eu l'intention d'être une héroïne. Quand j'ai bondi pour m'interposer entre Nick et Jessica, j'ai agi par réflexe. Jamais je ne me suis dit : « Ça y est, c'est le moment de sauver la fille qui se foutait de moi et m'appelait Sœur Funèbre, et au passage je me ferai tirer dessus. » C'est vrai qu'en soi c'était héroïque, mais dans mon cas... disons que... personne n'est vraiment sûr.

J'ai refusé d'assister à la cérémonie. Raconté à ma mère que j'avais trop mal à la jambe, il fallait que je dorme, et de toute façon, c'était une idée débile. C'était typique du lycée, je lui ai dit, d'organiser un truc aussi bâtard. Pour un empire, jamais je n'irais participer à un rassemblement aussi nul.

La vérité, c'est que j'avais peur d'aller à la cérémonie. J'avais peur d'affronter tous ces gens. Peur de voir qu'ils croyaient ce qu'ils avaient lu dans les journaux ou vu à la télé sur moi, que j'étais une tueuse. Peur de le lire dans leurs regards : *Tu aurais mieux fait de te suicider, comme lui*, même si personne n'oserait le dire tout haut. Ou pire, qu'ils fassent de moi une jeune femme courageuse, dévouée, ce qui aurait ajouté à mon malaise, car c'était mon petit copain qui avait tué ces ados, et apparemment je l'avais incité à croire que moi aussi je voulais qu'ils meurent. Sans compter que j'étais l'idiote de service qui n'avait pas idée que le type dont elle était amoureuse s'apprêtait à faire un carnage au lycée. Même s'il m'avait prévenue, l'air de rien, tous les jours.

Chaque fois que j'ouvrais la bouche pour en discuter avec Maman, tout ce qui me venait c'était, *Pas moyen. Pour un empire, jamais je n'irais participer à un rassemblement aussi nul.* Faut croire que les vieilles habitudes sont difficiles à perdre pour tout le monde.

Ce soir-là, c'est M. Angerson, le proviseur, qui a fini par venir chez nous. Il s'est assis à ma place face à la table de cuisine et il a discuté avec Maman de... je ne sais pas... Dieu, le destin, les traumatismes de la vie, peu importe. En fait, j'en suis sûre, il attendait que je sorte de ma chambre et que je débarque avec un grand sourire en déclarant que j'étais trop fière de mon lycée et trop heureuse d'avoir sacrifié ma personne pour Mademoiselle Jessica Campbell-la-Parfaite. Qui sait s'il n'attendait pas aussi que je m'excuse. Ce que j'aurais fait, volontiers, si j'avais su comment. Mais jusque-là, j'étais incapable de trouver les mots.

Au contraire, j'ai monté le volume de la musique et je me suis enfouie sous mes draps pendant qu'il m'attendait dans la cuisine. Je ne suis pas sortie, même quand Maman est venue frapper à ma porte en me suppliant avec une voix genre « je suis pro » d'être bien élevée et de descendre.

– Valérie, s'il te plaît ! a-t-elle sifflé en entrouvrant la porte et pointant le bout du nez.

Je n'ai rien répondu. J'ai tiré les draps au-dessus de ma tête. C'est pas que je ne voulais pas ; je ne pouvais pas. Sauf que Maman était incapable de comprendre. Pour elle, plus les gens me « pardonneraient », moins j'aurais de raisons de me sentir coupable. Pour moi, c'était... exactement le contraire.

Un peu plus tard j'ai vu des phares se réfléchir contre la fenêtre de ma chambre. Je me suis redressée pour jeter un coup d'œil dans la contre-allée. M. Angerson s'en allait. Quelques secondes plus tard, Maman est revenue frapper.

– Quoi ?

Elle est entrée ; elle semblait intimidée, un vrai bébé faon. Elle avait le visage tout rouge, barbouillé, et le nez sérieusement pris. Elle tenait cette médaille naze, avec une lettre de « remerciements » de la part de l'académie scolaire.

– Ils ne t'en veulent pas. Ils tiennent à ce que tu le saches. Ils voudraient que tu reviennes. Ils ont été très sensibles à la façon dont tu as réagi, m'a-t-elle déclaré en me donnant la médaille et la lettre.

J'ai jeté un œil sur le courrier et j'ai vu qu'il était signé par une dizaine de profs, à peine. Évidemment, M. Kline n'en faisait pas partie. Et pour la je-ne-sais-combientième fois depuis le jour de la tuerie, j'ai été prise d'un sentiment de culpabilité terrifiant : Kline était typiquement le style de prof qui aurait signé, sauf qu'il ne risquait pas vu qu'il était mort.

Je savais que Maman espérait de ma part un signe de reconnaissance. Un geste montrant que si le lycée était prêt à poursuivre, alors moi aussi, peut-être. Nous tous aussi, peut-être.

– Euh, ouais, écoute... ai-je bredouillé en lui rendant la médaille et la lettre. C'est, euh... super.

J'ai fait ce que j'ai pu pour sourire et la rassurer, mais impossible, je n'y arrivais pas. Et si je n'avais pas envie de poursuivre, si je n'étais pas prête ? Si cette médaille me rappelait que le garçon en qui j'avais eu confiance comme en personne au monde avait tiré sur des gens, sur moi, sur lui-même ? Pourquoi ne comprenait-elle pas qu'accepter les « remerciements » du lycée était trop douloureux pour moi ? Comme si la reconnaissance était le seul sentiment que je pouvais éprouver à ce moment-là. Reconnaissance parce que j'avais survécu. Parce que j'étais pardonnée. Parce qu'ils admettaient que j'avais sauvé la vie de plusieurs élèves du lycée de Garvin.

En réalité, la plupart du temps, j'avais beau prendre sur moi, j'étais incapable d'éprouver de la reconnaissance. Et j'aurais été incapable de dire dans quel état je me sentais :

triste, parfois, ou soulagée, ou alors confuse, ou incomprise. Mais très souvent, en colère. Le pire, c'est que je ne savais pas à qui j'en voulais le plus : à moi-même, à Nick, à mes parents, au lycée, au monde entier... Mais la colère la plus insupportable, c'était celle que je ressentais contre les élèves qui étaient morts.

– Val... m'a implorée Maman.

– Non, vraiment. C'est sympa. Je suis épuisée, Maman. Je te promets. Ma jambe me...

J'ai plongé ma tête dans mon oreiller et je me suis recroquevillée sous mes couvertures.

Maman est sortie de ma chambre, tête basse, légèrement voûtée. Je savais qu'elle allait préparer le terrain auprès du docteur Hieler à propos de « ma réaction » en prévision de notre prochain entretien. Je l'imaginais déjà assis sur sa chaise : « Alors, Val, tu ne crois pas qu'il faudrait qu'on parle de cette médaille... »

Plus tard, Maman a rangé la médaille et la lettre dans un coffre avec d'autres babioles de mon frère et moi accumulées au cours des années. Travaux manuels du jardin d'enfants, bulletins scolaires de sixième, courrier du lycée me remerciant d'avoir mis fin à une tuerie... Pour Maman, d'une certaine façon, tout ça devait coller.

C'était sa manière à elle, têtue, d'exprimer son espoir. Son espoir qu'un jour je serais de nouveau « quelqu'un de bien », même si elle avait peu de chance de se souvenir du dernier jour où j'étais une fille « bien ». Remarquez, moi non plus, quand j'y pense. C'était quand ? Avant le jour de la tuerie ? Avant que Jeremy ne débarque dans la vie de Nick ? Avant le début de la haine entre Papa et Maman, et avant que j'aie besoin de quelqu'un ou de quelque chose qui m'éloigne de ce cauchemar ? À l'époque où j'avais des bagues aux dents, où je portais des pulls aux couleurs pastel, où j'écoutais le Top 50 et où je pensais que la vie était un long fleuve tranquille ?

La sonnerie du réveil a de nouveau retenti. J'ai donné un vague coup dessus, en le renversant au passage.

– Allez, Valérie ! s'est écriée Maman. (J'imagine qu'à ce point-là elle devait avoir le téléphone sans fil en main, prête à appuyer sur le 9.) Les cours reprennent dans une heure. Réveille-toi !

Je me suis blottie contre mon oreiller en regardant les chevaux imprimés sur mon papier peint. Depuis que je suis petite, chaque fois que j'ai des soucis, je m'allonge sur mon lit et j'admire ces chevaux en imaginant que je bondis sur l'un d'eux et disparais au loin. Je chevauche, je chevauche... mes cheveux ondulant derrière moi, mon cheval ne connaissant jamais la fatigue ni la faim, sans croiser âme qui vive. Rien, sinon un infini de possibles se déroulant face à moi jusqu'à l'éternité.

À présent les chevaux n'étaient plus qu'un banal motif de papier peint pour enfants. Ils ne m'emportaient plus nulle part. Ils ne pouvaient plus. Je n'avais plus d'illusions et c'est ce qui me rendait si triste. Ma vie entière n'était qu'un immense rêve creux et vide d'espoir.

J'ai entendu un cliquetis autour de la poignée de ma porte. Que j'étais bête – la clé. À un moment, le docteur Hieler, d'habitude cent pour cent de mon côté, avait autorisé ma mère à utiliser la clé pour entrer dans ma chambre quand elle en avait envie. *Au cas où... En guise de précaution...*

Vu les idées de suicide possibles... Vous voyez ce que je veux dire. Du coup, chaque fois que je ne réponds pas quand elle frappe, elle entre sans se gêner, téléphone sans fil à la main, au cas où je serais là, gisant au milieu d'une mare de sang et de lames de rasoir sur ma jolie descente de lit en forme de marguerite.

J'ai regardé la poignée de porte tourner. Paralysée. Elle est entrée sur la pointe des pieds. J'en étais sûre. Téléphone sans fil à la main.

– C'est bien, tu es réveillée, a-t-elle déclaré en souriant avant de se précipiter sur la fenêtre.

Elle a ouvert les stores vénitiens. J'ai été aveuglée par la lumière du soleil matinal.

– Tu as mis un tailleur, ai-je fait remarquer en me protégeant les yeux.

Avec sa main libre, elle a lissé sa jupe poil de chameau à la hauteur des cuisses. Timidement, comme si c'était la première fois qu'elle faisait un effort d'élégance. Elle a eu l'air – quelques secondes – aussi peu rassurée que moi, et j'ai eu pitié d'elle.

– Oui, a-t-elle répondu en tapotant l'arrière de ses cheveux. Je me disais que comme c'était ta rentrée, je ferais bien de... tu comprends... d'essayer de reprendre à plein temps au bureau.

Je me suis assise dans mon lit. J'avais l'impression d'avoir le crâne aplati, au-dessus de la nuque, à force d'être allongée depuis si longtemps, et j'avais des fourmis dans les jambes. Par réflexe, j'ai frotté la cicatrice sur ma cuisse.

– Ma rentrée ?

Elle s'est approchée en enjambant un tas de linge sale avec ses talons hauts assortis à sa jupe.

– Ben... oui. Ça fait plusieurs mois. Le docteur Hieler pense que je fais bien de recommencer à travailler. Mais je pourrai passer te prendre à la sortie du lycée.

Elle s'est assise sur mon lit en me caressant les cheveux et en ajoutant :

– Tout ira bien.

– Comment peux-tu en être sûre ? Qu'est-ce qui te permet de dire que tout ira bien ? Tu ne peux pas savoir. Au printemps, l'année dernière, ça n'allait pas bien du tout et tu n'as rien vu.

Je me suis levée de mon lit. J'avais la gorge nouée et j'étais au bord des larmes.

Elle s'est redressée en agrippant le sans-fil.

– J'en suis sûre, Val. Plus jamais tu ne vivras une journée pareille, ma chérie. Nick est... a... disparu. Alors essaie de ne pas te mettre dans tous tes états...

Trop tard. Je l'étais déjà. Et plus elle restait là, scotchée sur mon lit, à me caresser les cheveux comme quand j'étais petite et que je reconnaissais ce que j'appelais son « parfum du travail », plus ça devenait concret : oui, je retournais au lycée. C'était la rentrée.

– On s'est tous mis d'accord pour dire que c'était la meilleure solution, Valérie, tu te rappelles ? On était assis dans le bureau du docteur Hieler et on a fini par conclure que fuir Garvin serait ce qu'il y aurait de pire pour la famille. C'est toi qui le voulais. Tu avais peur que Frankie souffre à cause de ce qui s'est passé. En plus ton père a son cabinet d'avocats... alors l'abandonner pour tout recommencer ailleurs, ça serait vraiment trop dur pour nous d'un point de vue financier...

– Maman...

Je n'avais pas grand-chose à lui opposer. Elle avait raison. C'est moi qui avais dit que Frankie ne devait pas avoir à quitter ses amis. Ce n'est pas parce que c'était mon petit frère qu'il fallait qu'il change de ville et d'école. Et Papa, dont la mâchoire se contractait de rage chaque fois que quelqu'un évoquait l'éventualité d'un déménagement familial, n'avait aucune raison d'être obligé de monter un nouveau cabinet d'avocats alors que créer celui-ci lui avait demandé un travail fou. Et puis je n'avais aucune raison de me retrouver enfermée à la maison avec un tuteur ou, pire, obligée d'aller dans un nouveau lycée pour ma dernière année. Plutôt mourir que de me faire la belle comme une criminelle alors que je n'avais rien fait de mal.

– De toute façon je pourrais difficilement faire comme si personne au monde ne me connaissait, avais-je répondu en promenant le bout de mes doigts sur le bras du canapé du docteur Hieler. Ou comme si je pouvais trouver un lycée où personne n'aurait entendu parler de moi. Vous imaginez l'accueil auquel j'aurais droit si je débarquais dans un nouveau lycée ? Au moins à Garvin, je sais à quoi m'attendre. En plus, si je pars, les gens seront d'autant plus convaincus que je suis coupable.

– Ça va être dur, m'avait-il prévenue. Tu vas devoir affronter un sacré nombre de dragons.

– Qu'est-ce que ça change ? J'ai l'habitude.

– Tu es vraiment sûre ?

– C'est pas juste, pourquoi je serais obligée de partir ? Je tiendrai le coup. Si c'est un cauchemar, je peux toujours changer à la fin du semestre. Mais j'y arriverai. Je n'ai pas peur.

C'était à l'époque où l'été se déroulait face à nous comme un long ruban sans fin. Où la « rentrée » était une idée, pas une réalité. Une idée à laquelle je croyais. Je n'étais coupable de rien si ce n'est d'être amoureuse de Nick et de haïr tous ceux qui nous harcelaient, et il était hors de question que je disparaisse comme une voleuse pour fuir les gens qui pensaient que j'étais coupable d'autre chose. Hélas, maintenant qu'il fallait passer à l'acte, je n'avais pas seulement peur, j'étais terrorisée.

– Tu as eu tout l'été pour changer d'avis, m'a dit Maman, assise sur mon lit.

Je me suis tournée vers ma commode, j'ai attrapé une petite culotte propre et un soutien-gorge, et j'ai récupéré vite fait un jean et un T-shirt qui traînaient par terre.

– Pigé. Je vais m'habiller.

Elle a esquissé un genre de rictus, plutôt douloureux, qui ressemblait à un sourire. Puis deux ou trois faux départs vers la porte, jusqu'au moment où elle a dû se dire que c'était ce qu'il y avait de mieux à faire et elle a foncé, agrippée à son téléphone. Un peu plus et elle l'emporterait au boulot, comme ça, le pouce prêt à appuyer sur le premier chiffre du numéro d'urgence.

– Très bien. Je t'attends en bas.

J'ai enfilé mon vieux jean et mon T-shirt sans faire attention, peu importe dans quel état ils étaient, je m'en foutais. Ce n'est pas parce que je serais bien habillée que je me sentirais mieux ou que je me ferais moins remarquer. J'ai sautillé jusqu'à la salle de bains et je me suis vaguement brossé les cheveux alors que ça faisait plus de quatre jours que je ne les avais pas lavés. Pas la peine de me maquiller. Encore moins de chercher à retrouver mes produits. On ne peut pas dire que j'avais beaucoup été au bal au cours de l'été. C'est tout juste si je pouvais mettre un pied devant l'autre à cause de ma blessure à la cuisse.

Vite, j'ai enfilé une paire de chaussures en toile et pris mon sac à dos – un nouveau, que Maman venait de m'acheter et qui était resté là où elle l'avait déposé jusqu'à ce qu'elle finisse par le remplir de fournitures elle-même. Mon vieux sac à dos, celui qui était couvert de sang... oh, il avait sans doute fini au fond de la poubelle avec le T-shirt de Nick, « Flogging Molly », qu'elle avait retrouvé dans mon placard et jeté pendant que j'étais à l'hôpital. Quand j'étais rentrée à la maison et que j'avais découvert que le T-shirt avait disparu, j'avais éclaté en sanglots et je l'avais traitée de salope. Elle n'avait rien compris – il n'avait rien à voir avec Nick-le-meurtrier. Il appartenait à Nick, le type qui m'avait fait la surprise de m'offrir des billets pour un concert des Flogging Molly au Closet. Nick, le type qui m'avait permis de monter sur ses épaules pendant qu'ils chantaient « Factory Girls ». Nick, le type qui m'avait proposé de faire caisse commune pour acheter un T-shirt qu'on se partagerait. Nick, le type qui l'avait mis pour rentrer chez lui, puis qui l'avait enlevé pour me le prêter sans jamais me le redemander.

Le comble, c'est qu'elle s'est défendue en disant que c'est le docteur Hieler qui lui avait conseillé de le jeter. Je ne l'ai jamais crue. Elle rendait le docteur Hieler responsable de tout pour faire passer la pilule. Or lui comprendrait parfaitement que le T-shirt n'appartenait pas à Nick-le-meurtrier. Je ne savais même pas qui c'était, Nick-le-meurtrier. Le docteur Hieler l'avait très bien compris.

J'étais habillée, prête à y aller, quand ça m'est tombé dessus : j'étais trop angoissée. J'avais les jambes en coton et je n'étais pas sûre de pouvoir franchir la porte ; une fine pellicule de transpiration me couvrait la nuque. Non, je ne pouvais pas y aller. Je ne pouvais pas affronter ces gens, ces lieux. Je n'étais pas assez forte, c'est tout.

J'ai sorti mon portable de ma poche, les mains tremblantes, et j'ai composé le numéro du docteur Hieler. Il a répondu à la première sonnerie.

– Je suis désolée de vous déranger... ai-je bafouillé en m'écroulant sur mon lit.

– Pas de problème, je t'avais conseillé d'appeler. Tu te souviens ? J'attendais ton coup de fil.

– Je ne crois pas que je peux. Je ne suis pas prête. Je pense que je ne serai jamais prête. C'était une mauvaise idée de...

– Val, arrête. Bien sûr que tu peux. Tu es prête. On en a suffisamment parlé. Ça va être difficile mais tu peux affronter ça. Tu as vécu des choses beaucoup plus dures ces derniers mois, non ? Tu es une fille d'une solidité exceptionnelle.

Des larmes ont jailli de mes yeux, malgré moi.

– Surtout, concentre-toi sur l'instant. Ne cherche pas à interpréter ce que tu vois. Contente-toi de ce que tu as sous les yeux, d'accord ? Quand tu rentreras cet après-midi, appelle-moi. Je demanderai à Stéphanie de me passer la communication même si je suis en séance, d'accord ?

– D'accord.

– Si tu as besoin de parler à quelqu'un pendant la journée...

– Oui, je sais, je peux vous appeler.

– Et tu te souviens de ce qu'on s'est dit ? Il suffit que tu tiennes, ne serait-ce qu'une demi-journée, et c'est déjà gagné.

– Maman recommence à travailler. À plein temps.

– C'est parce qu'elle croit en toi. Mais si tu en as besoin, elle rentrera. Or mon petit doigt me dit que tu n'en auras pas besoin. Tu sais que je me trompe rarement.

J'ai perçu un sourire dans sa voix. J'ai gloussé, reniflé, essuyé mes larmes.

– D'accord. Bon, allez, faut que j'y aille.

– Tu vas t'en sortir comme un chef.

– J'espère.

– J'en suis certain. Et n'oublie pas : si ça ne va pas, tu peux toujours changer à la fin du semestre. Soit dans... soixante-quinze jours à peu près, non ?

– Quatre-vingt-trois.

– Tu vois ? C'est dans la poche. Allez, appelle-moi plus tard.

– Promis.

J'ai raccroché et pris mon sac à dos. Je sortais de ma chambre quand j'ai senti qu'il me manquait quelque chose. J'ai glissé la main sous le tiroir supérieur de ma commode jusqu'à ce que je la trouve, cachée dans le panneau pour échapper aux fouilles intempestives de Maman. Je l'ai sortie et pour la... millième fois, je l'ai contemplée.

C'était une photo de Nick et moi au lac Bleu le dernier jour de l'année, en seconde. Il avait une bière à la main et je riais tellement que je vous jure que sur la photo on voyait mes amygdales. On était assis sur un immense rocher au bord du lac. Je crois que c'est Mason qui a pris la photo. Je n'avais plus la moindre idée de ce qui nous faisait tellement rire, et pourtant j'avais passé des nuits entières à essayer de me le rappeler.

On avait l'air tellement heureux. Et on l'était. Peu importe tous les mails, les allusions au suicide et la liste de la haine. On était heureux.

J'ai caressé le visage de Nick qui riait toujours. Sa voix sonore et claire résonnait en moi. Je l'ai entendu me demander de sortir avec lui sur ce ton typique de Nick-le-sérieux, à la fois audacieux, rageur, romantique et timide.

– Val, m'avait-il appelée en se redressant du rocher pour ramasser sa bouteille de bière.

Il a pris un galet qu'il a jeté au ras de l'eau, et le galet a ricoché une fois, deux fois, trois fois avant de piquer. Quelque part dans les bois derrière nous, Stacey a gloussé, suivie par Duce. La nuit commençait à tomber et j'ai entendu une grenouille coasser.

– Ça t'arrive jamais d'avoir envie de tout larguer ?

Je me suis recroquevillée en serrant les genoux entre mes bras. J'ai pensé à la scène de Papa et Maman la veille. La voix de Maman retentissait dans l'escalier, je ne comprenais pas ce qu'elle disait mais son ton avait quelque chose de fielleux. Papa avait dû quitter la maison vers minuit, refermant doucement la porte derrière lui.

– Tu veux dire, envie de me tirer ? Oui, complètement.

Il ne m'a pas répondu. Il a lancé un nouveau galet dans le lac qui a ricoché deux fois avant de couler.

– Ouais. Tu vois ce que je veux dire, foncer en bagnole jusqu'au bord d'une falaise sans s'arrêter ni se retourner.

– À mort, ai-je répondu en regardant le soleil se coucher. Tout le monde y pense un jour. Total *Thelma et Louise*.

Il a vaguement ricané, fini d'un trait sa bière et lâché la bouteille.

– Jamais vu le film. Tu te souviens quand on a lu *Roméo et Juliette* en cours d'anglais l'année dernière ?

– Ouais.

– Tu crois qu'on pourrait être comme eux ?

– Je ne sais pas. Oui. Sûrement...

– Sûrement, oui. On pense pareil, toi et moi.

– Tu ne serais pas en train de me demander de sortir avec toi, par hasard ?

Je me suis relevée en me frottant l'arrière des jambes, un peu endolories à force d'être restée assise sur le rocher. Il s'est approché de moi en titubant et m'a prise par la taille. Il m'a soulevée jusqu'à ce que mes pieds décollent du sol et ça a été plus fort que moi – j'ai lâché un petit cri strident qui s'est transformé en rire. Il m'a embrassée, et mon corps pressé contre le sien a été tellement électrifié que mes orteils picotaient. J'avais l'impression d'avoir attendu cet instant toute ma vie.

– Tu dirais non si je te demandais ?

– Moi ? Sûrement pas, Roméo.

À mon tour je l'ai embrassé.

– Dans ce cas-là, je te le demande. Voulez-vous sortir avec moi, chère Juliette ?

Je vous promets qu'en caressant son visage sur la photo je l'ai entendu et j'ai senti sa présence à côté de moi dans ma chambre.

À mes yeux ce serait toujours le garçon qui m'avait soulevée du sol pour m'embrasser en m'appelant Juliette.

J'ai glissé la photo dans ma poche arrière et je suis sortie de ma chambre.

– Quatre-vingt-trois exactement, ai-je répété tout haut en descendant au rez-de-chaussée.

2 mai 2008
6 h 32
« On se voit au Foyer ? »

Mon portable a gazouillé. Vite, je l'ai pris avant que Maman ou Frankie, ou, pire, Papa ne l'entende. Le jour était à peine levé. C'était un de ces matins où on n'a aucune envie de sortir de son lit. Les vacances d'été n'étaient pas loin, autrement dit la perspective de trois mois de grasses matinées sans avoir à se réveiller pour aller au bahut. Non pas que j'aie tant horreur du lycée, mais Christy Bruter, pour changer, n'arrêtait pas de me harceler dans le car, et je venais de récolter une mauvaise note à une interro de sciences de la vie que j'avais oublié de préparer. Les examens de fin d'année s'annonçaient catastrophiques.

Depuis quelque temps Nick était discret. Ça faisait deux jours qu'il séchait et m'envoyait des textos pour me demander des nouvelles de « ces abrutis de la salle des profs », de « ces idiots du cours de gym », ou de « McNeal, ce traître ».

Depuis un mois environ, il traînait souvent avec un certain Jeremy, et j'avais l'impression qu'il s'éloignait de moi. J'avais peur qu'il rompe, du coup je jouais la fille qui s'en foutait si on ne se voyait quasiment plus. Je ne voulais pas lui mettre la pression : il était particulièrement irritable et je n'avais aucune envie d'une explication avec lui. Je ne lui ai jamais demandé ce qu'il avait fait pendant ces deux jours, au contraire, je lui répondais par SMS que « on ferait mieux de plonger c connards du cours 2 bio dans du formaldéhyde », « peux pas saquer c salopes », et « McNeal a du pot que g pas de flingue ». Plus tard ce dernier texto allait me jouer un mauvais tour. En fait, tous mes SMS allaient me jouer des mauvais tours. Mais celui-là... longtemps, chaque fois que j'y repensais, j'ai eu envie de vomir. En plus il m'a valu une discussion de plus de trois heures avec l'inspecteur Panzella. Et à cause de lui, mon père m'a regardée d'un drôle d'œil pendant je ne sais pas combien de temps, comme si quelque part au fond de moi j'étais un monstre et qu'il le voyait parfaitement.

Jeremy était un type un peu plus âgé – environ vingt et un ans – qui avait quitté le lycée de Garvin un an plus tôt. Il n'allait pas à l'université. Il n'avait pas de boulot. D'après ce qu'on disait, il passait son temps à battre sa copine, traînasser, fumer du shit et regarder des dessins animés. Jusqu'au jour où il a rencontré Nick : il a arrêté de regarder la télé, il s'est mis à fumer avec Nick, et il s'est contenté de battre sa chérie les soirs où il n'était pas dans le garage de Nick en train de jouer de la batterie, trop cassé pour se souvenir de l'existence de cette pauvre fille. Les rares fois où je les ai rejoints dans le garage, j'avais devant moi un autre Nick. Honnêtement, j'avais du mal à le reconnaître.

Longtemps je me suis dit qu'au fond je ne connaissais pas Nick. Peut-être que quand on regardait la télé dans sa cave ou qu'on chahutait en riant dans la piscine, le Nick que j'avais en face de moi n'était pas le vrai. Comme si le vrai Nick était celui qui se révélait quand Jeremy débarquait – le Nick au regard dur, égoïste.

J'avais entendu parler de ces femmes complètement aveuglées, incapables de repérer les signes montrant que leur homme était une espèce de pervers ou un monstre, mais jamais on n'aurait pu me convaincre que j'en faisais partie. Quand Jeremy n'était pas là... quand il n'y avait que Nick et moi et que je plongeais mes yeux dans les siens... je savais qui j'avais face à moi et c'était bon. Il était bon. Oui, parfois il avait un humour un peu limite – comme tout le monde –, mais pas une seconde on ne prenait ça au premier degré. Voilà pourquoi je pense que c'est sûrement Jeremy qui lui a mis ces idées de fusillade en tête. Pas moi. Jeremy. C'est lui le méchant.

J'ai ouvert mon portable et je l'ai enfoui sous mes draps, m'éveillant peu à peu à l'idée qu'une nouvelle journée de lycée m'attendait.

– Allô ?
– Mon bébé ?

Il avait comme un filet de voix, un filet électrique. Sur le moment j'ai cru que c'était parce que c'était tôt le matin, et à l'époque il ne se levait quasiment plus.

– Salut. Tu vas au lycée aujourd'hui, pour changer ?
– Ouais. Jeremy doit me déposer en bagnole, m'a-t-il répondu en gloussant.

Il avait l'air ravi.

– Sympa. Stacey m'a demandé ce que tu devenais. Elle t'a vu aller au lac Bleu en voiture avec Jeremy.

J'ai laissé la question qui aurait dû suivre en suspens.
– Ah.
J'ai entendu le crépitement de son briquet, puis le bruissement du filtre de sa cigarette. Il a aspiré en ajoutant :
– On avait des trucs à faire du côté du lac.
– Genre... ?
Il n'a pas répondu. Seuls résonnaient son filtre qui se consumait et les bouffées qu'il tirait.

Jamais je n'ai été si déçue. Il refusait de me répondre. Je détestais cette façon de se comporter, de refuser de partager ses secrets avec moi. Jusqu'ici on parlait de tout, très librement, y compris des sujets douloureux comme le mariage de nos parents, les surnoms dont les autres nous affublaient au lycée, les moments où on avait l'impression d'être pires que bons à rien.

J'ai failli insister, lui dire que je voulais savoir, que je méritais d'être au courant, mais j'ai préféré changer de sujet de conversation – si j'arrivais quand même à le voir, autant ne pas perdre de temps à argumenter.

– Tu sais quoi ? J'ai des nouveaux noms pour la liste, ai-je suggéré.
– Qui ?
– Les gens qui disent « je suis désolé » à la fin de chaque phrase. Les pubs pour les fast-foods. Et Jessica Campbell.

J'ai failli ajouter « Jeremy », mais au dernier moment je me suis retenue.

– La nana blonde et maigrichonne qui sort avec Jake Diehl ?
– Ouais, mais Jake, lui, ça va. Bon, d'accord, il est un peu sportif, mais il est loin d'être aussi pénible qu'elle. Hier, en

cours d'éducation à la santé, j'étais complètement à l'ouest et je crois que je regardais plus ou moins dans sa direction. Du coup elle se retourne et me balance « Qu'est-ce que tu mates, Sœur Funèbre ? » avec un regard mauvais comme la gale. Ensuite elle lève les yeux au ciel et elle ajoute « Occupe-toi de tes oignons, d'accord ? », et moi, je lui réponds « T'inquiète, j'en ai rien à battre de ce que tu racontais », et elle, elle était, genre « T'aurais pas un enterrement qui t'attend par hasard ? », et ses imbéciles de copains ont éclaté de rire comme si c'était une comique super pro. Quelle garce !

– Ouais, t'as raison, m'a-t-il répondu en toussant.

J'ai entendu un bruissement de page qu'on tourne. Je l'imaginais, assis sur son matelas en train de prendre des notes dans notre carnet à spirale rouge.

– Toutes ces blondasses idiotes, on ferait mieux de les éliminer, a-t-il ajouté.

Sur le moment j'ai ricané. Je ne me sentais pas monstrueuse, mais j'ai ri parce que pour moi, c'était ce genre de filles, les monstres. Elles le méritaient largement.

– Ouais, je les verrais bien se faire écraser par la BM de leurs parents, ai-je renchéri.

– J'ai ajouté cette fille, Chelle, sur la liste.

– Bien vu. Elle n'arrête pas de raconter qu'elle a été prise dans la meilleure équipe de sport du lycée. Je me demande quel est son problème.

– Ouais. Bon.

Un court silence a suivi. Je ne sais pas à quoi pensait Nick. Sur le moment j'ai cru que c'était une sorte d'accord tacite entre lui et moi, la preuve qu'on était sur la même longueur d'onde. Mais aujourd'hui je sais que c'était une de ces « interférences » dont le docteur Hieler m'a parlé. C'est courant, ça arrive quand les gens pensent qu'ils « savent » ce qui se passe dans la tête de l'autre. Or c'est impossible. Et le fait de croire que c'est possible est une erreur. Une erreur très grave. Qui peut ficher votre vie en l'air si vous n'y faites pas attention.

J'ai entendu une sorte de grognement en arrière-fond.

– Faut que j'y aille, m'a dit Nick. Faut qu'on dépose le gosse de Jeremy à la crèche. Sa copine nous emmerde avec ça. On se voit au Foyer ?

– D'accord. Je vais demander à Stacey de nous réserver une place.

– Sympa.

– Je t'aime.

– Moi, aussi, mon bébé.

J'ai raccroché, tout sourire. Peut-être que le problème qui le tracassait était résolu. Ou peut-être commençait-il à en avoir marre de Jeremy, du gamin de Jeremy, des dessins animés de Jeremy et de l'herbe de Jeremy. Et qui sait, peut-être arriverais-je à le convaincre de sauter le déjeuner et d'aller manger un sandwich de chez Casey avec moi de l'autre côté de l'autoroute. Tous les deux. Comme au bon vieux temps. Lui et moi, assis sur la rampe en béton en retirant les morceaux d'oignon de notre sandwich et en se posant toutes sortes de questions banales, épaule contre épaule, et balançant les pieds dans le vide.

J'ai sauté dans la douche, sans allumer, et je me suis laissé envelopper par la vapeur dans le noir en me disant que Nick avait peut-être une surprise pour moi. C'était une de ses qualités, il avait l'art de débarquer au lycée avec une rose qu'il avait piquée dans une station d'essence, de glisser une friandise dans mon casier entre deux cours, ou un mot dans mon cahier quand j'avais le dos tourné. Quand il s'y mettait, Nick avait un côté incroyablement romantique.

Je suis sortie de la douche et je me suis séchée. J'ai pris un peu plus de temps que d'habitude pour me coiffer, me passer de l'eye-liner, choisir une minijupe en jean noire un peu déchirée et mes collants préférés, rayés noir et blanc avec un trou au genou. J'ai enfilé une paire de socquettes et des baskets en toile et j'ai attrapé mon sac à dos.

Mon petit frère, Frankie, était en train de manger des céréales dans la cuisine. Ses cheveux étaient hérissés à tel point qu'il ressemblait à un des gamins des pubs de Pop-Tart[1] : le parfait skater à la coiffure super étudiée. Frankie avait quinze ans et il se la jouait à fond. Il se prenait pour une espèce de gourou de la mode, toujours super bien sapé, comme s'il sortait des pages glacées d'un catalogue. On était proches, même si on avait tendance à s'acoquiner avec des bandes diamétralement opposées et qu'on n'avait pas du tout la même notion de ce qu'on appelle « cool ». Il pouvait être assez pénible, mais en général c'était un petit frère plutôt sympa.

Son livre d'histoire des États-Unis était ouvert à côté de lui et il prenait frénétiquement des notes sur un bout de feuille déchirée, s'arrêtant çà et là pour avaler une cuillère de céréales.

---

1. Pâtisserie anglo-saxonne populaire. (Toutes les notes sont de la traductrice.)

– Tu dois tourner une pub pour un gel de cheveux dans la journée ? ai-je lancé en cognant sa chaise avec la hanche au passage.

– Quoi ? m'a-t-il répondu en passant la main dans ses cheveux. Ces dames adorent, je te ferais remarquer.

– Tu m'étonnes. Papa est déjà parti ?

– Ouais, a-t-il bafouillé, la bouche pleine. Il y a cinq minutes à peine.

J'ai pris une gaufre dans le congélateur que j'ai glissée dans le grille-pain.

– J'imagine que tu étais trop occupé avec ces dames pour faire tes devoirs hier soir, ai-je ajouté en me penchant au-dessus de son épaule. Et qu'en pensaient-elles, les femmes, à l'époque de... la guerre de Sécession... de l'excès de gel dans les cheveux ?

– Fous-moi la paix. J'ai discuté avec Tina jusqu'à minuit. Il faut que je finisse ce chapitre. Maman va flipper si je lui ramène un 8 sur 20 en histoire. Elle est capable de me confisquer mon portable.

– D'accord, d'accord. Je te laisse. Loin de moi l'idée de m'interposer entre toi et ton histoire d'amour téléphonique avec cette chère Tina.

La gaufre a bondi du grille-pain. Je l'ai attrapée au vol et j'ai mordu directement dedans.

– À propos de Maman, ai-je repris, elle t'emmène en voiture aujourd'hui ?

Il a hoché la tête. Maman l'accompagnait tous les jours en voiture en allant à son travail. Ce qui lui valait quelques minutes supplémentaires à la maison tous les matins. Sauf que moi, ça m'aurait obligée à être assise à quelques centimètres de Maman et à me coltiner chaque matin des remarques du genre « Tes cheveux sont dans un état épouvantable », « Ta jupe est beaucoup trop courte », ou « Franchement, je me demande pourquoi une jolie fille comme toi prend plaisir à s'enlaidir avec un maquillage et une teinture pour cheveux aussi moches ? ». Du coup j'aimais autant aller au lycée avec le car de ramassage scolaire, même s'il était plein de crétins sportifs.

J'ai jeté un œil sur l'horloge posée sur le poêle. J'ai pris mon sac à dos sur l'épaule et j'ai croqué un second morceau de gaufre.

– Je me casse. Bonne chance pour ton devoir.

– À plus !

Dehors, l'air était un peu plus vif que d'habitude, comme si l'hiver était sur le point de fondre sur nous, plutôt que le printemps. Et comme si c'était là le moment le plus chaud que la journée connaîtrait.

2

[Extrait du *Sun-Tribune* du comté de Garvin, 3 mai 2008, Angela Dash, envoyée spéciale]

Christy Bruter, seize ans. Bruter, capitaine de l'équipe féminine de softball du lycée de Garvin, fut la première victime, et semble avoir été une cible directe. « Il lui a donné un violent coup d'épaule, raconte la mère, Amy Bruter. Certaines des filles qui étaient sur place nous ont dit que quand Christy s'est retournée, il lui a lancé : "Ça fait un bout de temps que t'es sur la liste." "Quelle liste ?" elle a répondu, et là-dessus il a tiré. » Les médecins affirment que Bruter, visée en plein ventre, « a une chance inouïe d'être en vie ». L'enquête a confirmé que le nom de Bruter était en tête de ce que certains appellent désormais « la liste de la haine », une centaine de noms notés dans un carnet à spirale rouge découvert chez Nick Levil quelques heures après la tuerie.

– Tu es anxieuse ?

J'ai arraché le morceau de caoutchouc qui se décollait de ma semelle et j'ai haussé les épaules. J'étais aux prises avec tant d'émotions contradictoires que je n'avais qu'une envie, courir en hurlant dans la rue. Pourtant, bizarrement, le seul mouvement que j'ai réussi à faire, c'est ce vague haussement d'épaules. Ce qui, maintenant que j'y pense, n'était pas plus mal. Maman me surveillait de près ce matin-là. Au moindre geste de travers, elle aurait appelé le docteur Hieler, elle en aurait fait tout un drame, et j'aurais été bonne pour une nouvelle « séance ».

Le docteur Hieler et moi, nous avions une « séance » au moins une fois par semaine depuis le mois de mai. Ça se passait toujours à peu près comme suit :

– Tu te sens en sécurité ?

– Oui, oui. Je ne vais pas me suicider, si c'est ça que vous voulez savoir.

– En effet.

– Non, je ne me suiciderai pas. C'est juste qu'elle est folle.

– Elle se fait du souci pour toi.

Et enfin, heureusement, on passait à autre chose.

Sauf qu'après je rentrais tard à la maison et au moment de me coucher j'y repensais. À cette histoire de suicide. Est-ce que je me sentais en sécurité ? Est-ce que j'avais des envies de suicide, sans même m'en rendre compte ? Et là je passais au moins une heure, alors que ma chambre devenait de plus en plus sombre, à me demander ce qui avait bien pu se passer pour que j'aie de tels doutes sur qui j'étais. Savoir qui vous êtes devrait être une des choses les plus évidentes, non ? Sûrement, mais chez moi, ça faisait longtemps que ça n'était plus évident. Et peut-être que ça ne l'avait jamais été.

Parfois, dans le monde où je vivais, un monde où les parents se haïssaient et où le lycée était un champ de bataille permanent, être qui j'étais, c'était dur. Nick était mon échappatoire. La seule personne qui me comprenait. Ça me faisait du bien de sentir qu'avec lui j'appartenais à un « nous », qu'il partageait mes sentiments, mes pensées, mes problèmes. À présent, la moitié de ce « nous » avait disparu et là, alors que j'étais allongée dans la pénombre de ma chambre, je prenais conscience que je n'avais plus la moindre idée de la façon dont je pourrais retrouver ce sentiment d'être de nouveau moi, simplement moi.

Je me recroquevillais en chien de fusil en fixant les chevaux noirs éparpillés sur mon papier peint et en rêvant qu'ils m'emportent comme lorsque j'étais gamine. Parce que ne plus savoir qui on est, c'est vraiment trop douloureux. Et s'il y a une chose dont j'étais sûre, c'est que j'en avais assez de souffrir.

J'étais assise à côté de Maman dans la voiture quand elle m'a tapoté le genou en me disant :

– Bon, si jamais au milieu de la journée tu as besoin de moi, je suis là, il suffit de m'appeler. D'accord ?

Je n'ai pas répondu. J'avais la gorge trop nouée. L'idée de remonter ces interminables couloirs au milieu d'élèves que je connaissais par cœur mais qui me semblaient complètement étrangers me paraissait insurmontable. Allen Moon, par exemple, que j'avais vu fixer la caméra en affirmant « J'espère qu'ils enfermeront Valérie à vie pour ce qu'elle a fait », ou Carmen Chiarro, qui avait été citée dans un journal, disant « Je ne sais pas pourquoi mon nom est sur cette liste. Je ne savais même pas qui étaient Nick et Valérie jusqu'au drame ».

Qu'elle ne sache pas qui était Nick, ça ne m'étonnait pas.

Quand il était arrivé au lycée, c'était un garçon discret, plutôt chétif, mal habillé et avec les cheveux sales. Mais Carmen et moi, on était ensemble depuis le primaire. Alors quelle menteuse ! En plus, vu qu'elle était très copine avec Monsieur Quart-Arrière Chris Summers pendant toute la seconde, vu que Chris Summers détestait Nick et ne ratait pas une occasion de l'humilier, et vu que ça faisait rire les potes de Chris, je trouvais quand même louche qu'elle déclare ne pas connaître Nick. Je me demandais si Allen et Carmen seraient au lycée aujourd'hui. Allaient-ils chercher à me voir ? Espéraient-ils que je ne sois pas là ?

– Tu connais le numéro du docteur Hieler, a ajouté Maman en me tapotant de nouveau le genou.

– Oui.

Nous avons tourné dans Oak Street. Je connaissais tellement bien le chemin que j'aurais pu le faire les yeux fermés. À droite, Oak Street. Puis à gauche, Foundling Avenue. De nouveau à gauche, Starling. Et à droite, direct sur le parking. Face au lycée. Impossible à rater.

Sauf que ce matin, le lycée avait un parfum radicalement différent. Jamais il ne retrouverait ce goût à la fois excitant et intimidant qu'il avait le jour de ma première rentrée. Jamais plus je ne l'associerais aux plus belles histoires d'amour du monde, à l'idée d'euphorie, de rire, de travail bien fait – tous les fantasmes des ados quand ils imaginent leur futur lycée. Voilà une nouvelle illusion que Nick nous avait volée ce jour-là. Non seulement il nous avait volé notre innocence et notre sentiment de bien-être, mais il avait aussi réussi à nous dérober nos souvenirs.

– Tout va bien se passer, m'a dit Maman.

J'ai regardé par la vitre. J'ai aperçu Delaney Peters qui longeait le terrain de foot, bras dessus bras dessous avec Sam Hall. Je ne savais pas qu'ils étaient ensemble – tout à coup j'ai eu l'impression d'avoir raté, non pas un été, mais une vie entière. En temps normal, j'aurais passé l'été entre le lac, le bowling, la station-service et les fast-foods des environs, et j'aurais été au courant des ragots et des dernières histoires d'amour. Au lieu de quoi j'avais passé l'été immobilisée au fond de mon lit, terrorisée et ayant mal au ventre rien qu'à l'idée d'aller au supermarché avec Maman.

– Le docteur Hieler est persuadé que tu vas t'en sortir haut la main.

– Je sais, oui.

Stacey et Duce étaient assis sur les gradins, comme d'habitude, avec Mason, David, Liz et Rebecca. Avant, j'aurais été assise avec eux. Et avec Nick. Comparant nos emplois du temps, râlant à cause du prof principal, commentant la dernière fête à laquelle on serait allés. Mes mains commençaient à transpirer. Stacey riait à cause d'une remarque de Duce, et j'étais exclue.

J'ai repéré deux fourgons de police garés sur le côté du lycée. J'ai dû émettre une espèce de hoquet ou faire une drôle de tête parce que Maman m'a aussitôt expliqué « C'est la règle, maintenant. Question de sécurité. Parce que... bon, tu imagines. Ils n'ont aucune envie que ça se reproduise. Dis-toi que c'est pour te protéger, Valérie ».

Elle a remonté le parking jusqu'à la zone où les parents ont le droit de déposer leurs enfants, puis elle a lâché le volant en me regardant dans le blanc des yeux. J'ai tâché d'éviter ses commissures de lèvres qui tremblaient pendant qu'elle grattait d'un air absent une petite peau qui pendouillait sur son pouce. J'ai affiché un sourire un peu bancal pour lui faire plaisir.

– Je te retrouve ici à trois heures moins dix. Promis, je t'attendrai.

– Ça va aller, ai-je répondu d'une voix fluette.

J'ai posé la main sur la poignée de la portière. J'ai cru que jamais je n'aurais assez de force pour ouvrir mais finalement ça a été, ce qui d'une certaine façon m'ennuyait parce qu'il ne me restait plus qu'à... sortir.

– Peut-être que demain tu pourrais mettre un chouïa de rouge à lèvres, m'a suggéré Maman.

Quelle drôle de remarque, ai-je pensé. J'ai fermé la portière en agitant vaguement la main. Elle m'a fait un signe d'au revoir en me cherchant du regard, jusqu'au moment où la voiture derrière elle a klaxonné et elle a filé.

Je suis restée plantée sur le trottoir quelques secondes, sans savoir si je pourrais entrer dans le bâtiment ou non. J'avais mal à la cuisse et des bourdonnements dans le crâne. Autour de moi, tout le monde semblait parfaitement normal. Deux élèves de seconde sont passés devant moi, surexcités, discutant de la fête de début d'année. Puis une fille qui ricanait pendant que son copain lui donnait des petits coups dans les côtes. Les profs étaient là, sur le trottoir, en train de houspiller les élèves pour qu'ils rentrent. Rien n'avait changé, tout était exactement comme dans mon souvenir. Bizarre.

J'ai commencé à avancer quand une voix derrière moi m'a arrêtée net.

– Je rêve !

On aurait dit que quelqu'un avait brusquement appuyé sur le bouton « silence ». J'ai pivoté pour voir. C'était Stacey et Duce, main dans la main. Stacey était bouche bée, littéralement ; Duce, lui, avait les lèvres nouées comme en un petit nœud bien serré.

– Val ? m'a appelée Stacey.

– Salut.

À ce moment-là David est arrivé, contournant tranquillement Stacey pour me prendre dans ses bras. Il était un peu raide, et il m'a très vite relâchée pour retourner avec le reste de la bande, baissant les yeux d'un air gêné.

– Je ne savais pas que tu revenais aujourd'hui, a ajouté Stacey, jetant un rapide coup d'œil du côté de Duce pour voir sa réaction.

Instantanément je l'ai vue se calquer sur lui. Son beau sourire s'est mué en un léger rictus, comme un petit air de supériorité qui faisait un drôle d'effet sur son visage. Stacey et moi, on était amies depuis toujours ou presque. On avait la même taille de vêtements, on aimait les mêmes films, on achetait les mêmes habits, on racontait les mêmes bobards. Tous les étés il y avait de longues périodes où on ne se quittait plus.

Cela dit, une chose essentielle nous séparait : Stacey n'avait pas d'ennemis – sans doute parce qu'elle avait surtout besoin de plaire. Elle était totalement caméléon : il suffisait de lui dire qui elle était pour qu'elle le devienne, comme ça, *schlack* ! Elle ne faisait pas partie des coqueluches du lycée, loin de là, mais elle n'était pas non plus du côté des losers, comme moi. Elle s'était toujours maintenue sur une ligne entre les deux, sans trop se faire remarquer.

Après l'« incident », comme mon père aimait l'appeler, elle était venue me voir deux fois. La première, à l'hôpital, avant que je puisse parler à quiconque. La seconde, à la maison, mais j'avais demandé à Frankie de lui dire que je dormais. Après, elle n'a jamais vraiment essayé de reprendre contact, ni moi de mon côté. Peut-être qu'une partie de moi jugeait que je ne méritais plus d'avoir d'amis.

D'une certaine façon j'étais désolée pour elle. J'imaginais déjà l'expression sur son visage – sa volonté de revenir là où nous en étions avant la tuerie, son sentiment de culpabilité parce qu'elle gardait ses distances par rapport à moi –, en même temps je savais que s'afficher avec moi n'était pas du meilleur effet vis-à-vis des autres. Être ami avec moi était désormais un sacré risque à prendre pour quiconque au lycée de Garvin – une sorte de suicide social. Or Stacey était loin d'être assez courageuse pour prendre un tel risque.

– T'as encore mal à la jambe ? m'a-t-elle demandé.

– De temps en temps. Remarque, comme ça je suis dispensée de gym. Mais je risque d'arriver souvent en retard en cours.

– T'as été sur la tombe de Nick ? m'a balancé Duce. T'as été sur une des tombes au moins ?

– Fiche-lui la paix, a répondu Stacey en lui donnant un coup de coude. C'est son jour de rentrée.

– Ouais, allez, a grommelé David. Je suis content que t'ailles mieux, Val. T'as qui en maths ?

– Et alors ? a insisté Duce. Elle marche, que je sache. Alors pourquoi elle n'est pas allée sur une seule tombe ? Je peux vous dire que si c'était moi qui avais rédigé cette liste de personnes à abattre, j'aurais au moins eu la décence d'aller me recueillir deux minutes sur leur tombe.

– Je n'ai jamais voulu que quelqu'un meure. (Duce a levé un sourcil dubitatif.) Je te ferais remarquer que Nick était aussi ton meilleur copain, ai-je ajouté.

Un silence pesant s'est abattu entre nous deux, quand j'ai vu qu'une ribambelle de petits badauds tournicotaient autour de nous. Ils n'étaient pas intrigués par notre prise de bec. Ils étaient intrigués par moi. Ils tournoyaient lentement, m'observant de tous les côtés et chuchotant sous cape.

Jusqu'au moment où Stacey a remarqué leur manège et s'est reculée avant de lancer :

– Allez, je file en cours. Trop sympa de te revoir, Val.

Elle me devançait déjà, avec David, Mason et les autres à sa traîne.

– Ouais, c'était super, m'a balancé Duce à mi-voix en me frôlant l'épaule.

Je suis restée plantée sur le trottoir, abandonnée au milieu d'une marée de gamins m'encerclant et me poussant d'avant en arrière, bloquée, incapable de trouver une brèche pour plonger dans la mer. Il valait peut-être mieux que je reste sur place jusqu'au retour de Maman à trois heures moins dix...

Soudain j'ai senti une main sur mon épaule.

– Et si tu me suivais ?

Je me suis retournée et je me suis retrouvée nez à nez avec Mme Tate, conseillère d'orientation du lycée. Ni une ni deux, elle m'a prise par les épaules et m'a entraînée avec elle, et nous avons fendu les vagues d'élèves en laissant derrière nous un long sillage de rumeurs...

– Ça fait plaisir de te voir ici ! Je suis sûre que tu appréhendais ce moment.

– Un peu, oui.

Je pouvais difficilement en dire plus, car elle m'entraînait avec une telle force que j'étais obligée de me concentrer pour ne pas tomber. Nous sommes entrées dans le hall, si vite que la crise de panique que je redoutais était étouffée d'avance, et d'une certaine façon j'ai eu l'impression de me faire avoir.

Le hall était plein à craquer. Un officier de police était posté à l'entrée et passait une sorte de baguette au-dessus des sacs à dos et des vestes des élèves. Mme Tate a fait signe à un des élèves avant de m'escorter sous les yeux du policier sans s'arrêter.

Les couloirs me semblaient plus vides que d'habitude, comme s'il manquait des élèves. Sinon, rien n'avait changé. Tout le monde bavardait, criait ; les chaussures glissaient sur le carrelage brillant ; contre les murs résonnaient les *schlack ! schlack !* des casiers qu'on claquait un peu plus loin.

Nous avons tourné au fond du côté du Foyer. Cette fois-ci j'ai senti la panique monter à vitesse grand V. Et Mme Tate a dû percevoir mon angoisse parce qu'elle m'a broyé l'épaule en hâtant le pas.

Le Foyer – qui, avant, était la salle où il fallait traîner le matin, toujours bourrée à craquer – était désert. Au fond de la pièce, là où Christy Bruter s'était écroulée, quelqu'un avait accroché un panneau. Au sommet, une guirlande de papier découpé en forme de lettres annonçait : NOUS N'OUBLIERONS PAS, et le panneau était couvert de notes, de cartes, de bouts de rubans, de photos, de mini-bannières et de fleurs. Deux filles que j'avais du mal à identifier vues de loin étaient en train d'y épingler un mot et une photo.

— Nous avons été à deux doigts d'interdire les rassemblements dans le Foyer le matin, m'a dit Mme Tate, comme si elle avait lu dans mes pensées. Pour des questions de sécurité. Mais apparemment plus grand-monde n'a envie d'y venir. Il ne sert plus qu'à l'heure du déjeuner.

Nous avons traversé le Foyer d'une traite. J'ai lutté pour ne pas m'imaginer en train de glisser dans une mare de sang. J'essayais de canaliser mes pensées sur le claquement des chaussures de Mme Tate sur le carrelage, de me rappeler les trucs de respiration et de concentration que le docteur Hieler avait consacré tant de temps à m'expliquer, exercices à l'appui. Sur le moment je ne me souvenais plus d'un seul de ces exercices.

Nous avons passé les portes de l'autre côté du Foyer, qui donnaient sur les bureaux de l'administration. Techniquement parlant, ça correspondait à la partie frontale du bâtiment. Les policiers étaient encore plus nombreux à fouiller les sacs à dos et à passer un détecteur de métaux au-dessus des vêtements des élèves.

— J'ai peur que ces contrôles ne rendent les matins un peu lents à démarrer, a soupiré Mme Tate. Cela dit, c'est la seule façon pour que tout le monde se sente en sécurité.

Et hop, elle m'a entraînée du côté de l'administration au nez et à la barbe des flics. Les secrétaires ont levé la tête avec un sourire poli, sans un mot. J'avais les yeux rivés au sol. Mme Tate a ouvert la porte de son bureau. *Pourvu qu'elle me garde là le plus longtemps possible*, pensais-je.

Son bureau était tout le contraire du cabinet du docteur Hieler. Autant celui-ci était propre, avec des rangées et des rangées de livres de médecine, autant celui de Mme Tate était un fouillis indescriptible de paperasse et de toutes sortes d'outils pédagogiques. Il y avait des bouquins empilés partout, sur la moindre surface plate, et des photos de ses enfants et de ses chiens traînaient dans le moindre recoin.

En général, les élèves allaient dans le bureau de Mme Tate soit pour se plaindre d'un professeur, soit pour consulter la plaquette de présentation d'une université. Je ne sais pas si elle avait fait des études dans l'espoir de venir en aide à de vrais ados à problèmes, mais si c'était le cas, elle devait être déçue.

Elle m'a fait signe de m'asseoir sur une chaise dont le siège en vinyle était déchiré, puis elle a contourné une petite armoire de rangement avant de s'installer derrière le bureau, minuscule par rapport aux montagnes de feuilles et de Post-it accumulées face à elle. Elle s'est penchée au-dessus de ce fouillis en posant les mains sur un vieux papier d'emballage de fast-food.

– Je t'ai observée ce matin, Valérie, je suis contente que tu sois revenue au lycée. Ça prouve que tu as quelque chose dans le ventre.

– Je vais essayer, ai-je balbutié en frottant ma cuisse. Je ne peux pas vous promettre que je resterai.

Quatre-vingt-trois jours pile, je me répétais tout bas.

– J'espère que tu y arriveras. Tu es une bonne élève. Ah ! a-t-elle couiné soudain en levant le doigt.

Elle a ouvert le tiroir du meuble-classeur à côté de son bureau. La photo en noir et blanc représentant un chat donnant un coup de patte s'est mise à vaciller sur le meuble : je l'imaginais déjà remettant en place la photo plusieurs fois par jour. Elle a sorti une grosse chemise marron qu'elle a ouverte sous mes yeux en laissant le tiroir béant.

– À ce propos ! L'université. Oui. Tu pensais à... (Elle a feuilleté quelques pages.)... l'université du Kansas, si je me souviens bien... Tiens ! Voilà, Kansas State University et Northwest State University.

Elle a refermé sa chemise en souriant et ajoutant :

– J'ai reçu les plaquettes qui présentent le programme de chaque université. C'est un petit peu tard pour s'y mettre maintenant, mais ça ne devrait pas être un problème. D'accord, il faudra sans doute que tu rendes compte de deux ou trois broutilles sur ton carnet de discipline mais... honnêtement... tu n'as jamais été accusée de... enfin, tu vois ce que je veux dire.

En effet. Du reste, je n'avais pas besoin de mon carnet de discipline. Je ne vois pas comment quiconque dans la région pouvait ne pas avoir entendu parler de moi. J'étais sous les feux de la rampe, non ? Ou au contraire, le nouveau bouc émissaire.

– J'ai changé d'avis.

– Ah bon ? Tu veux présenter une nouvelle université ? Ça ne devrait pas poser de problème. Avec les notes que tu as...

— Non, je voulais vous dire que je n'ai plus envie d'y aller. À la fac.

Elle a reposé les mains sur le vieux papier gras en fronçant les sourcils.

— Non ?

— Non. Je n'ai plus envie.

— Écoute, Valérie, a-t-elle ajouté d'une voix douce. Je sais que tu culpabilises pour ce qui s'est passé. Je sais que tu penses que tu ne vaux pas mieux que lui. Mais c'est faux.

Je me suis redressée en essayant d'afficher un beau sourire. S'il y a un jour où je n'avais pas envie d'aborder le sujet, c'était bien aujourd'hui.

— Honnêtement, madame Tate, vous n'êtes pas obligée de me dire ça.

J'ai glissé la main dans ma poche arrière pour effleurer la photo de Nick et me rassurer avant de reprendre :

— En fait, ça va, tout va bien...

— Je passais plus de temps avec Nick qu'avec mon propre fils à l'époque où il était là, m'a-t-elle répondu en me regardant droit dans les yeux. Il était têtu comme un âne. Toujours en rogne. C'était un gamin voué à lutter toute sa vie. Consumé par la haine. Dominé par la haine, même.

Non, avais-je envie de hurler. *Non, c'est pas vrai. Il était généreux. Je l'ai vécu.*

Je me suis rappelé un soir où il avait débarqué à la maison sans prévenir, juste au moment où Papa et Maman se préparaient pour une de leurs empoignades d'après dîner. La tension montait : Maman balançait les assiettes dans la machine avec rage en marmonnant tout bas pendant que Papa faisait les cent pas entre le salon et la cuisine en la fusillant du regard. La pression devenait insupportable, et je ressentais un épuisement atroce, ne me laissant qu'une envie, aller me coucher pour me réveiller ailleurs, dans une nouvelle vie. Frankie avait disparu dans sa chambre et je me demandais si lui aussi ressentait cette lassitude infinie.

Je montais dans ma chambre quand la sonnerie a retenti. J'ai reconnu Nick de l'autre côté de la fenêtre, près de la porte, oscillant d'un pied sur l'autre.

– J'y vais ! ai-je hurlé en dévalant l'escalier.

Ils n'ont rien entendu.

– Salut ! lui ai-je lancé en sortant sur le porche. Qu'est-ce qui se passe ?

– Salut, m'a-t-il répondu en me tendant un CD. Je t'ai apporté ça. Je l'ai compilé pour toi cet aprèm. Y a toutes les chansons qui me font penser à toi.

– C'est trop mignon. J'adore.

Il avait soigneusement tapé le titre et le nom des interprètes de chaque morceau au dos du CD. De l'autre côté de la porte, on entendait la voix de Papa qui semblait de plus en plus proche.

– Je te préviens, un jour je ne rentrerai peut-être plus du tout, Jenny !

Nick a levé les yeux sur la porte, et je vous promets que j'ai vu une expression de gêne profonde traverser son visage. Avec autre chose. De la pitié ? De la peur ? Ou cette immense lassitude que je ressentais moi aussi ?

– On se tire ? m'a-t-il demandé en enfonçant les mains dans les poches. L'atmosphère ne m'a pas l'air géniale chez toi. Viens, on va faire un tour.

Je n'ai pas hésité. Discrètement j'ai rouvert la porte pour déposer le CD dans l'entrée, puis il m'a prise par la main et m'a entraînée dans le champ derrière la maison. On s'est allongés au milieu des herbes en contemplant les étoiles et en discutant de... de tout et n'importe quoi.

– Tu sais pourquoi on s'entend bien, toi et moi, Val ? Parce qu'on pense pareil. On dirait qu'on a le même cerveau. C'est sympa.

– Exactement. Qu'ils aillent se faire foutre, nos parents. Et leurs engueulades. Et tout le monde. De toute façon, on s'en fiche, non ?

– Pas moi, non. Tu sais, pendant longtemps j'ai pensé que personne ne me toucherait jamais, mais toi, oui, tu me touches vraiment.

– Je sais, ai-je répondu en me retournant pour l'embrasser sur l'épaule. Toi aussi, tu me touches. C'est presque un peu flippant qu'on soit si proches.

– Flippant dans le bon sens.

– Ouais, dans le bon sens.

Il s'est redressé en s'appuyant sur le coude.

– Heureusement qu'on est là pour se protéger. Tu vois, le monde entier a beau t'en vouloir à mort, t'as toujours quelqu'un sur qui tu peux compter. Toi et moi contre le monde entier. Juste nous deux.

À l'époque j'étais tellement obnubilée par mes parents et leurs disputes que j'ai cru que c'était d'eux qu'on parlait. Nick comprenait parfaitement l'enfer que je vivais – il appelait son beau-père Charles son « Beau du Jour » et il parlait de la vie amoureuse tumultueuse de sa mère comme si c'était une vaste plaisanterie – mais jamais je ne me suis dit qu'il pensait à nous deux contre... le monde entier.

– Ouais, juste nous deux, ai-je répondu. Toi et moi.

J'ai jeté un coup d'œil sur le tapis du bureau de Mme Tate, et de nouveau j'ai pensé que finalement je ne connaissais pas Nick. Ces histoires d'âmes sœurs, c'était de la rigolade. Au fond, quand il s'agissait de comprendre les autres, j'étais nulle.

Ce n'était pas un peu de la complaisance de ma part ? La pauvre petite fille, exclue de son lycée, qui pleure la disparition de son chéri, auteur d'un carnage ? J'en venais à me détester.

– Valérie, tu as l'avenir devant toi, a repris Mme Tate. Tu avais commencé à sélectionner des universités. Tu avais de bonnes notes. Nick, lui, n'a jamais eu l'avenir devant lui. Son avenir à lui, c'était... ça.

J'ai versé une larme. C'était plus fort que moi. Qu'est-ce qu'elle en savait de l'avenir de Nick ? C'est impossible de prédire l'avenir. Mon Dieu, si j'avais pu prévoir ce qui était arrivé, j'aurais tout arrêté, sur-le-champ. J'aurais tout fait disparaître. Mais je ne l'ai pas fait. Je ne pouvais pas. Alors que j'aurais dû. Voilà ce qui me tue. J'aurais dû. L'avenir qui m'attendait ne comprenait plus d'études à l'université. Il se résumait à être connue partout sous le nom de La-Fille-Qui-Hait-Le-Monde-Entier. Voilà comment les journaux m'avaient surnommée : La-Fille-Qui-Hait-Le-Monde-Entier.

J'aurais voulu lui raconter tout ça, à Mme Tate. Mais c'était tellement compliqué, et rien qu'en y pensant j'avais des élancements dans la cuisse et mon cœur battait à toute vitesse. Je me suis levée et j'ai remis mon sac à dos d'un coup d'épaule. J'ai essuyé mes larmes avec le plat de la main.

– Je ferais mieux d'aller en cours. Je n'ai pas envie d'être en retard le premier jour. Je vais y réfléchir. La fac, je veux dire. Mais je ne peux rien vous promettre.

Elle s'est levée en soupirant. Elle a repoussé le tiroir de son classeur, mais sans bouger de son bureau.

– Valérie... Tâche de passer une bonne journée, d'accord ? Je suis contente que tu sois de retour. Je mets de côté les plaquettes des universités pour toi, promis.

– Madame Tate ? L'ambiance a beaucoup changé ? Les gens, ils sont différents ?

Je ne sais pas très bien ce que j'espérais comme réponse. « Oui, chacun en a tiré une leçon et désormais nous formons une immense famille unie et heureuse », comme ils l'écrivaient dans la presse. Ou au contraire « Non il n'y a jamais eu de boucs émissaires – c'était dans ta tête », comme ils l'avaient aussi écrit. *Nick était fou et tu n'y as vu que du feu, point barre. Tu en voulais à la terre entière, sans raison. À la terre entière, et tout ça c'était dans ton imagination.*

Mme Tate se mordillait la lèvre, réfléchissant d'un air grave.

– Les gens sont comme ils sont, a-t-elle finalement lâché en soulevant les deux mains en signe d'impuissance.

C'était la dernière chose que j'avais besoin d'entendre.

2 mai 2008
7 h 10
« Elle va peut-être te jeter un sort, Christy... »

Je trouvais assez paradoxal que Maman dépose Frankie à l'école parce qu'il avait horreur du car de ramassage, alors que moi je prenais le car parce que l'idée de passer cinq minutes en voiture avec Maman me faisait horreur. Cela dit j'avoue qu'il y a des jours où j'aurais préféré avoir le courage d'affronter les critiques maternelles, parce que le car, c'était l'enfer.

En général j'arrivais à me glisser sur un siège quelque part au milieu et à me recroqueviller en boule, les genoux appuyés sur le dossier en face de moi, MP3 aux oreilles, en me rendant complètement invisible.

Mais depuis quelque temps, Christy Bruter était une vraie plaie. Non pas que ce soit une nouveauté, vu que je ne pouvais pas la voir en peinture.

Christy était une de ces filles qui ont la cote parce que les gens ont peur de ne pas être copains avec elle. Elle était grande, massive, elle avait un énorme ventre qu'elle brandissait comme une déclaration de guerre, et des cuisses gigantesques qui vous auraient broyé le crâne en deux secondes. Bizarrement, elle était capitaine de l'équipe de softball. Je n'ai jamais compris pourquoi. J'avais du mal à l'imaginer dépasser un joueur en courant pour retourner en première base. Mais il faut croire que ça devait arriver. Ou peut-être que l'entraîneur avait peur de la vexer. Qui sait ?

Je connaissais Christy depuis le jardin d'enfants, si ce n'est plus tôt, et jamais, au grand jamais, je n'avais songé qu'un jour on pourrait s'entendre. Et vice-versa. Chaque année, le soir de la fête de la rentrée, ma mère prenait le prof principal à part pour lui recommander d'éviter de nous mettre dans la même classe. « On a tous quelqu'un, comme ça, qui... » expliquait Maman au prof avec un sourire en guise d'excuse. Ce quelqu'un, dans mon cas, c'était Christy Bruter.

Quand on était en primaire, elle m'appelait Poil de Castor. En sixième, elle a lancé une rumeur comme quoi je portais un string, ce qui, à cet âge, n'était pas anodin. Et au lycée, elle a décidé de s'en prendre à ma façon de m'habiller et de m'affubler du surnom de Sœur Funèbre, que tout le monde trouvait hilarant.

Elle montait dans le car deux arrêts après moi, ce qui me laissait le temps de me rendre invisible avant qu'elle n'arrive. Non pas que j'aie peur d'elle ; mais j'en avais assez d'avoir à l'affronter ou à l'éviter.

Je me suis affalée au fond de mon siège, glissant jusqu'à ce que ma tête dépasse à peine le haut du dossier, et j'ai planté mes écouteurs sur mes oreilles en montant le volume de mon MP3. J'ai jeté un œil à travers la vitre en pensant à Nick : ça serait tellement réconfortant de le tenir par la main ce matin. J'avais hâte de le retrouver. Sentir le goût de chewing-gum à la cannelle dans son souffle, enfouir ma tête dans le creux de son bras à l'heure du déjeuner, m'asseoir contre lui comme si c'était un bouclier et que plus rien ne pouvait nous atteindre : Christy Bruter, Jeremy, Maman et Papa et leurs « discussions » qui se transformaient systématiquement en hurlements, jusqu'au moment où Papa filait comme un voleur au cœur de la nuit, laissant Maman pleurnicher dans sa chambre, pathétique.

Le car a ralenti avant de s'arrêter une fois, puis une deuxième. J'avais les yeux rivés de l'autre côté de la vitre sur un fox-terrier qui fourrageait avec son museau dans un sac-poubelle déposé devant une maison. La queue du chien remuait dans le vent tandis que sa tête était plongée dans le sac. Je ne sais pas comment il respirait et j'aurais été curieuse de savoir ce qu'il avait découvert qui semblait tellement l'exciter.

Le car a redémarré et j'ai monté le volume de mon MP3 pour couvrir le vacarme des élèves dont le nombre augmentait de façon exponentielle. J'ai lâché la tête contre le dossier et j'ai fermé les yeux.

Brusquement quelqu'un m'a cogné le bras. J'ai cru que c'était un élève qui passait sans faire attention. Puis un second coup, plus fort, suivi par quelqu'un qui a tiré pour m'arracher le cordon d'un de mes écouteurs. Pauvre écouteur, il pendouillait dans le vide tandis qu'un filet de musique continuait à se déverser pour rien.

– Putain, qu'est-ce qui se passe ? ai-je hurlé en retirant l'écouteur gauche avant d'enrouler le cordon autour de mon MP3.

J'ai jeté un œil à ma droite : Christy Bruter était là, souriant comme une idiote de l'autre côté du couloir.

– Casse-toi ! lui ai-je lancé.

Sa copine, aussi moche, Ellen (même genre, amazone aux cheveux roux avec une tête de mec, et membre de l'équipe de softball du lycée), rigolait, mais Christy, elle, me fixait avec ces espèces de battements de paupières faussement innocents.

– De quoi tu causes, Sœur Funèbre ? T'es sûre que t'es pas en train d'halluciner ? Peut-être que t'aurais des visions, genre rayon X ? Ou, on ne sait jamais, c'est peut-être un coup du diable.

– N'importe quoi.

J'ai remis mes écouteurs et je me suis calée au fond de mon siège en fermant les yeux. Jamais je ne lui ferais le plaisir de me lancer dans la bagarre.

Le car tournait pour prendre la contre-allée du lycée quand j'ai senti un nouveau coup dans l'épaule, mais cette fois-ci on m'a arraché mes écouteurs avec une telle violence que c'est tout mon MP3 qui a valsé avant d'atterrir sous le siège devant moi. Je l'ai ramassé. La petite loupiote sur la gauche de l'appareil était éteinte et l'écran était vide. J'ai appuyé pour éteindre avant de rallumer, une fois, deux fois, mais... rien. Mon MP3 était mort.

– J'y crois pas ! C'est quoi ton problème ? l'ai-je défiée, montant la voix malgré moi.

Elle a lâché un nouveau petit hennissement, suivie par deux de ses copines assises derrière. Elle me toisait toujours avec ce regard de faux jeton.

Les portes du car se sont ouvertes et tout le monde s'est

levé. Un réflexe de gamins. On serait au milieu de nulle part, il suffirait que les portes s'ouvrent pour que tout le monde se redresse. C'était une des constantes de notre vie. Naître, mourir, se lever dès que les portes du car s'ouvrent.

J'étais à quelques centimètres de Christy qui sentait encore les pancakes au sirop d'érable.

– Alors, prête pour un nouvel enterrement ? m'a-t-elle balancé avec un affreux rictus. Pourquoi tu laisses pas tomber Nick pour un bon cadavre bien froid ? Remarque, Nick, dans le genre, c'est cadavre exquis, non ?

Je la regardais dans le blanc des yeux, déterminée à ne pas lâcher. Ça faisait des années qu'elle me resservait les mêmes blagues. Sans se lasser. Persuadée qu'elle était hilarante. Un jour, Maman m'avait conseillé de l'ignorer systématiquement en m'expliquant qu'elle finirait par abandonner. Mais il y a des jours où l'ignorer, c'était plus facile à dire qu'à faire. J'avais laissé tomber depuis longtemps question rivalité, mais il était exclu que je ferme les yeux si elle se mettait à bousiller mes affaires.

Je l'ai poussée pour descendre dans l'allée où les élèves s'agitaient.

– J'sais pas quel est ton problème mais... Tu me le paieras, ai-je ajouté en brandissant mon MP3.

– Ouh là là, j'en ai les genoux qui flanchent !

– Fais gaffe, elle va peut-être te jeter un sort, Christy, a renchéri quelqu'un, et tout le monde a éclaté de rire.

Vite, je suis descendue sur le trottoir et j'ai contourné le car en courant pour rejoindre Stacey, David et Duce, assis sur les gradins.

J'ai grimpé jusqu'à eux, à bout de souffle, et hors de moi.

– Salut ! m'a lancé Stacey. Qu'est-ce qu'il y a ? T'as pas l'air bien.

– Tu m'étonnes. T'as vu dans quel état cette garce de Christy a mis mon MP3 ?

– C'est pas vrai ! s'est exclamé David en prenant mon appareil avant de tester deux ou trois boutons. Tu peux peut-être essayer de le faire réparer.

– Je n'ai aucune envie de le faire réparer, ce dont j'ai envie, c'est de la trucider, oui ! Je vous jure, si je pouvais je lui couperais la tête. Elle va me le payer. Je ne laisserai jamais passer un truc pareil.

– Laisse tomber, m'a répondu Stacey. C'est qu'une grosse vache. Personne ne peut la sacquer.

Soudain une Camaro noire a déboulé en rugissant pour aller se garer près du terrain de foot. La voiture de Jeremy ! Mon sang n'a fait qu'un tour. Oublié, mon problème de MP3.

La portière du côté passager s'est ouverte et Nick est descendu. Il portait sa parka noire, fermée jusque sous le menton pour se protéger du vent frais.

– Nick ! ai-je hurlé en sautant des gradins et en agitant la main.

Il m'a tout de suite repérée, relevant la tête avant de se diriger vers moi. Il se déplaçait lentement, méthodiquement.

– Salut, mon Nick ! lui ai-je lancé en me précipitant sur lui.

Il m'a plus ou moins évitée, à peine, tout en se penchant pour m'embrasser avant de passer son bras autour de mon épaule, comme d'habitude. J'étais tellement soulagée de me sentir sous sa protection !

– Salut les mecs ! Qu'est-ce que vous fichez, là, à glander ? a-t-il lancé en serrant vaguement la main de Duce avant de donner un coup d'épaule à David.

– T'étais où ? a répondu celui-ci.

Nick a esquissé un petit sourire narquois, et bizarrement il m'a paru dix fois plus âgé. Sous tension, comme s'il vibrait.

– J'avais des trucs à faire. (Il a balayé du regard la façade du lycée.) Des trucs à faire, a-t-il répété, avec un tel calme que je suis presque sûre d'être la seule à l'avoir entendu.

À vrai dire il ne s'adressait à personne. J'aurais même mis ma main au feu qu'il s'adressait au lycée. Au bâtiment et à toutes les fourmis qui s'agitaient à l'intérieur.

À ce moment-là, M. Angerson est passé derrière nous avec son pas traînant et son « ton de dirlo », celui qu'on imitait quand on se retrouvait pour faire la fête : « Oui, chers étudiants du lycée de Garvin, la bière, c'est mauvais pour vos petites cervelles en pleine croissance. Je vous recommande de prendre un bon petit déjeuner sain avant d'aller au lycée, chers élèves. Et n'oubliez pas, chers élèves, face aux drogues, une seule réponse, non. »

– Très bien, chers élèves de Garvin...

J'ai donné un petit coup de coude à Stacey en gloussant.

– Allez, on ne traîne pas. Il est temps d'aller en cours.

Duce lui a répondu par un rapide salut avant de se diriger vers l'entrée. Et Stacey et David l'ont suivi en riant. Quant à moi, j'allais y aller quand j'ai été arrêtée net, coincée sous le bras de Nick qui ne voulait plus me lâcher. J'ai levé les yeux vers lui. Il était toujours en train de fixer le bâtiment, avec un drôle de sourire aux coins des lèvres.

— Je ferais mieux d'y aller avant qu'Angerson s'énerve. Et puis, je me disais... t'aurais pas envie de faire un saut chez Casey à l'heure du déjeuner ?

Il ne m'a pas répondu, scrutant toujours le lycée sans le moindre battement de cils.

— Nick ? Faut qu'on y aille.

Silence. J'ai fini par lui donner un coup de hanche.

— Nick ?

Il m'a toisée en clignant des yeux, avec son sourire de sphinx, et toujours ce regard brillant, inchangé. De plus en plus intense. Qu'est-ce qu'ils avaient bien pu fumer, lui et Jeremy, ce matin ? Son comportement était vraiment bizarre.

— Ouais, a-t-il fini par dire. Ouais, faut que j'y aille, j'ai du taf.

On a commencé à avancer, bras dessus bras dessous et en se cognant doucement.

— Je t'aurais volontiers passé mon MP3, mais Christy Bruter me l'a cassé dans le car, ai-je dit en lui montrant l'appareil.

Son sourire de sphinx s'est mué en sourire de loup. Il m'a serrée contre lui en hâtant le pas.

— Ça fait un bail que j'attends pour lui régler son compte, à celle-là.

— J'imagine. Moi aussi, je la déteste, ai-je répondu sur un ton geignard, profitant de l'incident pour attirer toute son attention. Je ne sais pas quel est son problème.

— Je m'en occupe, t'inquiète.

La manche de sa parka me grattait légèrement la nuque. C'était délicieux. Comme la preuve de sa présence. Tant que sa manche me chatouillait le creux de la nuque, tout allait bien, même s'il me cachait quelque chose. Il était là, avec moi, me serrant contre lui, et prêt à se battre pour moi. Pas pour Jeremy. Pour moi.

Arrivé au pied de l'entrée, il a fini par me lâcher. Une rafale de vent a soufflé juste à ce moment, rabattant le col de ma chemise tout en s'engouffrant à l'intérieur. J'ai frémi, le dos soudain glacé.

Nick m'a tenu la porte ouverte.

– Vivement qu'on en finisse avec tout ça, a-t-il lâché.

J'ai acquiescé sans rien dire avant de filer droit vers le Foyer, guettant Christy Bruter au cas où elle apparaîtrait, et claquant des dents.

3

[Extrait du *Sun-Tribune* du comté de Garvin, 3 mai 2008, Angela Dash, envoyée spéciale]

Jeff Hicks, quinze ans. Nouvel arrivant au lycée de Garvin, Hicks n'aurait jamais dû passer par le Foyer, nous ont expliqué plusieurs élèves. « Si on peut, on évite de le traverser », confirme Marcie Stindler, élève de seconde. « Les terminales n'arrêtent pas de nous harceler si on y va. C'est une sorte de règlement tacite entre nous, on évite le Foyer, sauf à l'heure du déjeuner. Les nouveaux le savent d'instinct. »

Mais ce matin-là, le 2 mai, Hicks était en retard et il a pris un raccourci en passant par le Foyer – un classique, d'après certains : au mauvais endroit au mauvais moment. Touché en pleine nuque, il est mort sur le coup. Une pierre a été érigée à son nom au siège de la banque du comté de Garvin. La police n'est pas en mesure de dire si Levil connaissait Hicks, ou si celui-ci a été tué par accident alors qu'un autre était visé.

Mme Tate m'a gardée tellement longtemps dans son bureau que j'ai raté la sonnerie du premier cours et j'ai débarqué au milieu du laïus de rentrée de Mme Tennille. Je sais que Mme Tate l'avait fait exprès pour m'épargner d'avoir à affronter les couloirs aussi tôt, mais je me demande si je n'aurais pas préféré, plutôt que de voir tous les regards se tourner vers moi quand je suis entrée. Au moins dans les couloirs, je pouvais raser les murs.

J'ai ouvert la porte, et je vous jure que toute la classe s'est figée en me dévisageant. Billy Jenkins a lâché son crayon qui a roulé sous son bureau. La mâchoire de Mandy Horn s'est décrochée si brutalement que j'ai cru l'entendre craquer. Même la prof a arrêté de parler tout net, pétrifiée sur place.

J'étais là, sur le seuil de la porte, à me demander s'il ne valait pas mieux que je tourne les talons pour filer. Hors de la salle. Hors du lycée. Sous ma couette, à la maison. Expliquer à Maman et au docteur Hieler que j'avais eu tort, que finalement je préférais faire ma terminale avec un tuteur. Que j'étais beaucoup moins costaud que je ne l'imaginais.

Mme Tennille s'est raclé la gorge en déposant le gros feutre qu'elle utilisait pour le tableau blanc. J'ai pris une profonde inspiration et je me suis faufilée jusqu'à son bureau pour lui remettre le passe que la secrétaire de Mme Tate m'avait donné.

– Nous étions en train d'étudier le programme de l'année, m'a dit Mme Tennille en prenant le passe. (Son visage était de marbre.) Tu peux aller t'asseoir. Si tu as une question sur un sujet déjà abordé, n'hésite pas à venir me voir après la sonnerie.

Mme Tennille ne faisait pas partie de mes fans, loin s'en faut. Elle avait toujours eu du mal à accepter le fait que je rechigne à participer aux travaux dirigés en laboratoire, et surtout le fait qu'un jour Nick avait « accidentellement » mis le feu à une éprouvette. Je ne vous dis pas le nombre de fois où elle avait envoyé le pauvre Nick en colle, me fusillant du regard quand elle me voyait l'attendre sur le trottoir en face du lycée.

Alors qu'a-t-elle ressenti vis-à-vis de moi ce matin-là ? De la pitié, sans doute, parce que j'avais été incapable de voir en Nick ce qu'elle avait toujours vu. Ou peut-être aurait-elle préféré me secouer en hurlant « Je te l'avais dit, petite sotte ! ». Ou elle était carrément dégoûtée à cause de ce qui était arrivé à M. Kline.

Qui sait, peut-être que comme moi, elle voyait et revoyait la scène un milliard de fois par jour dans son esprit : M. Kline, professeur de chimie, se précipitant comme un bouclier vivant pour protéger les élèves. En larmes. De la morve coulant de son nez, tremblant des pieds à la tête. Les deux bras étendus sur les côtés, tel le Christ, secouant la tête face à Nick qui le défiait tout en paniquant.

Je l'aimais bien, Kline. Tout le monde l'aimait, Kline. C'était le genre de prof qui venait le jour de votre fête de fin d'année. Le genre de type qui s'arrêtait pour discuter avec vous quand vous le croisiez dans un centre commercial, sans jamais balancer un de ces « bonjour, jeune fille », ou ce type d'apostrophe idiote, typique du dirlo, M. Angerson. Kline, lui, se contentait d'un « Alors, quoi de neuf ? Pas de bêtises, j'espère ? ». Il fermait systématiquement les yeux quand il nous surprenait en train de siroter une bière en douce dans un restaurant. Il aurait donné sa vie pour nous. Et désormais c'est sous ce jour que le monde entier le connaissait. La couverture télé de la tuerie et les articles de cette Angela Dash, journaliste du *Sun-Tribune*, étaient tels que rares étaient les gens qui ne savaient pas que Kline était mort parce qu'il avait refusé de dire à Nick où se trouvait Mme Tennille.

Voilà pourquoi il devait en falloir plus pour surprendre Mme Tennille. Et voilà pourquoi elle me toisait comme si j'incarnais la peste, prête à ravager toute la classe.

Je suis allée m'asseoir sur une chaise vide, discrètement. J'avais la gorge serrée. Mes mains transpiraient tellement que mon cahier glissait. J'avais des élancements épouvantables dans la jambe et l'impression de boiter.

Je me suis calée au fond de la chaise en levant les yeux vers la prof. Elle m'a fixée jusqu'à ce que je sois tout à fait immobile, puis elle s'est tournée vers le tableau blanc en se raclant la gorge avant de finir de rédiger son adresse mail.

Toutes les têtes se sont retournées vers le tableau, lentement, et ma respiration a retrouvé un rythme normal. *Quatre-vingt-trois*, je chantonnais en moi-même. *Et quatre-vingt-deux si tu retires aujourd'hui.*

Tennille continuait à nous exposer les mille et une façons de la joindre pendant que j'essayais de me concentrer sur mes mains en contrôlant mon souffle, suivant les conseils du docteur Hieler. Mes ongles étaient cassés, affreux. Je n'avais pas eu le courage de les limer et de les vernir, et il me semblait qu'on ne voyait qu'eux. Les autres filles avaient dû passer des heures à se pomponner pour la rentrée en se mettant du vernis et en choisissant leurs plus beaux atours. Moi, je m'étais à peine lavée. Ça aussi, c'est quelque chose qui nous séparait, elles et moi, mais, curieusement, c'est aussi quelque chose qui me séparait de celle que j'étais avant.

J'ai enfoui mes ongles dans le creux de mes mains parce que je ne voulais pas qu'on voie dans quel état ils étaient, étonnée de découvrir que la sensation de leurs bouts rongés et rugueux s'enfonçant dans mes paumes m'apaisait. J'ai serré les poings jusqu'à ce qu'ils me rentrent dans la chair et que je puisse respirer sans être submergée par la nausée.

– N'hésitez pas à m'envoyer un mail si vous avez une question...

Soudain Mme Tennille s'est interrompue. Il y avait du grabuge sur ma gauche. Les élèves s'agitaient. Une des filles était en train de ranger ses livres et ses papiers. Elle pleurait et elle avait le hoquet, tout en essayant de se retenir.

Deux ou trois autres filles étaient penchées au-dessus d'elle et lui tapotaient le dos pour la consoler.

– Que se passe-t-il ? a lancé Mme Tennille. Kelsey ? Meghan ? Je peux savoir pourquoi vous avez quitté votre chaise ?

– Pour Ginny, a répondu Meghan.

Effectivement, la fille qui pleurait était Ginny Baker. J'avais entendu dire à la radio qu'elle avait dû subir plusieurs opérations de chirurgie esthétique, mais je n'avais pas remarqué à quel point elle était défigurée.

Mme Tennille a déposé son feutre effaceur dans le petit plateau au pied du tableau, puis elle a tranquillement croisé les bras.

– Ginny ? (Elle avait la voix si douce que j'ai mis quelques secondes avant de comprendre que c'était la sienne.) Je peux faire quelque chose pour toi ? Tu veux que j'aille te chercher une boisson ?

Ginny s'est redressée en fermant son sac à dos.

– C'est à cause d'elle, a-t-elle répondu, sans un geste.

Tout le monde s'est tourné vers moi. Je me suis concentrée sur mes mains, tête baissée, enfonçant mes ongles encore plus fort et me mordant les lèvres.

– Je ne peux pas rester assise ici avec elle sans penser à... à... a balbutié Ginny entre deux hoquets, dégageant une vague d'angoisse qui m'a donné la chair de poule. Pourquoi est-ce qu'ils l'ont laissé revenir ?

Elle a empoigné son sac à dos avec les deux mains en le serrant contre son ventre et elle a foncé entre les rangées, bousculant Meghan et Kelsey qui se sont cognées contre les tables. Mme Tennille a fait deux ou trois pas vers elle avant de s'arrêter net. Ginny est sortie en trombe, le visage ravagé et déformé, grimaçant comme jamais.

On aurait entendu une mouche voler. J'ai fermé les yeux et j'ai compté à rebours à partir de cinquante – autre exercice qu'on m'avait appris. Maman ou le docteur Hieler ? Je ne sais plus. Mes oreilles bourdonnaient, je tremblais. Ne valait-il pas mieux que je sorte, moi aussi ? Rattraper Ginny pour lui demander pardon ? Rentrer et ne plus jamais revenir ? Me lever pour dire un mot à toute la classe ? Que faire ?

Mme Tennille s'est raclé la gorge en retournant vers le tableau blanc et en reprenant son feutre. Malgré son allure stoïque, elle était manifestement chamboulée. Cette bonne vieille Tennille, si solide. Impossible à séduire ni à déstabiliser.

– Je disais donc...

Et elle a recommencé son laïus...

J'ai cligné des yeux pour faire disparaître les petits points blancs qui clignotaient devant moi et j'ai essayé d'écouter, mais j'avais du mal parce que les élèves n'arrêtaient pas de se retourner pour m'observer.

– Le cours suivant mettra l'accent sur...

De nouveau il y a eu du grabuge et elle a dû s'interrompre. J'ai jeté un œil sur ma gauche : deux élèves discutaient entre eux avec passion.

– J'en appelle à toute la classe, a repris Mme Tennille, d'une voix ferme, mais moins autoritaire que d'habitude. Auriez-vous la gentillesse de me prêter un peu d'attention, s'il vous plaît ?

Les deux élèves se sont tus, mais ils avaient toujours l'air aussi fébriles.

– Allez, continuons, sinon nous allons prendre du retard avant même que l'année ne commence.

Sean McDannon a levé la main.

– Oui, Sean ? a-t-elle répondu, avec une pointe d'exaspération.

Il était plutôt sympa, Sean. Il n'avait jamais de problèmes avec les autres. Personne ne l'aimait ni ne le détestait particulièrement. Il avait l'art de se faire discret, et souvent c'est toute la différence entre avoir des copains ou au contraire, être la cible du lycée. À ma connaissance, personne ne l'avait jamais pris comme tête de Turc. Il avait de bonnes notes, il était membre de plusieurs associations scolaires, il avait une petite amie sans prétention. Il habitait près de chez moi, six maisons plus loin, du coup on jouait souvent ensemble quand on était gamins. Depuis la fin du primaire, on n'avait plus beaucoup de contacts, mais il n'y avait aucune hostilité entre nous. On se disait toujours bonjour quand on se croisait dans les couloirs ou en attendant le car. Sans plus.

– Euh... Mme Tate nous a conseillé de discuter de... euh... ce qui s'est passé...

– Et puis c'est pas juste que Ginny ait été obligée de sortir de la salle, a ajouté Meghan.

Alors que Sean avait fait l'effort de m'éviter en prenant la parole, Meghan, elle, avait ostensiblement pivoté la tête pour me fusiller du regard.

– Elle n'a rien fait de mal, Ginny, a renchéri Meghan.

– Personne n'a demandé à Ginny de sortir, a répondu Mme Tennille en tripotant son feutre. Je pense que ce que voulait dire Mme Tate, c'est que vous pouvez aller la voir dans son bureau quand vous voulez pour discuter avec elle.

– Pas du tout.

La voix venait de derrière moi. J'ai cru reconnaître celle d'Alex Gold, mais j'étais tellement tétanisée que je n'ai pas pu me retourner pour vérifier. Mes ongles creusaient la paume de ma main à tel point que j'avais des petits croissants violets dans la peau qui me faisaient mal.

– Pas du tout, le type spécialiste des traumatismes que le lycée nous a envoyé nous a dit qu'on devait se sentir libres de parler quand on en avait besoin. Non pas que j'en aie besoin, remarquez, pour moi, tout ça, c'est du passé.

– Tant mieux pour toi. T'as pas eu le visage explosé ! a répliqué Meghan.

– Parce que je ne l'ai jamais harcelé, Nick Levil, moi !

– Ça suffit, est intervenue Mme Tennille – mais la discussion allait déjà bon train. Revenons à nos moutons...

– Toi non plus, a ajouté Susan Crayson, assise juste à droite de Meghan. Toi non plus, tu n'as pas eu la tronche explosée. Tu n'étais pas particulièrement amie avec Ginny avant la tuerie, que je sache, non ? Sauf que tu adores le drame.

À partir de ce moment-là, ça a été l'enfer, tout le monde s'est déchaîné. Chacun y allait de son point de vue et il n'y avait plus moyen de s'entendre.

– ... j'aime le drame ? Ma copine est morte...

– ... et puis Valérie n'a pas tiré, aux dernières nouvelles. Elle a juste incité Nick à le faire. Or il est mort, alors on s'en fout.

– Mme Tate nous a dit que c'est pas en s'engueulant qu'on résoudrait...

– ... assez morflé avec les cauchemars que j'ai toutes les nuits à cause de ça, alors si en plus quand j'arrive en cours, je...

– ... alors comme ça j'aurais aimé le fait que Ginny se fasse tirer dessus parce que je suis attirée par le drame ? Tu es sérieuse ?

– ... avait été sympa avec Nick, peut-être que rien de tout ça ne serait arrivé. C'est pas justement le point le plus important de... ?

– ... mon avis, il méritait de mourir. Je suis contente qu'il ne soit plus là...

– ... qu'est-ce que t'en sais des copains, toi, espèce de nul...

Ils étaient tellement excités et occupés à régler leurs comptes entre eux qu'ils avaient oublié de me régler le mien. Plus personne ne me regardait. Quant à Mme Tennille, elle avait renoncé, affalée sur sa chaise, observant en silence la fenêtre en jouant avec le haut de son col, le menton frémissant légèrement.

À en croire les reportages qui passaient à la télé, ces gentils élèves se retrouvaient dans la cafétéria tous les matins pour chanter *Give Peace a Chance* en se tenant tendrement la main. Sauf que c'était exactement le contraire. Ils étaient à couteaux tirés. Toutes les vieilles rivalités, les vieilles blagues et les vieilles rancunes revenaient, là sous mes yeux, derrière les histoires de chirurgie esthétique, les hochements de tête pleins de commisération et les Kleenex froissés.

Il y en avait deux qui pleuraient. Deux autres étaient pliés de rire.

J'ai hésité à intervenir, mais que dire ? Leur rappeler que ce n'est pas moi qui avais tiré ? Ça donnerait l'impression que j'étais sur la défensive. Essayer de réconforter toute la classe ? Ça ne serait pas crédible. Non, le moindre geste serait malvenu. Je n'étais pas prête, c'était trop tôt, comment avais-je même pu y songer ? Je n'arrivais pas à répondre aux questions que je me posais moi-même, alors comment répondre aux leurs ?

Ma main s'est dirigée malgré moi vers mon portable. Et si j'appelais Maman ? Pour la supplier de venir me chercher. La supplier de ne jamais me renvoyer au lycée. Ou le docteur Hieler, pour lui dire que, pour la première fois, il avait tort. Je n'avais pas tenu quatre-vingt-trois minutes, alors... quatre-vingt-trois jours ?

Mme Tennille a fini par reprendre le contrôle de la situation. Tout le monde s'est calmé, mais un nuage de tension planait pendant qu'elle achevait la présentation du programme de l'année.

Peu à peu les élèves oubliaient ma présence. J'ai commencé à me dire qu'il n'était peut-être pas inenvisageable que je reste assise ici, derrière ce pupitre, dans cette classe. Dans ce lycée. *Il faut que tu trouves une méthode pour ne voir que ce que tu as sous les yeux, Valérie*, m'avait recommandé le docteur Hieler. *Il faut que petit à petit tu arrives à te persuader que ce que tu vois, c'est la réalité.*

J'ai ouvert mon cahier et saisi un crayon noir. Sauf qu'au lieu de prendre des notes en suivant les explications de Mme Tennille, je me suis mise à dessiner ce que j'avais sous les yeux : tous ces élèves, qui n'étaient que des enfants – corps de gamins, fringues de gamins, baskets aux lacets dénoués comme tous les gamins, et jeans déchirés typiques gamins. En revanche, l'expression sur leur visage était différente. Moi qui pensais voir des regards enragés, noirs, railleurs, je ne voyais que de la confusion. Oui, ils étaient aussi confus, aussi paumés que moi.

J'ai dessiné leurs visages sous la forme de grands points d'interrogation émergeant de leurs blousons Hollister ou de leurs T-shirts Old Navy. Chaque point d'interrogation avait une énorme bouche grande ouverte. Certains versaient des larmes. D'autres étaient recroquevillés, comme des escargots.

Je ne sais pas si c'est ce que voulait dire le docteur Hieler quand il m'avait conseillé de ne voir que ce que j'avais sous les yeux. En tout cas je sais que dessiner ces points d'interrogation m'a soulagée, mille fois plus que compter à rebours à partir de cinquante.

2 mai 2008
7 h 37
« Mon Dieu ! À l'aide ! Vite ! »

J'ai foncé à travers les portes d'entrée avec Nick, quand soudain le vent s'est engouffré de mon côté et le battant a claqué violemment derrière moi. Les couloirs fourmillaient d'élèves qui se précipitaient vers leur casier et râlaient contre leurs parents, leurs profs ou leurs copains. Tout le monde riait, balançait des remarques plus ou moins vaches, claquait la porte de son casier – tous ces bruits du matin qui forment la bande-son naturelle de la vie du lycée.

On a tourné au bout du couloir pour aller au Foyer, là où le mouvement général se transformait en une masse de gamins à l'affût de ragots avant de commencer la journée. Certains achetaient des beignets à la table du Bureau des élèves, d'autres étaient assis par terre et dévoraient le beignet qu'eux avaient réussi à obtenir. Plusieurs *cheerleaders* étaient debout sur des chaises en train d'accrocher des affiches pour un rassemblement à venir. Deux ou trois élèves étaient cachés au fond et se bécotaient près de l'endroit où l'on montait la scène quand il y avait un spectacle. Tous les losers du lycée – autrement dit, nos copains – nous attendaient, avachis sur des chaises retournées autour d'une table ronde près de la cuisine. Quelques profs – les plus courageux, comme M. Kline et Mme Flores, la prof d'arts plastiques – déambulaient au milieu de cette marée en tâchant d'y faire régner un semblant de discipline. C'était peine perdue. Discipline rimait rarement avec Foyer.

Nick et moi, nous nous sommes arrêtés juste après avoir franchi la porte. Je me suis hissée sur la pointe des pieds pour voir si Christy Bruter était là. Nick, lui, a balayé du regard la pièce avec son sourire de sphinx, glacial.

– Là ! ai-je murmuré. Elle est là !

Enfin il l'a repérée.

– Elle va me le payer, ce nouveau MP3, tu peux pas imaginer comme elle va me le payer, ai-je grommelé.

Lentement, très lentement, il a ouvert la fermeture Éclair de sa parka, sans la retirer, avant de déclarer :

– Viens, on va en finir avec cette merde.

J'ai souri : j'étais tellement contente qu'il prenne ma défense ! Qu'enfin cette Christy Bruter récolte ce qu'elle méritait ! Ça, c'était le vieux Nick, le Nick dont j'étais amoureuse. Le Nick qui osait braver Christy Bruter et quiconque cherchait à me pourrir la vie, le Nick qui ne reculait jamais quand un des joueurs de l'équipe de foot l'humiliait en le traitant de minus. Le Nick qui savait parfaitement se mettre à ma place – famille naze, lycée naze, peuplé de garces, genre Christy Bruter, pour me rappeler que je n'étais pas comme elles, que d'une certaine façon je valais moins qu'elles.

Son regard s'est fait étrangement lointain, quand soudain il a foncé. Droit devant lui. Fendant la foule, cognant les épaules des uns et des autres avant de les repousser brutalement. M'abandonnant dans son sillage au milieu de cet océan de visages furieux et de cris indignés que j'ignorais, le talonnant aussi près que possible.

Il est arrivé jusqu'à Christy deux secondes avant moi. Il a fallu que je tende le cou pour la voir au-dessus de son épaule. En tout cas je l'entendais. J'étais concentrée parce que je ne voulais pas rater un mot de ce qu'il allait lui balancer. Je suis sûre de ce que j'ai entendu. Je le réentends quasiment chaque jour depuis.

Il a dû commencer par lui donner un bon coup d'épaule, exactement comme elle dans le car. À ce stade-là je ne voyais pas vraiment parce qu'il me tournait toujours le dos. Mais elle, je l'ai vue vaciller en avant, manquant de renverser son amie Willa. Quand tout à coup elle s'est retournée avec un air surpris en déclarant :

– C'est quoi, ton problème ?

J'étais debout juste derrière Nick. Sur la vidéo de surveillance, on dirait que je suis contre lui, d'ailleurs on est tous tellement serrés les uns contre les autres qu'il est difficile de distinguer qui est qui. En tout cas j'étais à quelques centimètres derrière lui, et tout ce que je voyais c'était le buste de Christy au-dessus de l'épaule de Nick.

– Ça fait un bail que t'es sur la liste, a-t-il déclaré.

Mon sang n'a fait qu'un tour : il avait osé évoquer la liste devant elle ! J'étais furieuse. Cette liste était un secret entre lui et moi. Un secret exclusif. Il venait de le trahir. Je savais qu'avec Christy Bruter, le prix à payer serait un cauchemar. Elle n'allait pas se priver de le dire à ses copains et ils auraient une nouvelle raison pour se moquer de nous. Elle en parlerait même à ses parents, qui appelleraient les miens, qui me priveraient de sortie, et ainsi de suite. Si ça se trouve on serait renvoyés du lycée et je me ferais avoir pour les examens de fin d'année.

– Quelle liste ?

Elle l'a toisé du regard en ricanant, de même que Willa, et je me suis hissée sur la pointe des pieds pour voir ce qui la faisait rire.

C'est là que la détonation a retenti.

Non pas tant dans mes oreilles que dans mon cerveau. Comme si la terre entière s'écroulait sur moi. J'ai hurlé. J'en suis sûre, parce que je me souviens d'avoir senti ma bouche rester grande ouverte et mes cordes vocales vibrer, mais je n'ai rien entendu. J'ai fermé les yeux, j'ai lâché un cri de tous les diables et instinctivement j'ai brandi les bras vers le ciel, avec une seule idée en tête, *c'est grave, c'est super grave, c'est super grave*, tandis que mon corps se mettait en pilote automatique. Pilote automatique et mode survie. Ça devait être le message que mon cerveau envoyait à mon corps : *danger, fous le camp !*

J'ai rouvert les yeux pour retenir Nick, mais il s'était déplacé et je me suis retrouvée nez à nez avec Christy, sous le choc. La bouche ouverte, comme si elle s'apprêtait à dire quelque chose, et les deux mains plaquées sur son ventre. Les deux mains couvertes de sang.

Elle a vacillé en avant. Vite, j'ai bondi et elle s'est écroulée entre Nick et moi. J'ai baissé les yeux, comme dans un film au ralenti, et j'ai vu qu'il y avait du sang qui coulait dans le dos de sa chemise, avec un trou au milieu de la tache rouge qui s'étalait.

– Je l'ai eue, a lâché Nick, le regard braqué sur elle – il avait un revolver à la main et il tremblait. Je l'ai eue.

Il a émis un petit rire aigu dont je suis sûre, aujourd'hui encore, que c'était plutôt un signe de surprise. Je suis bien obligée de croire qu'il était aussi sidéré par son geste que moi, non ? Que quelque part, derrière les drogues et sa fascination pour Jeremy, se cachait le Nick qui, comme moi, croyait que c'était une mauvaise blague, un canular d'un goût douteux.

Soudain le rythme s'est accéléré et la réalité m'a sauté à la figure. Les élèves hurlaient et couraient dans tous les sens, mais les portes étaient complètement bouchées et ils s'écroulaient les uns sur les autres. Quelques-uns riaient comme si c'était une farce dont ils avaient raté le début. M. Kline essayait de canaliser les gens vers la sortie et Mme Flores donnait des ordres à tue-tête.

Tout à coup Nick s'est jeté dans la foule, m'abandonnant à côté de Christy qui baignait dans le sang. Willa et moi, on s'est accrochées du regard.

– Mon Dieu ! À l'aide ! Vite ! a crié quelqu'un.

Je crois que c'était moi, mais au jour d'aujourd'hui, je ne pourrais même pas le confirmer.

4

[Extrait du *Sun-Tribune* du comté de Garvin, 3 mai 2008, Angela Dash, envoyée spéciale]

Ginny Baker, seize ans. Suivant les témoignages de différents élèves, Baker, brillante élève accumulant tous les honneurs, était en train de saluer ses camarades avant d'aller en cours quand le premier tir a retenti. Baker semble avoir été directement visée, puisque Levil s'est penché pour tirer sur elle alors qu'elle était réfugiée sous une table.

« Elle hurlait "Aide-moi, Meg !" quand il s'est incliné pour braquer son arme sur elle », raconte Meghan Norris. « Je ne savais pas quoi faire. Je ne comprenais pas ce qui arrivait. Je n'ai même pas entendu le premier tir. Ça s'est passé tellement vite. En tout cas, à un moment Mme Flores nous a donné l'ordre de plonger sous les tables en nous protégeant la tête, et c'est ce qu'on a fait. Le hasard a voulu que je me retrouve sous la même table que Ginny. Il ne lui a pas dit un mot. Il s'est juste penché en visant son visage, il a tiré et il a tourné les talons. Elle ne disait plus rien. Elle ne m'appelait plus à l'aide, du coup j'ai cru qu'elle était morte. Elle avait vraiment l'air morte. »

Nous n'avons pas pu joindre la mère de Baker pour obtenir des commentaires. En revanche son père, qui vit en Floride, estime que l'accident est « la pire tragédie qu'un parent puisse imaginer ». Il a décidé de revenir vivre dans le Midwest pour être auprès de sa fille qui, d'après les médecins, aura besoin de plusieurs interventions de chirurgie plastique destinées à remodeler son visage.

– Alors, il paraît que ta mère a recommencé à travailler aujourd'hui ? m'a demandé Stacey.

C'était à l'heure du déjeuner et nous faisions la queue au self-service avec notre plateau. Le cours d'anglais venait de finir. Il s'était finalement bien passé, malgré la tension. Deux filles n'arrêtaient pas de se passer des mots et la place de Ginny était vide, mais à part ça tout s'était déroulé dans le calme. Mme Long, ma prof d'anglais, faisait partie de ceux qui avaient signé la lettre de remerciements du lycée. À mon entrée dans la classe, elle avait eu les larmes aux yeux mais n'avait rien dit. Elle avait simplement souri, je m'étais assise et elle avait commencé son cours. Dieu merci.

– Ouais.

– Maman m'a dit que l'autre jour ta mère l'a appelée, comme ça, pour discuter.

– Ah bon ? Comment ça s'est passé ? ai-je répondu en me figeant, ma pince à salade pleine au-dessus de mon plateau.

Stacey a avancé dans la queue sans un mot, les yeux rivés sur le sien. Vu de l'extérieur, il devait être difficile de dire si nous étions ensemble, ou si elle était tombée sur la mauvaise pioche et s'était retrouvée à côté de moi dans la queue

– solution qu'elle aurait sans doute préférée. Tellement plus rassurante !

Elle a pris un bol de bonbons Jell-O aux couleurs de l'arc-en-ciel et j'ai fait pareil.

– Tu connais Maman, a-t-elle repris. Elle lui a répondu qu'elle ne voulait plus que notre famille ait le moindre rapport avec la tienne. Elle est persuadée que ta mère est une mauvaise mère.

– Wouah...

J'avais presque mal pour Maman, ce que je m'autorisais très rarement, mais j'étais minée par la culpabilité. C'était plus facile pour moi de me dire qu'elle pensait que j'étais une fille épouvantable qui avait foutu sa vie en l'air.

– Aïe...

– Ta mère a répondu à la mienne d'aller se faire foutre, a poursuivi Stacey.

C'était typique de Maman. Cela dit, je suis sûre qu'après elle s'était réfugiée dans sa chambre en éclatant en sanglots. Elle et Mme Brinks étaient liées depuis une quinzaine d'années.

Ni Stacey ni moi n'avons moufté. Elle, je ne sais pas, mais moi, c'était à cause de cette horrible boule que j'avais au fond de la gorge. Peu importe, nous avons pris notre plateau, payé, et hop, direction le Foyer.

En temps normal, jamais je n'aurais hésité. Avant le mois de mai, Stacey et moi, on allait toujours au fond de la pièce, plus exactement à la troisième table à partir du mur du fond. J'embrassais Nick, je m'installais entre lui et Mason, puis on déjeunait tous ensemble en rigolant, en se moquant des autres, en déchiquetant les serviettes... ce genre de bêtises.

Stacey, qui me devançait, s'est arrêtée devant la table de condiments pour se servir du ketchup. J'en ai pris un peu alors que je n'avais rien qui se mange avec. Tout pour éviter d'avoir à regarder autour de moi et tomber sur les visages des curieux. Je savais qu'ils devaient être un certain nombre. Stacey a repris son plateau, comme si elle avait oublié que j'étais derrière, et je l'ai suivie. Sans doute par réflexe, mais surtout parce que je ne voyais pas ce que j'aurais pu faire de mieux.

J'ai tout de suite repéré ma bande de copains assis autour de la table au fond à gauche. Il y avait David. Duce. Bridget. Et le demi-frère de Bridget, Joey. À peine David nous a-t-il aperçues qu'il a agité la main vers Stacey avant de se calmer au moment où ses yeux ont atterri sur moi. Il a fait un vague mouvement vers moi, mais son geste est mort avant d'aboutir. Il était mal à l'aise.

Stacey s'est installée entre David et Duce, et Duce a tout de suite engagé la conversation avec elle à propos d'un truc sur YouTube. Elle a éclaté de rire, n'arrêtant pas de couiner et de lancer des « Ah, ouais ! Je me rappelle ! ». J'étais debout à un ou deux mètres, mon plateau à la main, ne sachant que faire.

– Ah, ouais ! a lâché Stacey pour la énième fois en se tournant vers moi.

Elle avait l'air presque surprise, comme si elle avait oublié que je la suivais. Que j'étais derrière elle dans la queue. Qu'on venait de discuter.

– Ouais. Euh... a-t-elle repris en jetant un œil sur Duce. Val... Il n'y a plus de chaises, j'ai l'impression.

Duce a enroulé son bras autour d'elle avec son petit sourire méprisant. Et David s'est levé, soit pour aller me chercher une chaise, soit pour me laisser la sienne. De toute façon, il ne mangeait pas. Il mangeait rarement.

Duce a donné un coup de pied dans sa chaise pour le déstabiliser. Sans le regarder. Aussitôt, David s'est rassis. Il a haussé les épaules timidement, les yeux rivés sur la table, évitant de croiser mon regard. Duce a commencé à chuchoter à l'oreille de Stacey qui ricanait. Même David était absorbé par un truc que Bridget était en train de lui raconter.

Nick avait disparu, et j'avais été virée à coups de pied par ma « famille ». Ou est-ce moi qui m'étais virée ? Je ne sais pas.

– Pas de souci, ai-je répondu même si personne n'a dû m'entendre. J'irai m'asseoir ailleurs ; c'est pas grave.

Je comptais disparaître discrètement pour aller m'installer à une table où personne ne viendrait m'embêter et surtout, où je n'embêterais personne. C'était ce que j'avais de mieux à faire. De quoi aurais-je parlé avec eux ? Ils avaient passé l'été à poursuivre leur petite vie. J'avais passé le mien à essayer de reconstruire la mienne.

J'ai jeté un œil sur la cafétéria. Bizarre – rien n'avait changé. Les mêmes élèves étaient assis côte à côte. Les mêmes filles maigres mangeaient les mêmes salades. Les mêmes sportifs engouffraient des platées de protéines. Les mêmes bons élèves se faisaient discrets dans leur coin. Le vacarme était toujours aussi assourdissant. Et M. Cavitt passait entre les tables en répétant « Les mains au-dessus de la table, les enfants. Les mains au-dessus de la table ! ».

La seule chose qui avait changé, c'était moi.

C'est ce que tu voulais, je me répétais. *Tu voulais t'éloigner de Stacey. Tu voulais retourner au lycée à Garvin. Tu voulais leur prouver que tu n'avais aucune raison de te cacher. Tu le voulais et tu l'as eu. C'est juste le déjeuner. Mange et c'est tout.* Discrètement je suis sortie de la pièce, ni vu ni connu.

Je me suis appuyée contre le mur du couloir et j'ai fermé les yeux en expirant longuement. Je transpirais, mais mes mains étaient glacées. J'avais l'appétit coupé et une seule envie, en finir avec la journée le plus vite possible. Je me suis laissé glisser contre le mur pour m'asseoir et déposer mon plateau.

Mon esprit s'est tout de suite réfugié dans le passé et j'ai pensé à Nick. J'étais assise à côté de lui dans sa chambre, avec sa manette de PlayStation, et je lui disais « T'as pas intérêt à me laisser gagner... Et merde, t'es en train de me laisser gagner ! Non, arrête ! ».

Il faisait cette espèce de moue pour me taquiner – tirant la langue légèrement sur le côté, la bouche ouverte avec un sourire béat en couinant doucement toutes les deux ou trois secondes.

– Nick, j'ai dit arrête. Sérieux, je n'ai pas envie de gagner. J'aime pas quand tu fais ça. Je trouve ça humiliant.

Quelques ricanements supplémentaires et hop, il avait perdu, exprès.

– Fais ch..., Nick ! ai-je hurlé en le frappant avec la manette alors que le personnage bondissait sur l'écran en prenant une pose de vainqueur. Je t'avais dit que je ne voulais pas que tu me laisses l'emporter !

– Et alors ? T'as gagné, carrément et dans les règles de

l'art. Toute façon, t'es une fille. T'avais besoin que je t'aide.

– C'est pas vrai, tu ne m'avais pas dit ça. Tu voulais me montrer comment ça marche, me suis-je défendue en lançant la manette, à deux doigts de me jeter sur lui, ce qui le faisait encore plus rire.

Je l'ai bourré de coups de poing dans l'épaule, mais il était tellement taquin que j'étais incapable de rester sérieuse. Ça ne lui arrivait pas très souvent, mais quand il était d'humeur à rigoler, c'était super contagieux.

– Arrête, arrête, espèce de brute ! s'écriait-il avec la voix haut perchée entre deux fous rires. Aïe, tu me fais mal !

Je me suis jetée contre lui et on a roulé l'un sur l'autre jusqu'au moment où je me suis retrouvée plaquée au sol. Il me tenait par les poignets et on était tous les deux à bout de souffle. Il s'est penché vers moi, à quelques millimètres de mon visage.

– Tu sais, c'est pas grave, si quelqu'un te donne un petit coup de pouce pour gagner, m'a-t-il murmuré, soudain très sérieux. Personne ne nous oblige à être toujours du côté des perdants, Valérie. Eux, ils ont peut-être envie qu'on ait l'impression d'être nuls, mais on ne l'est pas. On a le droit de gagner, nous aussi.

– Je sais.

Je n'ai pas osé le lui dire, mais pour moi, être dans ses bras était ma meilleure récompense.

– Tu peux venir t'asseoir à côté de moi si tu veux.

Alors j'ai atterri.

J'ai ouvert les yeux, persuadée que la suite allait être : *Tu peux venir t'asseoir à côté de moi... si le ciel nous tombe sur la* tête. Ou *Tu peux venir t'asseoir à côté de moi... sauf qu'en fait vaudrait mieux pas !* Mais pas du tout. Et ce que j'ai vu m'a sidérée :

Jessica Campbell, debout, face à moi, dont le visage ne trahissait pas la moindre émotion. En tenue de volley-ball, avec une queue-de-cheval impeccable.

Jessica, c'était la fille qui faisait la loi au lycée. De loin la fille la plus populaire, elle pouvait être la plus impitoyable parce que tout le monde rêvait d'être à sa place et les gens étaient prêts à tout pour lui plaire. Autant c'est Christy qui avait lancé le surnom de Sœur Funèbre, autant Jessica, elle, me l'assénait avec une telle froideur et un tel mépris que chaque fois je me sentais nulle et non avenue. C'est elle qui incitait Jacob Kinney à faire trébucher Nick dans les couloirs, et c'est elle qui avait cafté auprès de M. Angerson qu'on fumait de l'herbe en cachette dans ma voiture, un mensonge, qui nous avait valu d'être collés plusieurs jours. Elle ne cherchait même pas à se cacher pour se moquer de nous. Elle nous riait au nez en pleine figure, comme ça. Son nom revenait plusieurs fois sur la liste de la haine. Surligné. Et suivi de plusieurs points d'exclamation.

C'est elle qui aurait dû s'en tirer avec cette énorme cicatrice disgracieuse en pleine cuisse. Elle qui aurait dû mourir. Elle dont j'avais sauvé la vie. Avant le mois de mai, je la haïssais, Jessica. Mais aujourd'hui, j'étais complètement déstabilisée devant elle.

La dernière fois que je l'avais vue, elle tremblait face à Nick en se protégeant le visage avec les mains. Et elle hurlait. Hurlait à se déchirer la voix. Elle paniquait tellement qu'elle délirait. Cela dit, à ce stade-là, tout le monde avait perdu la tête. Je m'en souviens, elle avait un filet de sang qui traversait la jambe de son jean et plein de morceaux de nourriture écrasés dans les cheveux. Quand j'y pense, quelle ironie de la voir perdre son aplomb à ce point-là, sans aucune dignité, mais sur le moment j'aurais eu du mal à en rire vu l'affolement général.

– Quoi ? ai-je croassé.

– Si tu veux, tu peux venir déjeuner à ma table, m'a-t-elle répondu en indiquant le Foyer.

Sans sourire, ni froncer les sourcils, ni trahir la moindre émotion ou la moindre ironie. Elle me tendait un piège. Impossible, jamais Jessica Campbell ne m'aurait proposé de venir à sa table. Elle cherchait à m'attirer pour se venger.

– Ça va, ai-je répondu en secouant la tête. Mais... merci.

Elle m'a regardée en se mordillant la joue. Bizarre, c'était la première fois que je la voyais se mordiller la joue comme ça. Elle avait l'air... je ne sais pas... vulnérable. Grave. Un peu effrayée, si ça se trouve. Avec une expression que je ne lui connaissais pas.

– T'es sûre ? Parce qu'il y a juste Sarah et moi, en plus Sarah est en train de préparer un exposé de psycho. À mon avis, elle ne remarquera même pas ta présence.

J'ai jeté un œil sur sa table attitrée. Effectivement, Sarah y était, le nez plongé dans un cahier, mais entourée d'une dizaine d'élèves. Toute la bande de Jessica. J'avais du mal à croire qu'ils ne remarqueraient pas ma présence. Je n'étais pas complètement idiote. Ni désespérée à ce point-là.

– Non. Vraiment. C'est sympa, mais vaut mieux pas.
– Comme tu veux. Mais si tu changes d'avis, viens avec nous.
– D'accord, promis.
– Euh... je peux te poser une question ?
– Oui.
– La plupart des gens se demandent pourquoi tu es revenue au lycée.

Ah, voilà. C'était sa nouvelle façon de m'appeler par un surnom blessant, de me dire que je n'étais pas la bienvenue, de m'humilier. J'ai senti cette barrière que je connaissais trop bien s'ériger au fond de moi.

– Parce que c'est mon lycée. J'ai pas plus de raisons que les autres d'être obligée de l'abandonner. En plus la direction m'a autorisée à revenir.

– T'as raison. T'as tiré sur personne.

Elle a foncé dans le Foyer et je suis restée bouche bée en pensant : *Non, elle ne se moquait pas de moi.* Elle était sincère. Et ce n'était pas un mirage : elle avait une expression que je ne lui avais jamais vue. D'une manière ou d'une autre, elle avait changé.

J'ai ramassé mon plateau et j'ai tout jeté. Je n'avais plus la moindre faim.

Je me suis rassise par terre de façon à voir l'intérieur du Foyer. *Contente-toi de ce que tu as sous les yeux, Valérie,* résonnait la voix du docteur Hieler. J'ai pris mon carnet et mon crayon noir dans mon sac à dos. J'ai longuement scruté mes camarades et j'ai commencé à dessiner : une meute de loups penchés au-dessus de leurs plateaux, avec de longs museaux, ricanant, riant ou grimaçant avec mépris. Sauf

Jessica. Son visage de loup m'observait avec douceur. J'ai reculé, et quand j'ai vu mon dessin, j'ai été surprise : sa gueule de loup était plus proche d'une gueule de petit chiot.

2 mai 2008
7 h 41
« Tu te souviens de notre plan ? »

Christy Bruter s'est écroulée à mes pieds, et le Foyer s'est transformé en carnage, vacarme et chaos absolus. Curieusement, c'est là que j'ai vécu quelques secondes où j'ai cru que c'était un mirage. Un cauchemar alors que je dormais dans mon lit. Mon portable allait sonner, je décrocherais et je tomberais sur Nick qui me préviendrait qu'il allait au lac Bleu avec Jeremy pour la journée.

Soudain il a bondi en avant et Willa est tombée sur Christy avant de rouler sur elle au milieu d'une mare de sang. Christy respirait toujours, mais elle avait l'air gravement blessée, et on aurait dit qu'elle respirait à travers un tuyau ou un masque. Willa lui pressait les mains en essayant de la rassurer.

Je me suis agenouillée à côté de Willa pour lui presser les mains, moi aussi.

– T'aurais pas un portable ? lui ai-je demandé.

Elle m'a fait non de la tête. Le mien était dans mon sac à dos, lequel avait disparu dans la confusion. Beaucoup plus tard, j'ai vu sur les vidéos de surveillance qu'en fait il était juste à côté de moi, baignant dans le sang. Ça m'a fait un drôle d'effet, parce qu'on voit que je regarde mon sac à dos, mais je suis tellement terrorisée que je suis incapable de le reconnaître. Comme si les deux mots, « sang » et « sac à dos », étaient fondamentalement déconnectés.

– J'ai le mien, a répondu Rachel Tarvin.

Elle était debout au-dessus de Willa, imperturbable. C'était fou, on aurait dit qu'elle assistait tous les jours à une fusillade.

Elle a sorti son portable de sa poche et commencé à composer un numéro quand une deuxième détonation a retenti, suivie par de nouveaux cris d'horreur. Puis encore deux détonations... Puis trois...

Un flot d'élèves fonçait vers nous quand tout à coup j'ai bondi, de peur de me faire écraser.

– Ne pars pas ! Elle va mourir ! s'est écriée Willa. Je t'en supplie. Aide-moi. Aide-moi !

Je n'ai pas eu le temps de répondre, j'ai été emportée, balayée par la marée humaine et j'ai dérapé sur le sang de Christy avant de m'écrouler contre des élèves qui se bousculaient pour sortir du Foyer. Je me suis pris un coup de coude en pleine lèvre et j'ai reconnu le goût du sang. Quelqu'un m'a violemment écrasé le pied. Mais j'avais le cou tendu, tellement concentrée que j'ai à peine remarqué. Christy me semblait déjà à mille lieues. C'est là que j'ai découvert un spectacle pire encore.

Du côté de la table des beignets, j'ai vu du sang. Sous la table, deux corps, immobiles. Et au-delà, Nick qui renversait tout sur son passage. Çà et là il s'accroupissait et jetait un coup d'œil sous une table, tirait quelqu'un par la manche et prenait à partie la personne en lui braquant son arme en pleine figure. Puis une nouvelle détonation suivait, et de nouveaux hurlements.

J'ai commencé à faire le lien entre les différents éléments. Nick. Le fusil. Les détonations. Les cris. Mon cerveau passait peu à peu à la vitesse supérieure. Je ne comprenais rien, en même temps je commençais à atterrir. C'était pas un sujet dont on avait discuté, justement ?

– T'as entendu parler de la tuerie qui a eu lieu dans le Wyoming ou je ne sais plus où ? m'avait demandé Nick un soir au téléphone.

C'était quelques semaines plus tôt. J'étais assise sur mon lit en train de me limer les ongles de pied et j'avais posé mes écouteurs sur ma table de nuit. Une discussion parmi d'autres, ni plus ni moins importante.

– Ouais, avais-je répondu en retirant soigneusement le vernis humide qui débordait sur un de mes orteils. C'est dingue, non ?

– Et t'as entendu les conneries que les médias ont sorties sur les responsables, en insistant comme quoi il n'y avait eu aucun signe avant-coureur ?

– Ouais, plus ou moins. Je n'ai pas regardé grand-chose à ce propos.

– Ils n'arrêtaient pas de dire que les mecs étaient super populaires dans leur lycée, qu'on les adorait, c'était pas du tout des types isolés et tout et tout. Quelle bande de cons.

Un bref silence a suivi, et j'en ai profité pour brancher mon MP3 sur mon ordinateur.

– Oh, tu sais, les médias, c'est n'importe quoi.

– Ouais.

Nouveau silence. J'ai commencé à feuilleter un magazine.

– Alors, qu'est-ce que t'en penses ? Tu crois que tu pourrais ?

– Que je pourrais quoi ?

– Tuer tous ces gens. Christy, Jessica, Tennille et tous ces nazes.

J'étais plongée dans la légende d'une photo de Cameron Diaz – un commentaire sur le sac qu'elle portait.

– Ouais, peut-être, ai-je murmuré en lisant. Mais on ne peut pas dire que j'ai la cote au lycée, alors ce serait différent.

Il a soupiré – à tel point qu'à l'autre bout du fil on aurait dit le tonnerre qui grondait.

– Ouais, t'as raison. Moi, je serais cap'. Total cap' de leur exploser la tronche. Et je peux te dire que là, personne ne serait surpris.

On a éclaté de rire en même temps.

Il se trompait. La surprise a été totale. Surtout de ma part. Au début, j'ai même cru que c'était une erreur. Une erreur à laquelle je devais mettre un terme.

J'ai réussi à me frayer un chemin en poussant deux filles blotties l'une contre l'autre. Puis à travers une grappe d'élèves qui se pressaient sur les portes dans le sens inverse de celui où je voulais aller – là où tout le monde cherchait à aller. Mais plus j'avançais, plus je me sentais puissante, bousculant tout le monde devant moi. Certains glissaient dans le sang et s'écroulaient en claquant contre le carrelage. J'accélérais, j'accélérais, jusqu'au moment où je me suis mise à courir. Pousser. Courir. Haletant avec une espèce de respiration rauque.

– Non ! répétais-je tout en fonçant devant moi. Non, attendez... !

J'ai aperçu un espace dégagé et je me suis précipitée dans ce sens. Un élève que je n'ai pas reconnu gisait au sol à un mètre à peine de moi. Face contre terre, l'arrière de sa tête qui n'était plus qu'une mare de sang.

Plusieurs détonations ont retenti.

– Nick ! ai-je hurlé.

J'étais en plein milieu de la pièce et je l'avais perdu de vue. Trop de gamins couraient dans trop de directions opposées. J'ai observé autour de moi, tournant la tête frénétiquement.

Tout à coup mon regard a été happé sur ma gauche par un truc flou qui m'avait l'air familier. C'était Nick, fonçant sur M. Kline qui résistait, les deux bras étendus pour protéger un groupe d'élèves. Il avait le visage tout rouge et il transpirait, mais peut-être qu'il était en larmes. Je me suis précipitée vers eux.

– Où elle est ? a hurlé Nick.

Les élèves protégés par M. Kline poussaient des cris stridents et pleuraient en se serrant les uns contre les autres.

– Lâche ce fusil, mon vieux, a dit Kline. (Il avait la voix qui tremblait tout en faisant un effort surhumain pour la maîtriser.) Pose ton fusil et ensuite on pourra parler.

Nick a donné un violent coup de pied dans une chaise en jurant. La chaise a valsé contre les jambes de M. Kline, qui n'a pas flanché. Pas bougé d'un pouce.

– Où elle est ?

– Je ne sais pas de qui tu parles, a répondu M. Kline. Pose ton fusil et ensuite je pourrai te répondre...

– Ta gueule ! Ta gueule, nom de Dieu ! Dis-moi où elle est, cette salope de Tennille, sinon je te tire dessus !

J'essayais de courir, mais j'avais les jambes en coton.

– Je ne sais pas où elle est, mon gars. T'as pas entendu les sirènes ? La police est arrivée. C'est fini. Pose ton fusil et calme-toi...

Nouvelle détonation. Instinctivement j'ai fermé les yeux. Quand je les ai rouverts j'ai vu M. Kline qui tombait, les deux bras toujours étendus, avant de s'écrouler sur le côté. Je ne sais pas où il avait été touché, mais il avait un regard de mauvais augure. Il semblait déjà ne plus voir la cafétéria autour de lui.

J'étais là, immobile, les tympans assourdis par la détonation, les yeux brûlants, la gorge à sec. Muette. Clouée sur place. Debout, les yeux rivés sur M. Kline recroquevillé sur le côté en frémissant.

Les élèves qui s'étaient réfugiés derrière lui se sont retrouvés coincés entre Nick et le mur. Ils étaient six ou sept, toujours agglutinés les uns contre les autres en poussant des cris de chiots. Jessica Campbell était au fond, penchée en avant, comme si elle cherchait à s'accroupir, les fesses contre le mur. Sa queue-de-cheval était complètement défaite et lui balayait le visage. Elle tremblait tellement que ses dents claquaient.

La dernière détonation avait explosé si près de moi que tout paraissait assourdi. Je ne comprenais pas ce que Nick disait, je saisissais à peine des fragments, genre « tirez-vous » ou « cassez-vous », alors qu'il brandissait son fusil à tort et à travers. Les élèves essayaient de résister quand il a tiré et atteint Lin Yong en plein bras, et tous ont pris la fuite en entraînant Lin. Il ne restait plus que Jessica, recroquevillée contre le mur, toute seule.

C'est là que j'ai compris. J'ai compris ce qu'il était en train de faire. Il hurlait contre elle et elle braillait en pleurant toutes les larmes de son corps, la bouche grande ouverte et les yeux fermés.

C'est pas vrai ! je me suis dit. *La liste. Il est en train de sélectionner les gens qui sont sur la liste de la haine.* J'ai essayé de me jeter sur lui, mais cette fois-ci j'avais la sensation de courir dans du sable. Mes pieds pesaient des tonnes. J'étais épuisée et j'avais l'impression qu'on m'avait comprimé la poitrine pour extraire jusqu'à mon dernier souffle tout en me retenant en arrière.

Soudain, Nick a brandi son fusil. Jessica a plaqué les deux mains sur son visage en s'affaissant contre le mur. Non, je n'y arriverais pas...

– Nick !

Il a pivoté vers moi, braquant son arme devant lui. Il souriait. Peu importe ce dont je me souviendrai de Nick Levil dans ma vie, il y a une chose que je n'oublierai jamais, c'est le sourire qu'il avait quand il s'est retourné. Un sourire inhumain. Mais quelque part dans ce sourire – quelque part dans ses yeux, je vous jure que j'ai perçu un éclair de tendresse, de vraie tendresse. Comme si le Nick que je connaissais était là, caché au fond, implorant qu'on le laisse sortir.

– Arrête ! ai-je hurlé en me précipitant sur lui. Ne tire pas ! Arrête !

On aurait dit qu'il ne comprenait pas pourquoi je paniquais. Comme si c'était moi qui avais un problème. Je n'en suis pas complètement sûre, mais je crois qu'à ce moment-là il m'a dit « Tu te souviens de notre plan ? », et j'ai ralenti parce que je ne me souvenais pas de quoi que ce soit au sujet d'un plan. En plus, au moment où il m'a posé la question, il avait ce regard angoissant, lointain, absent, qui lui donnait l'air d'être à mille lieues du Foyer. Ce n'était plus Nick, c'était un autre.

Il a secoué la tête, légèrement, comme si décidément, j'étais une tête de linotte, oubliant notre prétendu « plan », avec son sourire de plus en plus large. Puis il s'est retourné vers Jessica en pointant son fusil vers le haut. Cette fois-ci j'ai bondi sur lui, avec une seule pensée en tête : *Je ne supporterai jamais de voir Jessica Campbell mourir sous mes yeux.*

Je crois que j'ai trébuché sur M. Kline. À vrai dire j'en suis sûre parce que je l'ai vu sur la vidéo. Puis je me suis jetée de côté sur Nick. On est tombés ensemble, j'ai entendu une nouvelle détonation, puis j'ai eu la sensation que le sol du Foyer se dérobait sous moi.

Tout s'est brouillé et je me suis retrouvée à moitié allongée sous une table à un ou deux mètres de M. Kline, et Nick scrutait son fusil avec un regard sidéré, hébété, si loin de moi que je me suis demandé comment j'avais pu m'éloigner aussi vite. Jessica Campbell avait disparu du mur, et j'ai cru la voir de dos qui se précipitait sur les élèves agglutinés contre les portes du Foyer.

Et là – je crois que je l'ai senti avant de le voir –, mais quand même, je l'ai vraiment vu : un énorme filet de sang qui s'écoulait en vibrant de ma cuisse, épais et rouge. J'ai essayé de dire un truc à Nick – j'ai oublié quoi – et je crois que j'ai levé la tête comme si je voulais me redresser. Il a détourné son regard de son fusil pour me fixer, les yeux vitreux. Une sorte de grisaille floue et brouillée est apparue et je me suis sentie de plus en plus légère, ou de plus en plus lourde, quand tout à coup... noir total.

5

[Extrait du *Sun-Tribune* du comté de Garvin, 3 mai 2008, Angela Dash, envoyée spéciale]

Morris Kline, quarante-sept ans. Professeur de chimie du lycée de Garvin et entraîneur de l'équipe sportive masculine, Kline avait été élu professeur de l'année successivement en 2004 et en 2005. « M. Kline aurait donné sa chemise pour nous », avoue Dakota Ellis, élève de troisième. « Un jour il s'est arrêté sur l'autoroute parce qu'il m'a vue avec ma mère et qu'on avait un pneu crevé. Il nous a aidées à changer le pneu alors qu'il était sur son trente et un, comme s'il allait dans un endroit super chic. Je n'ai jamais su où exactement, mais on peut dire qu'il n'avait pas peur de mettre les mains dans le cambouis. C'était typique de lui. »
Les élèves ont beau être profondément affectés par la disparition de Kline, ils sont peu à avoir été surpris par la façon dont celui-ci est mort – en héros. Visé en pleine poitrine alors qu'il cherchait à protéger plusieurs élèves et tentait de raisonner Levil pour qu'il dépose son fusil, Kline aurait été retrouvé « à peine vivant », *d'après les médecins urgentistes dépêchés sur place. Il fut déclaré mort peu après, à l'hôpital du comté de Garvin. Il semble qu'il*

n'ait pas été directement visé par Levil, mais tué dans un geste de panique.

Il laisse derrière lui sa femme, Renée, et leurs trois enfants. « Nick Levil a privé mes enfants d'un avenir auprès de leur père. Je suis soulagée qu'il se soit tué. Vu ce qu'il a infligé à tant de familles, il ne méritait pas d'avoir un avenir. »

Maman était en tête de la file de voitures. Ouf ! Jamais je n'ai été aussi contente de voir apparaître sa Buick brun clair. À peine la sonnerie a-t-elle retenti que j'ai piqué un sprint, en oubliant de m'arrêter pour prendre mes devoirs dans mon casier.

Je me suis glissée dans la voiture, et pour la première fois de la journée je crois que j'ai vraiment soufflé. Maman m'observait en fronçant le visage, ses rides ressortant sur son front, de vraies rides, profondes, plus fortes que ses efforts pour les maquiller.

– Comment ça s'est passé ?

Elle avait beau prendre sur elle pour avoir l'air gaie et enjouée, elle avait du mal à cacher son inquiétude.

– Ça va. Enfin, ça craint, mais ça a été.

Elle est passée en première pour dégager la place.

– Tu as vu Stacey ?

– Ouais.

– C'est bien. Ça a dû te faire plaisir de revoir ton amie d'enfance, non ?

– Maman. Laisse tomber, c'est bon.

J'étais à deux doigts de regretter de ne pas avoir menti pour lui dire que tout s'était merveilleusement bien passé. Pour elle, l'essentiel c'était que je retrouve mes copains et si possible que je m'en fasse de nouveaux, comme ça tout le monde serait convaincu que je n'avais rien à voir avec la tuerie et que je faisais partie de la grande famille du lycée de Garvin dont la télé nous rebattait les oreilles.

– T'inquiète pas, Maman, ça va.

– Je lui ai expliqué, à sa mère. Je lui ai dit que tu n'étais absolument pas responsable de ce qui s'est passé. On aurait pu espérer qu'elle m'écouterait. C'est elle qui dirigeait ton équipe de Jeannettes, merde !

– Maman, du calme. Rappelle-toi ce que le docteur Hieler nous a dit sur la façon dont les gens réagiraient face à moi.

– D'accord, mais la famille Brinks, c'est différent. Ils devraient comprendre. On ne devrait pas avoir à leur expliquer. Vous avez grandi ensemble. On vous a élevées ensemble, Stacey et toi.

Ni elle ni moi n'avons argumenté jusqu'à ce qu'on arrive. Maman a glissé la voiture dans le garage avant de refermer la porte. Elle a posé la tête sur le volant et elle a fermé les yeux.

J'étais un peu désemparée. Je ne me voyais pas sortir de la voiture en la plantant là. Mais je n'étais pas non plus certaine qu'elle avait envie de parler.

– Stacey m'a dit que tu avais appelé sa mère. (Pas de réaction.) Il paraît que tu lui as dit d'aller se faire foutre.

– Tu connais Lorraine, s'est défendue Maman en gloussant. Toujours prête à monter sur ses grands chevaux. Ça faisait un bail que ça me démangeait de lui dire d'aller se faire voir. Pour une fois j'ai eu l'occasion de me défouler. Ça m'a fait du bien.

Elle m'a jeté un regard en coin et elle a éclaté de rire. C'était plus fort que moi, j'ai piqué un fou rire, moi aussi, et on s'est retrouvées pliées en deux au milieu du garage, dans le noir.

– Tu veux savoir ce que je lui ai dit exactement ? « Va te faire foutre, avec ton gros cul de merde, Lorraine. » En plus j'ai ajouté que l'année dernière, pendant la fête qu'ils avaient organisée autour de la piscine, Howard ne s'est pas gêné pour me dragouiller.

– Je rêve ! Le père de Stacey qui te court après ! Dégueu ! Cette espèce de vieux schnock poilu et pervers !

Elle riait tellement qu'elle arrivait à peine à respirer.

– J'ai... tout inventé... Bon Dieu... si seulement j'avais pu... assister à la scène... quand elle... l'a accusé !

Je riais tellement que mes zygomatiques me faisaient mal.

– Tu es méchante, ai-je balbutié en reprenant mon souffle. J'adore mais tu es méchante.

– Pas du tout. Les vrais méchants, c'est les gens qui refusent de te donner une seconde chance.

– Oh, il ne faut pas trop leur en vouloir. Tout plaidait contre moi. Mais ne te crois pas obligée de prendre ma défense, Maman. Ça va aller.

– D'accord, mais il faut qu'ils comprennent que c'est Nick qui est responsable, ma chérie. C'est lui, le méchant. Ça fait des années que je te le dis. Tu es ravissante – tu mérites un garçon bien. Pas un type comme Nick. Tu n'as jamais été faite pour quelqu'un comme lui.

Ça y est, c'était reparti. Pour la énième fois elle me répétait que Nick n'était pas fait pour moi. Qu'il y avait un truc qui clochait chez lui – ça se voyait dans son regard. La pauvre, elle avait oublié qu'il était mort et enterré, et ce n'était plus la peine de me faire la morale, mauvaise influence ou pas. C'était trop tard.

– Arrête, je t'en supplie ! Sérieux, Maman. Il est mort. On ne pourrait pas passer à autre chose ?

J'ai ouvert la portière et j'ai sauté en balançant mon sac à dos sur l'épaule. Aïe ! Je n'ai pas pu m'empêcher de faire la grimace en m'appuyant sur ma jambe.

– Ne le prends pas mal, Valérie. Mais je voudrais tellement que tu sois heureuse. Tu n'as jamais l'air heureuse. Le docteur Hieler m'a proposé de...

J'étais sur le point de lui balancer ses quatre vérités à propos du bonheur, justement, parce qu'on ne sait jamais quand il est prêt à basculer dans l'horreur. C'est pas quelque chose qui se maintient à jamais, le bonheur. Du reste, ça faisait des lustres que je n'avais pas été heureuse, jusqu'à ce que Nick débarque dans ma vie, et s'il y avait une chose qu'ils devraient comprendre, elle et Papa, c'était bien ça. En plus, on ne peut pas dire qu'elle respirait le bonheur... Hélas, en la voyant là, m'observant les larmes aux yeux, avec son tailleur froissé, le visage cramoisi à force d'avoir ri, j'ai compris que si je lui balançais tout ça, ce serait de la pure méchanceté.

– Maman. Ça va. Je te promets. Je n'y pense plus, à Nick.

J'ai tourné les talons et j'ai foncé dans la maison.

Frankie était appuyé contre le comptoir de la cuisine, en train de manger un sandwich. Sa coiffure s'était légèrement affaissée. Il envoyait un SMS en tapotant avec son pouce.

– Qu'est-ce qui se passe ?

– Rien. C'est Maman. T'inquiète.

J'ai pris un Coca dans le réfrigérateur et je l'ai ouvert en m'appuyant à côté de lui.

– Tu peux me dire pourquoi elle est incapable de se mettre dans la tête que Nick est mort et qu'il serait temps qu'elle arrête de me casser les pieds avec lui ? Pourquoi est-ce qu'elle se croit sans arrêt obligée de me faire la leçon ?

– À mon avis elle a peur que tu deviennes comme elle et que tu te maries avec un mec que tu ne peux pas supporter.

J'ai entendu la porte du garage grincer. Vite, j'ai filé dans ma chambre.

Frankie n'avait pas tort. Papa et Maman étaient tout sauf heureux ensemble. Avant le mois de mai, ils n'arrêtaient pas de parler de divorce, ce qui, franchement, aurait été une bénédiction. On bondissait de joie à l'idée que leurs disputes allaient enfin cesser.

Sauf que, paradoxalement, la tuerie qui avait déchiré la plupart des familles avait resserré les liens de la mienne. Mes parents prétendaient avoir « peur de casser les liens familiaux plus profondément encore alors que nous traversons une telle période de stress », mais je ne me faisais aucune illusion. Parce que :

1) Papa était un avocat qui réussissait plutôt bien, et la dernière chose dont il avait besoin, c'était que tous ces reporters aillent expliquer à qui voulait l'entendre que ses problèmes conjugaux étaient à l'origine du massacre du lycée de Garvin.

2) Maman avait un boulot, d'accord, mais qui n'avait rien à voir avec celui de Papa. Elle gagnait correctement sa vie,

mais sans plus. Or il fallait s'attendre à recevoir des notes des services psychiatriques qui coûteraient bonbon. Ça, nous le savions tous.

Frankie et moi, on s'était fait une raison, réagissant par une espèce d'indifférence civile, mais quand l'atmosphère familiale était trop hostile, on n'avait qu'une envie, balancer leurs affaires dans des sacs-poubelle et leur acheter des billets d'avion pour n'importe où sauf ici.

À peine entrée dans ma chambre, ça m'a frappée : la pièce paraissait dix fois plus sens dessus dessous que le matin même, et elle sentait le renfermé. Dire que j'avais vécu confinée dans cet antre depuis le mois de mai. Déprimant. Non pas que j'aie jamais été d'une propreté exemplaire. Mais depuis l'opération « On Dégage Nick » que Maman m'avait imposée après la fusillade, je n'avais rien jeté ni nettoyé.

J'ai pris un verre posé sur ma table de nuit depuis, genre... toujours, et je l'ai mis sur une assiette. Puis j'ai arraché un bout de papier-toilette qui traînait à côté et je l'ai fourré dans le verre.

Il était temps que je range. Que je remette de l'ordre pour repartir à zéro. Que je m'impose moi-même l'opération « On Dégage Valérie ». Hélas, j'ai eu beau regarder les vêtements jetés en boule par terre, les bouquins empilés n'importe comment au pied de mon lit, la télé avec son écran brouillé et sale, j'étais tétanisée. Ranger, évacuer toute cette souffrance, me semblait insurmontable.

Frankie et Maman discutaient dans la cuisine. La voix de Maman trahissait de l'agitation, comme avec Papa dès qu'on les laissait en tête à tête. Je m'en voulais d'avoir abandonné Frankie. Je savais qu'il devait faire face à la frustration de Maman, alors que la vraie responsable, c'était moi. Depuis la fusillade, Frankie n'existait plus. Zéro couvre-feu, zéro corvée, zéro limite. Papa et Maman étaient tellement occupés à s'engueuler et à se faire du souci pour moi qu'ils semblaient avoir oublié qu'ils avaient un deuxième enfant. J'hésitais : fallait-il que je sois jalouse vis-à-vis de lui ? Ou au contraire, compatissante ? Peut-être les deux finalement.

De guerre lasse, j'ai lâché le verre et l'assiette dans la poubelle avant de m'écrouler sur mon lit. J'ai pris mon carnet dans mon sac à dos et j'ai regardé les croquis que j'avais esquissés pendant la journée.

J'ai roulé sur le côté pour allumer ma chaîne stéréo le plus fort possible. Je savais que Maman ne tarderait pas à monter en hurlant, même si elle m'avait déjà confisqué tous les morceaux « préoccupants » – autrement dit, la musique qu'elle, Papa, le docteur Hieler et tous les vieux cons jugeaient susceptible de m'inciter à me tailler les veines. Ça me rendait folle, parce que la plupart étaient des disques que je m'étais offerts avec mon argent. J'ai monté le volume de façon à ne pas l'entendre. Elle se lasserait de marteler ma porte avant que je me lasse de l'entendre marteler.

J'ai pris un crayon noir et j'ai mâchouillé le bout de gomme en observant l'esquisse du portrait de Mme Tennille. Elle avait l'air triste à mourir. Quand je pense que quelques mois plus tôt j'aurais voulu qu'elle ait l'air le plus sinistre possible... À l'époque, je la détestais. Mais aujourd'hui, en voyant sa tristesse, je la plaignais. Je me sentais responsable. J'aurais voulu qu'elle sourie. Je n'ai pas pu m'empêcher de me demander s'il lui arrivait encore de sourire quand elle rentrait chez elle et prenait ses enfants dans les bras, ou si elle s'affalait dans une chaise longue avec une vodka et buvait jusqu'à ce que toutes les déflagrations soient noyées dans l'alcool.

J'ai commencé à dessiner – à la dessiner, elle, dans deux attitudes en même temps, blottie autour d'un petit garçon comme une cacahuète dans sa coque, et blottie autour d'une bouteille de vodka comme la coque s'accroche à la branche.

Deuxième partie

2 mai 2008
18 h 36
« Qu'est-ce qui t'a pris ? »

6

J'ai ouvert les yeux et j'ai eu la surprise de voir que je n'étais pas endormie au fond de mon lit, obligée de me réveiller pour aller au lycée. En général c'est comme ça que ça se passait : Nick m'appelait et j'étais obligée d'aller au lycée alors que c'était un cauchemar et que je redoutais qu'il aille au lac Bleu avec Jeremy pour fricoter je ne sais quoi. L'idée qu'il me quitte me rendait malade, de même que l'idée que j'allais me faire harceler par Christy Bruter dans le car. Ou alors je me réveillais, et les fragments de souvenirs que j'avais de Nick en train de massacrer tout le monde me revenaient, et je priais pour que ce soit un rêve qui s'évapore avant que j'aie le temps de recoller les morceaux.

Ce jour-là, pas du tout, je me suis réveillée, mais j'étais à l'hôpital. Il y avait plusieurs policiers dans ma chambre et la télé était allumée. Tous me tournaient le dos et avaient les yeux levés vers l'écran. Des images qui me disaient quelque chose défilaient en boucle : un parking, un bâtiment de briques, un terrain de foot... J'ai fermé les yeux. Je me sentais groggy. J'avais les yeux secs et des élancements dans la jambe, et peu à peu ça me revenait en mémoire, pas exactement ce qui s'était passé, mais le fait qu'il s'était passé quelque chose de grave, très grave.

– Elle se réveille, ai-je entendu dire.

J'ai reconnu la voix, c'était celle de Frankie, pourtant je ne l'avais pas vu quand j'avais ouvert les yeux.

– Je vais appeler une infirmière, a ajouté une autre voix, celle de mon père.

Celle-là, je n'ai pas eu de mal à la reconnaître. C'était une voix tendue, angoissée, brusque. Comme Papa, qui tout à coup est apparu en arrière-plan, flottant au loin. Il était en train de taper un truc sur son ordinateur de poche avec son portable coincé entre son oreille et son épaule. Puis il a disparu, et il ne restait plus que Frankie.

– Val ? Val, t'es réveillée ?

Son image s'est brouillée pour se métamorphoser en un matin dans ma chambre à la maison. Il essayait de me réveiller pour qu'on aille jouer comme au bon vieux temps, quand Papa et Maman s'entendaient bien et qu'on était deux gamins sans histoires. On irait à la recherche d'œufs de Pâques, par exemple, ou d'un cadeau de Noël, ou de pancakes-surprises. C'était le bonheur. Vraiment. Alors je ne sais pas pourquoi, mes yeux se sont peu à peu rouverts. Malgré moi.

Frankie était là, debout au pied de mon lit. Sauf que ce n'était pas mon lit, mais un autre, bizarre, avec des draps blancs un peu rêches qui grattaient, et une couverture marronnasse qui me rappelait le porridge aux flocons d'avoine. Il avait les cheveux raplapla et j'ai mis quelques secondes à faire le lien parce que, honnêtement, j'avais du mal à me souvenir de la dernière fois où j'avais vu mon petit frère avec les cheveux raplapla. Il a fallu que je fasse le lien entre le visage de Frankie-quatorze-ans et les cheveux de Frankie-onze-ans.

– Frankie ?

Mon attention a été attirée par un reniflement sur ma droite. C'était Maman, là, face à moi, assise dans une chaise rembourrée rose. Les jambes croisées et appuyée sur un coude. Elle avait un mouchoir en papier avec lequel elle se tapotait le bout du nez.

J'étais étonnée qu'elle ne pleure pas, parce que quel que soit le drame qui avait eu lieu, je savais que j'y étais impliquée – même si je n'avais pas encore rassemblé tous les morceaux pour comprendre pourquoi je me retrouvais dans un lit qui ressemblait à un lit d'hôpital et non pas dans le mien en attendant le coup de fil de Nick.

– Maman... ai-je murmuré en posant la main sur son poignet – mais j'avais mal à la gorge. Maman...

Elle a reculé dans sa chaise. Pas brutalement, non. Disons qu'elle s'est légèrement penchée en arrière pour que je ne puisse pas l'atteindre. Comme si elle voulait se séparer physiquement de moi. Ce n'était pas de la méfiance, c'était comme si elle ne voulait plus être identifiée à moi.

– Tu es réveillée, a-t-elle dit simplement. Comment te sens-tu ?

J'ai jeté un œil sur mon corps, allongé, là, en me demandant où était le problème. J'ai bien regardé, or tout avait l'air d'être en place, y compris plusieurs fils qui n'avaient rien à voir avec mon corps. Je me demandais ce que je fichais là, mais d'instinct je savais qu'il s'agissait d'une sorte d'épreuve que j'allais devoir traverser. Je m'étais plus ou moins blessé la jambe, ça, j'en étais certaine, parce que j'avais assez d'élancements pour me le rappeler. Ma jambe, elle, était bien là, donc de ce côté-là, je n'avais pas de souci à me faire.

– Maman... ai-je répété.

J'aurais voulu trouver autre chose à lui dire, autre chose de plus important. Mais j'avais la gorge enflée, qui me faisait mal. J'ai essayé de la racler mais elle était complètement desséchée et tout ce que j'ai réussi à produire, c'est une espèce de petit couinement qui n'a pas amélioré les choses, et qui donnait :

– Qu'est-ce qui se passe ?

Une infirmière en blouse rose s'agitait autour de Maman. Elle est allée chercher une tasse en plastique avec une paille posée sur une table. Elle l'a donnée à Maman qui l'a prise en l'admirant comme si elle n'avait jamais vu une telle merveille, avant de se tourner vers un des policiers qui avait abandonné la télé pour m'observer, les deux mains agrippées sur son ceinturon.

– On t'a tiré dessus, m'a-t-il annoncé au-dessus de l'épaule de Maman. Nick Levil a tiré sur toi.

J'ai froncé le visage. Nick Levil avait tiré sur moi.

– Mais c'est le nom de mon copain...

Plus tard j'ai compris à quel point ma réaction était idiote, et j'en étais même un peu gênée. Mais à l'époque ça se comprenait parce que je n'avais pas vraiment atterri et j'étais en train de me réveiller d'une longue anesthésie. En plus, mon cerveau rechignait à se rappeler tout, comme ça, d'un coup. Un jour j'ai vu un documentaire sur les différentes façons dont le cerveau cherche à se protéger. Comme les enfants qui ont été violentés et qui finissent par avoir plusieurs personnalités. Je crois que c'est ça que mon cerveau faisait, il cherchait à me protéger, sauf que ça n'a pas duré très longtemps.

J'ai reconnu le visage de chacun : Maman, le policier, l'infirmière, Frankie, même Papa (je ne l'avais pas vu réapparaître dans la chambre, mais il était bien là, les bras croisés), or aucun ne me regardait dans les yeux. C'était mauvais signe.

– Qu'est-ce qu'il y a ? Frankie ?

Il n'a pas moufté. Il était là, la mâchoire crispée, faisant la moue. Et rouge comme une pivoine, de plus en plus rouge.

– Valérie, tu te rappelles un peu ce qui s'est passé au lycée aujourd'hui ? m'a demandé très calmement Maman.

Elle n'était pas vraiment douce, ni tendre, ni maternelle. On aurait dit qu'elle s'adressait à mes draps, avec une voix tout juste audible, très plate, que j'ai à peine reconnue.

– Au lycée ?

Alors, tout m'est revenu, comme un immense flot. C'était bizarre, parce que, au début, ça ressemblait à un rêve et je me disais, *Ça m'étonnerait qu'ils parlent de ça, parce que c'était juste un cauchemar sans importance.* Deux secondes après, j'ai compris que ça n'avait rien d'un rêve et j'ai eu la sensation presque physique d'être broyée par les images qui m'assaillaient.

– Valérie, il y a eu un drame au lycée aujourd'hui, tu t'en souviens ?

Je n'ai pas pu lui répondre. Ni à elle ni à personne. J'avais les yeux rivés sur l'écran de la télé, sur la vue aérienne du lycée et sur les ambulances et les voitures de flics qui tournaient autour. Les yeux rivés à tel point que je ne voyais plus que les petits carrés de couleur sur l'écran. La voix de Maman me paraissait de plus en plus lointaine et j'avais beau l'entendre, j'avais l'impression qu'elle ne s'adressait pas à moi. Qu'elle n'était pas dans mon monde. Pas submergée par cette avalanche d'horreur. J'étais seule, absolument seule.

– Valérie, c'est à toi que je m'adresse. Mademoiselle, vous pensez qu'elle va bien ? Valérie ? Tu m'entends ? Seigneur, Ted, fais quelque chose !

– Que veux-tu que je fasse, Jenny ? Qu'est-ce que je peux faire ?

– Autre chose que de rester scotché comme ça ! C'est ta fille, Ted, nom de Dieu, ta famille ! Valérie, réponds-moi ! Val !

J'étais happée par l'écran de télé, voyant tout en ne voyant pas les images qui défilaient.

Nick. Il avait tiré sur des gens. Sur Christy Bruter. Sur M. Kline. Mon Dieu ! Il avait tiré sur eux. Pour de vrai. Je l'avais vu de mes propres yeux, il avait tiré sur eux. Il avait...

J'ai tendu la main pour tâter le bandage autour de ma cuisse et j'ai éclaté en sanglots. Une vraie crise de larmes, avec les épaules et les lèvres qui tremblaient – « des sanglots du fond du cœur » comme j'avais entendu dire un jour Oprah Winfrey dans son émission.

Maman a bondi de sa chaise pour se pencher au-dessus de moi.

– Mademoiselle, je crois qu'elle a mal. Je pense qu'il faudrait que vous lui donniez quelque chose contre la douleur.

Ted, demande-leur de lui donner un médicament contre la douleur.

Imperceptiblement, à travers une espèce de brume de surprise, j'ai vu qu'elle pleurait. Elle pleurait de telle façon que chaque fois qu'elle s'adressait à quelqu'un, c'était sur ce ton à la fois bourru et paniqué, avec une voix beaucoup trop haute, désespérée.

J'ai aperçu dans le coin de mon champ de vision mon père qui s'approchait d'elle et la prenait par les épaules pour l'écarter de mon lit. Elle a résisté, puis elle s'est laissé faire et elle a plongé la tête contre sa poitrine, et tous deux sont sortis de ma chambre. J'ai entendu ses hoquets qui s'éloignaient dans le couloir.

L'infirmière était en train d'appuyer sur les boutons d'un des moniteurs derrière moi et le flic avait recommencé à regarder la télé. Frankie avait les yeux rivés sur les couvertures de mon lit, paralysé.

Je pleurais, pleurais, pleurais toutes les larmes de mon corps, jusqu'au moment où j'ai eu mal au ventre et j'ai cru que j'allais vomir. J'avais comme du sable dans les yeux, et le nez complètement bouché. J'aurais du mal à rapporter les pensées qui m'ont traversé l'esprit à ce moment-là, sinon que tout me paraissait brouillé, noir, cauchemardesque. Que je brûlais d'envie de revoir Nick et qu'en même temps je voulais qu'il disparaisse de ma vie. Que je voulais ma maman et en même temps, j'avais envie qu'elle disparaisse. Que je sentais que quelque part dans un recoin que mon cerveau avait mis à l'abri, j'étais responsable de ce qui s'était passé dans la journée. Que j'avais joué un rôle mais qu'en même temps je n'avais jamais cherché à jouer ce rôle.

Cela dit je n'aurais pas pu jurer que j'aurais refusé si c'était à refaire. Mais pas pu jurer non plus que j'aurais accepté...

Ma crise de larmes a fini par se calmer assez pour que je reprenne ma respiration, mais je me sentais vraiment mal.

– Je vais vomir...

Comme par miracle, l'infirmière a fait apparaître une cuvette en me la brandissant sous le menton. J'ai plongé la tête.

– Vous pourriez avoir la gentillesse de sortir quelques instants ? a-t-elle demandé aux policiers.

Les types sont sortis sans un mot, mais dès qu'ils ont ouvert la porte j'ai entendu des voix étouffées qui chuchotaient et j'ai reconnu mes parents qui discutaient dans le couloir. Frankie était cloué sur place.

De nouveau j'ai plongé la tête, avec une série de borborygmes immondes et le nez qui coulait, dégoulinant de morve dans la cuvette. L'infirmière m'a passé un linge humide sur le visage. La sensation de fraîcheur m'a fait du bien. J'ai fermé les yeux et j'ai reposé la tête contre mon oreiller.

– C'est normal d'avoir la nausée quand on se réveille après une anesthésie, a-t-elle ajouté d'une voix que je dirais... institutionnelle – je ne trouve pas de meilleur qualificatif. Ça va s'estomper. En attendant, garde ça en main.

Elle m'a donné une cuvette propre en pliant le linge pour me le poser sur le front avant de quitter la chambre en glissant avec ses chaussons silencieux.

Je me suis concentrée pour me vider l'esprit. Essayer de transformer les images qui me hantaient en un écran noir.

Impossible. Elles m'envahissaient, une par une, toutes plus atroces les unes que les autres.

— Il est en prison ? ai-je demandé à Frankie.

Quelle question ! Évidemment qu'il était en prison après un tel carnage.

Frankie m'a jeté un regard surpris, comme s'il avait oublié que j'étais dans la chambre à côté de lui.

— Valérie... qu'est-ce que... qu'est-ce qui t'a pris ?

Il avait la voix éraillée.

— Est-ce que Nick est en prison ?

Il m'a fait non de la tête.

— Il s'en est sorti ?

Encore non.

Il n'y avait qu'une alternative.

— Ils l'ont fusillé.

De ma part, c'était plus une affirmation qu'une question, si bien que j'ai été surprise de voir mon frère me faire encore non de la tête. Avant de lâcher :

— Il s'est flingué. Il est mort.

Mai 2008
« Je n'ai rien fait. »

7

C'est drôle quand j'y pense, le nom qui allait devenir le plus connu de ma promotion – Nick Levil – était un nom qui ne disait strictement rien à personne avant qu'on entre au lycée.

À l'époque, Nick venait d'arriver à Garvin, mais il n'était pas intégré. Garvin était une de ces bourgades de banlieues pleines de maisons cossues et de gosses de riches. Nick, lui, habitait dans une des rues destinées aux revenus plus modestes qui formaient une ceinture autour de la ville, comme une ligne de démarcation. Il portait de vieux vêtements miteux, souvent trop grands, sans une once d'élégance. Il était maigre, un peu tristounet, et il avait un petit quelque chose de je-m'en-foutiste que les gens avaient tendance à interpréter comme un signe d'agressivité.

J'ai tout de suite été attirée par lui. Il avait des yeux noirs et brillants, et un irrésistible sourire de guingois qui lui donnait l'air de s'excuser. Il était comme moi, il ne faisait pas partie de la bande top branchée du lycée, et il n'avait aucune envie d'en faire partie.

À vrai dire, je n'avais pas toujours été exclue de cette bande. Quand on est à l'école primaire, on en fait automatiquement partie ou presque, et j'étais loin d'être une exception. J'aimais tout ce qu'il fallait aimer, que ce soit les vêtements, les garçons, ou les tubes qui rendaient tout le monde dingue au cours des soirées que l'école organisait pour les parents.

Les choses ont commencé à changer à partir de la sixième. Peu à peu j'ai ouvert les yeux en me demandant ce que j'avais en commun avec les autres. Leurs familles avaient l'air dix fois plus heureuses que la mienne. J'avais du mal à les imaginer saisis par cette impression glaçante en rentrant chez eux, comme s'ils pénétraient dans une tempête de neige dès qu'ils ouvraient la porte d'entrée. Aux réunions de parents d'élèves, j'entendais les pères qui appelaient leur fille « ma biquette » ou « mon bébé », alors que le mien ne venait pas. C'est à cette époque que Christy Bruter, soi-disant mon « alter ego », s'est imposée, prenant de l'ascendant sur les autres, jusqu'au moment où mes doutes se sont mués en certitude : je n'étais pas comme eux.

Voilà pourquoi j'aimais la dégaine de Nick. J'ai fait comme lui, du reste, j'ai pris l'habitude d'afficher cet air je-m'en-foutiste permanent, j'ai commencé à faire des trous dans mes habits pour qu'ils aient l'air bien pourris et me débarrasser de cette image de sainte Valérie à laquelle mes parents croyaient, qu'ils m'encourageaient d'autant plus à cultiver depuis quelque temps. J'avoue que l'idée de savoir qu'ils auraient eu une attaque en me voyant traîner avec Nick n'était pas pour me déplaire. Ils s'étaient mis en tête que j'étais la coqueluche du lycée, ce qui montre à quel point ils étaient décalés. Le primaire était loin derrière nous.

En troisième, j'étais dans le même cours d'algèbre que Nick. C'est comme ça qu'on s'est rencontrés. Il a tout de suite remarqué mes chaussures, dont j'avais entouré la pointe de scotch, non pas pour les rafistoler, mais pour qu'elles aient l'air prêtes à rendre l'âme. Il m'a juste dit « J'aime bien tes pompes », et j'ai répondu « Merci. J'ai horreur de l'algèbre », et il a tout de suite ajouté « Moi aussi ».

– Hep, m'a-t-il murmuré peu après, alors que Mme Parr nous distribuait nos photocopies, t'es copine avec Stacey, non ?

– Oui. Et toi, tu la connais ? ai-je répondu en passant le tas de feuilles au premier de la classe assis derrière moi.

– Elle prend le même car que moi, je crois. Elle a l'air plutôt sympa.

– Oui. On est copines depuis le jardin d'enfants.

– Cool.

Mme Parr nous a demandé de nous taire et on s'est plongés dans nos exercices, mais tous les jours, avant et après le cours, je discutais avec lui. Je l'ai présenté à Stacey, Duce et toute la petite bande, et il s'est tout de suite intégré ; il s'entendait surtout avec Duce. Évidemment, dès le départ, lui et moi, on avait un rapport très spécial.

Le matin on se retrouvait devant nos casiers, et le soir on quittait le lycée ensemble. De temps en temps on allait rejoindre Stacey, Duce et Mason sur les gradins.

Puis un jour, j'avais eu une journée épouvantable et j'en voulais à mort à tous les gens que j'estimais responsables.

C'est là que j'ai eu l'idée d'écrire leur nom dans un carnet, un carnet qui aurait fait office de poupée vaudou de papier, pour me soulager. Le fait de noter leur nom dans ce carnet serait la preuve que c'étaient des super-nuls et que, moi, j'étais une victime.

J'ai donc ouvert mon carnet rouge adoré, j'ai numéroté les lignes de plusieurs pages et j'ai noté le nom de soi-disant copains, de gens célèbres, puis des idées, et tout ce que je détestais dans ma vie. À peine arrivée à la fin du troisième cours, j'avais déjà rempli une demi-page, sur laquelle il y avait aussi bien *Christy Bruter* que *L'algèbre – depuis quand on additionne des chiffres et des lettres, j'aimerais bien savoir !!!*, ou encore *La laque*. Et encore, je trouvais que c'était rien, du coup j'ai embarqué mon carnet en cours d'algèbre et j'étais plongée dedans quand Nick est entré.

– Salut ! Je ne t'ai pas vue devant les casiers.

– Je n'y étais pas, ai-je répondu sans lever les yeux.

J'étais en train d'écrire *Les problèmes de couple de Papa et Maman*. C'était important. J'ai recopié quatre fois la phrase.

– Ah ! a-t-il lâché. (Mais je sentais qu'il regardait par-dessus mon épaule, c'était plus fort que lui.) C'est quoi ?

– Ma liste de la haine.

J'avais répondu ça sans réfléchir, et à la fin du cours, il est arrivé derrière moi et il m'a dit avec son air de ne pas y toucher :

– Si j'étais toi, j'ajouterais les devoirs de la journée à la liste. Ça fait trop ch...

On a souri en même temps. Il avait tout compris, et ça m'a fait un bien fou de sentir que je n'étais pas complètement seule.

– T'as raison. Je vais les ajouter.

C'est comme ça qu'elle a démarré, cette liste de la haine, aujourd'hui redoutée. Au début, c'était pour rire. Une façon d'évacuer ma frustration. Sauf que c'est devenu autre chose, qui m'a échappé.

Tous les jours, en cours d'algèbre, on sortait mon carnet et on notait le nom des gens qu'on détestait ; on était assis l'un à côté de l'autre au fond de la classe et on se plaignait de Christy Bruter et de Mme Harfelz. De tous ceux qui nous tapaient sur les nerfs. Et surtout de ceux qui nous humiliaient, nous ou d'autres.

Je crois qu'à un moment on a pensé publier cette liste, histoire de montrer à tout le monde à quel point certains étaient vaches. Rirait bien qui rirait le dernier, surtout ces *cheerleaders* qui m'appelaient Sœur Funèbre et ces crétins d'athlètes qui bousculaient Nick dans les couloirs dès que personne ne les surveillait. Ces « adolescents modèles » dont nul ne voulait croire qu'ils étaient largement aussi malveillants que les adolescents dits « mauvais ». Plusieurs fois, on avait même évoqué l'idée que le monde serait plus facile à vivre si chacun avait sa liste, autrement dit si chacun était considéré comme responsable de ses gestes.

La liste était mon idée. Mon invention. C'est moi qui l'ai commencée et c'est moi qui l'ai poursuivie. Elle est à l'origine de l'amitié entre Nick et moi ; c'est elle qui nous soudait. Grâce à elle, ni lui ni moi, on ne se sentait plus jamais seul.

La première fois que je suis allée chez Nick, je dirais que c'est le jour où je suis officiellement tombée amoureuse de lui. On est entrés par la cuisine, qui était sale, vraiment crasseuse. Au loin on entendait la télé, avec quelqu'un qui toussait d'une toux de fumeur. Nick a entrouvert une porte en me faisant signe de descendre derrière lui par un étroit escalier en bois qui menait au sous-sol, et on est arrivés dans une pièce dont le sol était en béton, sur lequel un petit tapis orange avait été balancé, à côté d'un matelas sans sommier.

Il a jeté son sac à dos sur le matelas et s'est écroulé dessus en soupirant du fond du cœur.

– Quelle journée ! Interminable. Vivement l'été.

J'ai fait le tour de la pièce. Il y avait contre un des murs une machine à laver et un sèche-linge où pendouillaient des chemises. Et en face, un piège à souris. Des cartons de déménagement empilés dans un coin. Une grosse commode dont les tiroirs étaient grands ouverts, d'où se déversait un flot de vêtements couverts de toutes sortes de trucs qui traînaient.

– C'est ta chambre ?

– Ouaip ! Tu veux regarder la télé ? Sinon, j'ai ma PlayStation.

Il était allongé sur le ventre, en train de tripoter une minuscule télé posée sur un carton au pied de son lit.

– OK pour la PlayStation.

Je me suis assise à côté de lui et c'est là que j'ai remarqué une caisse en plastique qui débordait de bouquins. J'ai pris un livre au hasard.

– *Othello*, ai-je lu sur la couverture. Shakespeare ?

Il m'a jeté un regard méfiant. Sans un mot.

– *Macbeth*, ai-je ajouté en prenant un second livre. *Sonnets*, de Shakespeare. *À la recherche de Shakespeare.* Tu rigoles ou quoi ?

– Laisse tomber. Tiens, a-t-il répondu en me balançant une manette de PlayStation.

– *Le Songe d'une nuit d'été. Roméo et Juliette. Hamlet...* Que des pièces de Shakespeare.

– Celle-là, c'est ma préférée. *Hamlet.*

J'ai examiné la couverture avant d'ouvrir le livre au hasard et de lire :

– « Ô pesante action !

Ainsi aurait-il été de nous si nous avions été là.

Sa liberté est pleine de menaces pour tous ;

Pour vous-même, vous ; pour nous ; pour chacun. »

– « Hélas, comment sera-t-il répondu de cette action sanglante ? » a poursuivi Nick en citant par cœur le vers suivant.

– Tu lis ce genre de bouquins ?

– T'inquiète.

– Sérieux ! C'est trop génial. Tu connais tout par cœur, en plus. Moi, je ne suis même pas sûre de comprendre ce qu'ils racontent.

– Disons que ça aide de savoir un peu ce qui se passe dans la pièce.

– Alors, justement ?

Il a commencé à me raconter l'intrigue d'*Hamlet*, s'animant au fur et à mesure qu'il m'expliquait les liens entre Hamlet, Claudius, Ophélie, les meurtres, la trahison... Les atermoiements d'Hamlet qui hésitait à causer la chute de son père, qui rejetait la femme qu'il aimait. Il parsemait son récit de passages sur Dieu qu'il faisait semblant d'avoir écrits lui-même, j'en avais conscience. De même que j'avais conscience d'être en train de tomber amoureuse de lui, de cet ado habillé comme un as de pique, revêche, qui souriait si timidement et connaissait Shakespeare par cœur.

– Comment t'as déniché tout ça ? Je veux dire, tous ces bouquins dans ta chambre ?

C'est là qu'il m'a avoué qu'il avait découvert les livres à l'époque où sa mère avait divorcé de son « beau-père numéro 2 », quand il passait des nuits entières seul chez lui, pauvre gosse abandonné pendant que sa mère faisait la tournée des bars à la recherche d'amants, oubliait de payer ses notes d'électricité, l'obligeant sans le savoir à se réfugier dans la lecture. Heureusement, sa grand-mère lui apportait régulièrement des livres qu'il dévorait. Il lisait tout – *La Guerre des étoiles, Le Seigneur des anneaux, Artemis Fowl, La Stratégie Ender*...

– Un jour, Louis, mon beau-père numéro 3, a rapporté un vieux livre qu'il avait récupéré dans une brocante. Il trouvait ça très drôle, a ajouté Nick en me reprenant la copie d'*Hamlet*. « Celui-là, ça m'étonnerait que t'arrives à le lire, Grosmalin », a fait Nick en imitant la voix rocailleuse du beau-père en question. Ça le faisait marrer, ce gros naze. Il trouvait ça hilarant. Ma mère aussi.

– Et tu l'as lu pour les narguer.

– Au début, oui. Mais après... a-t-il ajouté en s'installant à côté de moi.

La chaleur de son épaule contre la mienne me faisait tellement de bien !

– ... j'ai commencé à être pris par l'intrigue de la pièce. J'avais l'impression de remettre en place des morceaux de puzzle. En plus, ça me faisait rire de savoir que Louis m'avait donné un livre où le beau-père était le salaud de l'histoire. Quel imbécile...

– Alors, c'est ta grand-mère qui t'a ramené tous ces livres ?

– Certains. J'en ai aussi acheté. Mais la majorité m'ont été donnés par une bibliothécaire qui m'avait à la bonne. Elle savait que j'aimais bien Shakespeare. À mon avis, elle avait un peu pitié de moi.

J'ai pris *Macbeth*.

– Et celui-ci ?

J'ai passé les premières journées à l'hôpital à essayer de me souvenir de ce jour-là. À me creuser pour tout me rappeler, dans les moindres détails. Les draps de son lit étaient rouges. Il avait un oreiller, mais sans taie. Une photo encadrée d'une femme blonde – sa mère – trônait au bord de la commode. On était en train de parler du *Roi Lear* quand on a entendu quelqu'un tirer la chasse au-dessus de nous. Puis les pas de sa mère qui allait et venait entre la salle de bains, la cuisine et sa chambre. Rien, je ne voulais rien oublier. Plus les détails me revenaient en mémoire, plus ce qu'on racontait sur Nick dans les médias me semblait décalé. Le soir, quand tout le monde était parti et que je me retrouvais seule, j'allumais la télé en catimini et je regardais les reportages sur la fusillade.

Quand je n'étais pas en train de me remémorer cette première soirée dans la chambre de Nick, j'essayais de recoller les morceaux de ce qui s'était passé dans la cafétéria, ce qui était encore plus difficile, pour toutes sortes de raisons.

D'abord, les deux premiers jours j'étais un peu dans les vapes, une espèce de brouillard médicamenteux. C'est drôle, on pourrait croire que la pire douleur quand on se fait tirer dessus, c'est pile au moment du tir, mais pas du tout. Je ne me souvenais pas d'avoir senti quoi que ce soit. De la peur, peut-être. Une sensation bizarre, pesante. Mais pas de la douleur. J'ai commencé à avoir mal le lendemain, après l'opération, ma peau, mes nerfs et mes muscles réagissant au choc.

Vous ne pouvez pas savoir à quel point j'ai pleuré au cours de ces deux premiers jours. Je voulais à tout prix qu'on me donne un truc contre la douleur. C'était pas une piqûre d'abeille. Ça me faisait un mal de chien.

L'infirmière, qui me détestait, venait régulièrement pour m'administrer une injection de tel remède ou une gorgée de tel autre, mais après les gens autour de moi me paraissaient bizarres et la pièce devenait toute granuleuse. Je ne sais pas si je dormais beaucoup, mais je sais qu'une fois ces deux jours passés, quand elle a arrêté de me prodiguer ces antidouleur hallucinogènes pour les remplacer par des normaux, j'aurais donné n'importe quoi pour dormir le plus souvent possible.

La raison principale pour laquelle j'avais du mal à recoller les morceaux, c'est tout simplement que je n'arrivais pas à les faire coller. À un moment j'ai même demandé à l'infirmière s'il était possible que la détonation du fusil ait brouillé mon cerveau à tel point que je n'arrivais plus à remettre mes idées en place. Je n'avais qu'une envie, dormir. Disparaître pour me retrouver dans un autre monde, à mille lieues du mien.

« Le corps possède différents mécanismes pour se protéger des chocs trop violents », m'expliquait l'infirmière, et je priais pour que le mien ait recours à tous les mécanismes possibles pour en finir avec la douleur.

Chaque soir, quand j'allumais la télé fixée en face de mon lit, je tombais sur des images de mon lycée, des vues aériennes qui lui donnaient un air insolite, une allure officielle, intimidante, loin des trois années que j'y avais passées. J'avais la sensation étrange de regarder un film de fiction. Sauf que la nausée au fond de mon ventre était là pour me rappeler que c'était loin d'être une fiction. C'était la réalité et j'étais au cœur de cette réalité.

Les deux premiers jours à l'hôpital, Maman était tout le temps assise à côté de mon lit. À certains moments elle était en larmes, sanglotant doucement dans un mouchoir en papier et secouant la tête en m'appelant son bébé. Deux secondes après elle avait l'air furieuse, lèvres pincées et regard accusateur, une inconnue déclarant qu'elle ne comprenait pas comment elle avait pu donner naissance à un tel monstre.

Pour être honnête, je n'avais pas grand-chose à dire, ni à elle ni à personne. Depuis que Frankie m'avait annoncé la mort de Nick, je me recroquevillais en chien de fusil, tournée vers le mur, calée sous mes draps et mes couvertures, les genoux contre la poitrine en dépit de mes pansements, des élancements dans ma jambe, et de tous les tubes et les fils. Malheureusement, quand mon corps a arrêté de se recroqueviller, mon âme, elle, a continué. En boule, jusqu'à ce qu'elle devienne une toute petite chose rabougrie, et repliée sur elle-même.

Je n'avais pas pris une grande décision comme quoi je ne dirais plus un mot. D'autant que chaque fois que j'ouvrais la bouche j'avais envie de hurler de terreur. Tout ce que je voyais dans mon esprit c'était Nick, gisant, mort, quelque part. Je voulais aller à son enterrement. Ou au moins sur sa tombe. Mais surtout je brûlais d'envie de l'embrasser et de lui dire que je lui pardonnais d'avoir tiré sur moi.

Hurler aussi pour M. Kline. Pour Abby Dempsey et pour tous ceux qui avaient été massacrés. Même pour Christy Bruter. Pour Maman. Pour Frankie. Et... pour moi. Toutes ces émotions se bousculaient sans jamais s'accorder, comme dans un puzzle, quand il ne vous reste que deux pièces que vous êtes à deux doigts de presque – presque et c'est ça qui vous rend fou – emboîter. Vous pourriez forcer pour que ça marche, elles ont beau finir par coller, ça ne va pas, il y a encore un truc qui cloche. Voilà dans quel état était mon cerveau. Épuisé à force d'essayer d'emboîter des vieilles pièces de puzzle.

J'étais à l'hôpital depuis trois jours quand la porte s'est brusquement ouverte. J'observais le plafond en pensant à Nick et au jour où on jouait au pistolet laser chez Nitez. C'est moi qui avais gagné et au début Nick faisait la tête, mais après on est allés à une fête chez Mason et il n'a pas arrêté de dire à tout le monde que je tirais super bien. Il était fier de moi et je me sentais bien. On avait passé la soirée main dans la main en amoureux, et c'était la plus belle soirée de ma vie.

La porte s'est ouverte et j'ai eu le réflexe de fermer les yeux pour faire semblant de dormir, pour que l'intrus se retire et que je continue à penser à cette soirée. Je vous promets, j'avais la main toute chaude, comme si Nick était en train de la serrer dans la sienne.

J'ai entendu quelqu'un avancer discrètement jusqu'au bord de mon lit et s'arrêter. Aucun fil ni aucune perfusion n'ont bougé. Aucun tiroir ni placard n'ont été ouverts comme c'était le cas dès qu'une infirmière entrait. Je n'ai pas non plus entendu Maman renifler. Pas reconnu l'eau de Cologne de Frankie. Juste une présence dans la pièce. J'ai entrouvert un œil...

Un type avec un costume marron était debout au pied de mon lit. Il devait avoir une quarantaine d'années, il était complètement chauve. Il mâchait du chewing-gum et il avait l'air tendu, sans l'ombre d'un sourire.

Cette fois-ci j'ai ouvert les yeux mais sans me redresser. Et sans un mot. En le fixant, le cœur battant.

– Comment ça va, ta jambe, Valérie ? Je peux t'appeler Valérie ?

Il a posé sa main sur ma jambe. J'ai failli hurler. Et si c'était un type genre film d'horreur, qui voulait me violer et me tuer sur mon lit d'hôpital ? Ou pire – la pensée m'a traversé l'esprit quelques secondes –, si c'était ce que je méritais. Il y avait sûrement plein de gens qui seraient ravis d'apprendre qu'il m'était arrivé un truc atroce...

– Bon, j'espère qu'elle va mieux.

Il a pris une chaise pour s'asseoir avant d'ajouter :

– Tu es jeune. Tu as au moins ça pour toi. Moi, je me suis fait tirer dans le pied il y a deux ans par un type accro au crack. J'ai cru que ça ne cicatriserait jamais. Mais je suis dix fois plus âgé que toi.

Il mâchait son chewing-gum d'un air très sérieux, en me dévisageant avec tant d'insistance que j'ai fini par annoncer :

– Ma mère doit arriver d'une minute à l'autre.

– Elle est dans le couloir. Je viens de lui parler. Elle doit revenir après le déjeuner. Elle est en train de discuter avec mon collègue. Ça risque de durer. Ton père est avec elle. Il n'a pas franchement l'air content de toi, si je puis me permettre.

– Bon...

Je n'ai rien trouvé de mieux à dire. Bon... Bon... De toute façon avait-il jamais été content de moi ? Bon... Et puis je me demandais qui ça intéressait. Bon... En tout cas sûrement pas moi. Bon...

– Je me présente : Panzella, inspecteur.

– OK.

– Si tu veux, je peux te montrer mon badge.

Non merci, je n'en avais aucune envie.

– Il faut qu'on parle, Valérie.

J'aurais dû m'en douter. C'était logique, non ? Sauf que sur le moment ça n'avait rien de logique. La tuerie n'avait rien de logique, alors comment la présence d'un inspecteur en costume marron face à moi dans une chambre d'hôpital pouvait-elle me sembler logique ?

J'avais une frousse atroce. Tellement la frousse que j'étais transie de froid et je ne savais même pas si je pourrais lui parler de quoi que ce soit.

– Tu te souviens de ce qui s'est passé dans ton lycée ?

– Pas vraiment, quelques fragments, oui.

– Il y a eu de nombreux morts, Valérie. Ton petit copain, Nick, leur a tiré dessus. Tu saurais me dire pourquoi ?

Ça m'a fait réfléchir. J'avais passé des heures à essayer de comprendre ce qui était arrivé, mais pas une seule fois je ne m'étais demandé pourquoi ce drame. La réponse était si évidente : parce que Nick avait horreur de ces gens. Et ils le lui rendaient largement. Voilà pourquoi. La haine. Les coups en pleine poitrine. Les surnoms humiliants. Les ricanements. Les commentaires narquois. Les bousculades contre les casiers. Voilà pourquoi : ils le haïssaient et lui les haïssait, et d'une certaine façon c'était voué à finir comme ça, tout le monde mort.

À ce moment-là, une soirée de l'époque de Noël m'est revenue en mémoire. La mère de Nick lui avait prêté sa voiture en lui proposant de m'emmener quelque part. C'était l'occasion ou jamais, parce qu'on avait rarement un deux-roues ou un quatre-roues à notre disposition, du coup on était surexcités à l'idée de pouvoir aller un peu plus loin que d'habitude.

Il est passé me prendre dans cette vieille voiture dont le tableau de bord était plein de gobelets de café en polystyrène couverts de traces de rouge à lèvres, avec des paquets de cigarettes vides coincés dans les fissures des sièges. Mais on s'en fichait. On était ravis de pouvoir sortir. Je me suis glissée sur le siège du milieu pour me blottir contre lui pendant qu'il conduisait, un peu hésitant, comme si c'était la première fois qu'il se retrouvait au volant.

– Alors ? m'a-t-il demandé. Tu trouves ça marrant ou flippant ?

– Romantique.

– T'es sérieuse ? On n'est pas dans un film de filles.

– Et si c'était moi qui te posais la question ?
– Bon, d'accord.
– Sauf que je ne te la poserai pas. Alors ma réponse c'est : marrant. J'ai envie de me marrer.
– Moi aussi.

Il a posé une main sur mon genou et je me suis penchée contre lui en fermant les yeux.

– J'en ai rêvé toute la journée, ai-je avoué en soupirant. Mes parents ont été pires que jamais hier soir, j'ai cru que j'allais devenir dingue.
– Ouais, c'est super.

Peu après, on est arrivés sur le parking du cinéma. Il y avait un monde hallucinant, la foule débordait même sur les trottoirs et sur la pelouse. La plupart étaient des gens de notre âge, et de notre lycée. Nick a retiré sa main de mon genou pour tourner le volant à la recherche d'une place.

À ce moment-là j'ai vu Chris Summers approcher avec un énorme soda à la main. Il était avec ses amis en train de plaisanter, pour changer. Tout à coup ils ont coupé en passant pile devant nous, et Nick a été obligé de freiner brusquement.

Chris s'est penché sur le pare-brise et il a éclaté de rire.

– Pas mal, la caisse, espèce de mutant ! il a crié en renversant son gobelet vers le pare-brise.

Le couvercle a lâché, et le liquide et les glaçons se sont répandus sur la vitre en laissant de longues traces mousseuses jusqu'au capot.

– Abrutis ! j'ai hurlé en bondissant, mais trop tard, Chris et sa bande entraient déjà dans le cinéma.

Plusieurs ados sur la pelouse rigolaient en regardant le désastre.

– Quel con ! Tu te prends pour le mec le plus cool alors que t'es qu'un pauvre type !

Je me suis défoulée en l'injuriant et en fusillant du regard tous ces imbéciles qui ricanaient, y compris Jessica Campbell, debout au milieu de sa bande de greluches qui gloussaient.

– J'y crois pas ! ai-je fini par lâcher en me calant dans mon siège. Je me demande ce qu'il a dans le crâne !

Nick était assis, muet, immobile, les deux mains posées sur le volant pendant que la boisson continuait de dégouliner sur le pare-brise. Son visage, souriant quelques secondes plus tôt, était littéralement décomposé. Défait. Il avait des taches rouges sur les joues et la mâchoire qui tremblait. L'humiliation et la déception irradiaient presque physiquement de son être. Il était en train de s'écrouler sous mes yeux, vaincu. J'ai eu peur. D'habitude il se mettait en colère et cherchait à se défendre. Mais là, il était au bord des larmes.

– Nick... j'ai murmuré en lui caressant le coude. Laisse tomber. Summers est un pauvre mec.

Rien. Ni un mot ni un geste alors que les voitures derrière nous commençaient à klaxonner.

J'entendais sa voix résonner en moi, répétant en boucle : *On a le droit de gagner, nous aussi. Mais pas ce soir. Ce soir on est encore du côté des perdants.*

– En fait... j'ai poursuivi, je n'ai plus tellement envie d'aller au cinéma. On n'a qu'à s'acheter un truc à grignoter et on le rapportera chez toi. On pourrait regarder la télé.

Il a déclenché les essuie-glaces qui ont fait tomber le gobelet et dégagé le liquide comme si de rien n'était.

– Je suis désolé.

Il avait la voix cassée, à peine audible.

Il est passé en première et il est sorti du parking lentement, très lentement, comme un chien qu'on viendrait de fouetter, mortifié.

Mais j'étais assise dans mon lit d'hôpital et je ne pense pas que c'est ce que l'inspecteur avait envie d'entendre. Il ne voulait sûrement rien savoir sur Nick. En revanche il voulait tout savoir sur l'auteur du crime.

– Je ne sais pas, ai-je répondu.

– Tu veux que je te mette sur la piste ?

– Non. Faudrait demander à Nick. Sauf que c'est trop tard parce qu'il est mort. Peut-être que Jeremy pourrait vous répondre.

– Tu veux dire Jeremy Watson ? De... euh... (Il a jeté un œil sur un carnet qui venait d'apparaître de nulle part.) De Lowcrest ?

– Oui, je crois.

C'est alors que j'ai réalisé que je ne connaissais ni son nom de famille ni le quartier où il vivait. Tout ce que je savais, c'est que c'était le meilleur ami de Nick et la dernière personne avec qui il avait passé du temps avant le drame.

– Je ne le connais pas vraiment, Jeremy.

L'inspecteur a soulevé un sourcil dubitatif, à croire qu'il s'attendait à ce que je sois son amie la plus proche.

– Je ne l'ai jamais rencontré. Mais Nick passait beaucoup de temps avec lui.

– Hum... a fait l'inspecteur en fronçant les sourcils. C'est curieux parce que les parents de Jeremy, eux, ont l'air d'en savoir un rayon sur toi. Ton nom et ton prénom, là où tu vis... Du reste ils m'ont conseillé d'aller te voir si j'avais besoin de renseignements.

– Qu'est-ce qu'ils pourraient bien savoir sur moi ? Je ne les ai jamais rencontrés de ma vie !

– Peut-être que Nick parlait beaucoup de toi. Bon, maintenant, dis-moi, Valérie, est-ce que vous aviez tout organisé, toi et Nick ? Est-ce que vous aviez organisé la tuerie ?

– Je n'ai... Non, je... Pas du tout !

– Nous avons une douzaine de témoins qui jurent qu'ils ont entendu Nick te dire juste avant de tirer : « Tu te souviens de notre plan ? » Alors, de quel plan parlait-il ?

– Aucune idée.

– J'ai du mal à te croire.

– Pourtant c'est la vérité. Je n'ai jamais rien organisé dans cette histoire. Je ne savais même pas qu'il avait prévu quoi que ce soit.

L'inspecteur s'est levé en ajustant son costume. Il a sorti d'une serviette une liasse de papiers qu'il m'a donnée. J'ai jeté un œil dessus et j'ai failli m'évanouir.

> À : NicksVal@aol.com
> De : cadavre@gmail.com
> Objet : Autre façon de procéder

Finalement je crois que je préférerais le gaz ou ce genre de truc. T'imagines, tu t'enfermes dans ton garage, tu allumes la caisse, tu t'allonges sur la banquette, tu fumes un pétard histoire de planer et tu crèves. Dingue, genre mes parents débarquent dans le garage le lendemain matin avant d'aller bosser et ils me retrouvent mort avec un méga-joint à la main.

À ce propos, tu sais qui tu pourrais ajouter sur la liste de la haine ? Ginny Baker.

N

À : cadavre@gmail.com
De : NicksVal@aol.com
Objet : Re : Autre façon de procéder

J'hésite, l'idée de l'overdose me plaît bien. Genre overdose devant un truc un peu excitant, un film classé X, tu vois ? La crise de rire en imaginant tes vieux qui te marchent dessus le lendemain. Trop marrant. Combien tu paries qu'ils finiraient ton pétard avant d'appeler l'ambulance ? Tu ferais pareil, non ?

Mais pourquoi G.B. ? J'ai encore la liste, vu que je l'ai regardée en cours d'histoire contemporaine. Je peux la rajouter pour toi.

Val

À : NicksVal@aol.com
De : cadavre@gmail.com
Objet : Re : Re : Autre façon de procéder

Pourquoi pas ? Toute façon c'est juste une BSAF de plus. Marque son nom. À quelle place elle se retrouve ? J'imagine autour de la 407ᵉ. Dommage. Elle méritait d'être carrément mieux placée.

N

 À : *cadavre@gmail.com*
 De : *NicksVal@aol.com*
 Objet : *Re : Re : Re : Autre façon de procéder*

 C'est parfait avec les BSAF. Je l'ai ajoutée. Place n° 411, à ce propos. Tu trouves pas que ça serait super si tout à coup le centre commercial explosait et la bande des BSAF serait pulvérisée en mille morceaux ? Y aurait plus que des faux ongles et des mèches de cheveux blonds partout. Lol.

  Val

 L'inspecteur m'examinait tandis que je feuilletais... une série d'impressions de mon ordinateur dont j'ai appris plus tard qu'ils les avaient récupérées quelques heures après la tuerie.

 – Qu'est-ce que c'est que les BSAF ?

 – Euh... ?

 – Les BSAF. Vous mentionnez tous les deux les BSAF. Et apparemment Ginny Baker en faisait partie.

 – Oh... Je pourrais avoir un verre d'eau, s'il vous plaît ?

 Il a approché le plateau de mon lit et j'ai pris mon verre pour boire.

 – Les BSAF...

 – Tu ne te souviens pas ? m'a demandé l'inspecteur en s'accroupissant à ma hauteur.

Il avait la voix très grave, prête à rugir et à m'écraser s'il le voulait.

– Valérie, écoute-moi. Les gens ont soif de justice. Ils ont besoin de réponses fermes. Je te garantis qu'on va enquêter jusqu'au bout sur cette affaire. Quoi qu'il arrive, nous découvrirons la vérité. D'une façon ou d'une autre. Tu ne te rappelles peut-être pas exactement ce qui s'est passé dans la cafétéria il y a trois jours, mais je suis sûr que tu sais très bien ce que c'est que les BSAF.

J'ai reposé mon verre. J'avais la bouche comme verrouillée, gelée.

– J'ai interrogé tes camarades. Ça n'est pas une association du lycée. C'est donc quelque chose que vous avez inventé, toi et Nick. Bon, a-t-il dit d'une voix tout à fait normale, en se levant pour refermer sa serviette. Je trouverai. Entre-temps, je poursuis mon enquête en partant du principe que c'est un surnom ou une appellation que vous aviez pour certains camarades, dont un au moins est mort.

– Barbie... ai-je bredouillé.

J'étais transie de froid et j'avais envie d'appeler une infirmière. J'ai pris mon courage à deux mains et j'ai égrené :

– Barbie Salopes Anorexiques et Friquées. BSAF. Barbie Salopes Anorexiques et Friquées. Voilà ce que ça voulait dire. Le club des BSAF.

– Et vous vouliez toutes les faire exploser ?

– Non. Je n'ai jamais voulu faire exploser personne.

– C'est ce que tu dis. C'est bien toi, NicksVal, n'est-ce pas ?

– C'était pour rire. C'était une blague un peu idiote.

– George et Helen Baker ne rigolent pas vraiment, eux. Le visage de Ginny est ravagé. Elle va peut-être survivre, mais elle sera méconnaissable.

– Seigneur ! me suis-je exclamée, la gorge serrée. Je ne savais pas.

L'inspecteur s'est dirigé vers la porte et m'a indiqué la pile de papiers que j'avais entre les mains en ajoutant :

– Je te les laisse pour la soirée. N'hésite pas à les relire et nous en reparlerons demain.

Quelle angoisse ! Je n'avais aucune envie d'avoir affaire à lui, ni demain ni plus tard.

– Mon père est avocat. Il ne m'autorisera jamais à parler sans avocat. Cette affaire n'a rien à voir avec moi.

J'ai aperçu un éclair de je ne sais quoi traverser son visage – de la colère, peut-être, ou de l'impatience.

– Ceci n'est pas un jeu, Valérie. J'ai l'intention de travailler avec toi, vraiment. Mais de ton côté il faut que tu acceptes de collaborer avec moi. J'ai vu ton père. Il sait que je suis venu te voir. Tes parents sont prêts à participer. De même que ton amie Stacey. Nous venons de passer deux jours à examiner les affaires de Nick, et les tiennes. Nous avons trouvé votre carnet. Nous sommes en train de récupérer vos échanges de mails. Quoi qu'il se soit réellement passé, nous découvrirons la vérité. C'est l'occasion pour toi de mettre les choses à plat. Y compris ta relation avec Nick. Mais il faut que tu parles. Que tu coopères. Pour ton bien. On se revoit demain, a-t-il conclu en s'arrêtant sur le seuil de la porte.

J'ai réfléchi... Le carnet ? Les mails ? Mon petit doigt me disait que ce n'était pas génial pour moi. J'ai jeté un œil sur toutes les horreurs que j'avais écrites dans ce carnet et dans les échanges de mails de fins de soirée avec Nick. Pas très glorieux. J'avais tellement froid que tout mon corps me semblait engourdi et indolore à partir de mon cou.

8

– Alors, explique-moi, d'où venait ce surnom, Sœur Funèbre ? m'a demandé tout de go l'inspecteur Panzella en entrant dans ma chambre le lendemain matin.

Pas de *Comment ça va, ta jambe ? Mieux j'espère*, non juste *Explique-moi d'où venait ce surnom*.

– Comment ça ? C'était un surnom débile...

J'ai appuyé sur le bouton pour redresser la tête de mon lit et m'asseoir. Je venais de parcourir – encore – les impressions de mon ordinateur qu'il m'avait laissées la veille et j'étais de mauvaise humeur. Tous les sujets dont on parlait avec Nick... pourquoi n'y avais-je vu que du feu ? Pourquoi n'avais-je pas compris que Nick était sérieux ?

– Alors, c'est lié à quoi ? m'a relancé l'inspecteur en feuilletant son petit carnet.

– Quoi ? Vous voulez dire, ce surnom ? C'est à cause de mon eye-liner. Et parce que je porte des jeans noirs, que je me teins les cheveux en noir, que... je ne sais pas. Pourquoi est-ce que vous ne le leur demandez pas, à elles ? Je n'ai jamais cherché à ce qu'on m'affuble de surnoms pareils, moi.

Le fait est que je n'avais rien demandé. De ça, j'étais bel et bien sûre, même si certains commentateurs à la télé suggéraient le contraire. Christy Bruter était le genre de personne qui repérait d'instinct celui qui avait l'air un peu faible, vulnérable, pour l'attaquer illico. Le genre de personne qui avait assez de gens dans la poche pour être sûre que tout surnom serait aussitôt adopté par les autres. Le genre de personne qui avait les moyens de me pourrir la vie si elle le décidait. Oui, Christy prenait un malin plaisir à m'affubler de toutes sortes de surnoms. De même que Jessica Campbell et Meghan Norris. Quant à Chris Summers, dès qu'il pouvait, il s'en prenait à Nick. Mais pourquoi ? Comment pouvais-je le savoir, moi ?

– Alors, ce n'est pas parce que tu avais prévu de tuer certaines personnes avec ton petit copain ?

– Mais pas du tout ! Je vous l'ai déjà dit. Je n'ai jamais rien organisé avec Nick. Je n'avais même pas idée qu'il prévoyait quoi que ce soit. C'était un surnom gratuit, sans plus. C'est pas moi qui l'ai inventé. Je le détestais.

– Un surnom gratuit lancé par Christy Bruter, a confirmé l'inspecteur en feuilletant ses notes.

– Oui.

– Et la première victime sur laquelle Nick est censé avoir tiré. Celle qu'on ne voit pas très bien sur la vidéo de surveillance. Ce qu'on distingue le mieux, c'est toi et Nick en train de l'affronter, et ensuite Christy qui s'écroule et tout le monde qui s'éparpille.

– Je n'ai pas tiré sur elle, si c'est ça que vous voulez savoir. Je n'ai pas tiré.

– Dis-moi ce qu'il faut en penser, Valérie, a-t-il ajouté en se penchant vers moi. Dis-moi exactement ce qui s'est passé. Pour l'instant nous n'avons que ce qu'on voit sur la vidéo. Et ce qu'on voit, c'est toi en train de désigner Christy Bruter à ton copain. On a au moins trois élèves qui le confirment.

Je commençais à avoir sommeil et j'avais besoin qu'on vienne me changer mes pansements.

– Tu ne veux pas me dire pourquoi tu pointais le doigt sur elle ?

– Parce que je voulais que Nick la défie, ai-je répondu à mi-voix. Elle m'avait cassé mon MP3.

L'inspecteur est allé ajuster le store pour que la lumière du soleil ne filtre plus dans la chambre. La pièce a eu l'air lugubre. Comme si Maman ne devait plus jamais revenir. Comme si j'étais condamnée à répondre à vie aux questions de ce flic, peu importe que je me torde de douleur parce que la plaie de ma jambe était en train de virer à la gangrène.

L'inspecteur a pris une chaise pour l'installer de l'autre côté de mon lit et s'est rassis en se grattant le menton.

– Alors... Tu entres dans la cafétéria et tu désignes Christy Bruter à ton petit ami. Un quart de seconde plus tard elle se retrouve avec un trou en plein ventre. Tu peux me dire quelle est la pièce manquante, Valérie ?

– Je ne sais pas. (J'ai senti une larme couler sur ma joue.) Je ne sais pas. Je ne comprends pas ce qui s'est passé, je vous promets. À un moment, on entre bras dessus bras dessous dans le Foyer comme tous les matins, et deux secondes plus tard c'est la panique, tout le monde hurle et court dans tous les sens.

L'inspecteur s'est laissé aller contre le dossier de sa chaise.

– Des témoins oculaires affirment t'avoir vue t'agenouiller près de Christy juste après le tir avant de te redresser et de t'enfuir en courant. D'après eux, tu aurais voulu vérifier qu'elle avait été atteinte avant de prendre la fuite. Tu l'aurais laissé mourir. Est-ce la vérité ?

J'ai fermé les yeux en me faisant violence pour chasser de mon esprit l'image de Christy Bruter saignant pendant que je lui pressais les mains. Essayer de contenir la panique qui m'avait prise à la gorge ce jour-là. De ne pas sentir l'odeur de poudre à canon ni entendre les hurlements autour de moi.

– Non, c'est pas exactement comme ça que ça s'est passé, ai-je bredouillé en pleurant.

– Tu ne t'es pas enfuie ? Parce que sur les bandes, on te voit en train de prendre la fuite.

– Non. Enfin... oui, je l'ai laissée sur place ; mais pas pour fuir. Pas parce que je voulais qu'elle meure. Je vous promets. Je l'ai laissée parce que je voulais retrouver Nick. Pour lui dire d'arrêter.

– Rappelle-moi ce que tu as dit à ton amie Stacey Brinks quand tu es descendue du car ce jour-là ?

J'avais des élancements dans la jambe et dans le crâne. J'avais tellement parlé que ma gorge était desséchée. Et j'avais peur. Une peur bleue. J'avais oublié ce que j'avais dit à Stacey. J'en étais au point où je n'arrivais plus à me souvenir de grand-chose, et le peu dont je me souvenais, je ne pouvais plus m'y fier parce que je n'étais plus certaine que ce soit la vérité.

– Mmmm... a repris l'inspecteur. Tu n'as rien dit à Stacey quand tu es descendue du bus ?

J'ai secoué la tête.

– D'après Stacey, tu aurais plus ou moins dit ceci : « J'ai envie de la trucider. Elle va me le payer. » Est-ce bien vrai ?

Une infirmière a fait irruption dans la chambre.

– Pardonnez-moi, inspecteur, mais il faut que je refasse ses pansements avant de filer.

– Je vous en prie.

L'inspecteur Panzella s'est levé avant de se diriger vers la porte en se faufilant entre les fils et les différents appareils.

– On en reparle bientôt, a-t-il ajouté en se retournant vers moi.

Si seulement *bientôt* pouvait signifier *jamais*. Si seulement un petit miracle pouvait se produire entre *maintenant* et *bientôt*, il finirait par comprendre que je ne détenais aucune réponse.

9

J'étais assise dans une chaise roulante à côté de mon lit, et pour la première fois depuis la tuerie, je portais un jean et un T-shirt. Maman me les avait rapportés de la maison. Ils dataient du CM1 ou du CM2, et ils étaient complètement démodés. Pourtant j'étais ravie de porter de vrais vêtements, même si je ne pouvais pas beaucoup bouger à cause du frottement de la toile contre ma cuisse qui me faisait grincer des dents. Et puis ça me faisait aussi du bien d'être assise, en me tenant droite, enfin... plus ou moins. En fait je n'avais pas grand-chose à faire, à part regarder la télé.

Pendant la journée, quand Maman, l'inspecteur Panzella et les infirmières étaient dans ma chambre, je mettais soit TV-Cuisine, soit une chaîne câblée où j'étais sûre qu'on ne passait pas de reportages sur la fusillade. Mais le soir, ma curiosité l'emportait et je regardais les nouvelles en essayant de savoir qui était mort, qui avait survécu, et comment se passait la reprise de la vie quotidienne au lycée.

Dès qu'il y avait de la pub, je gambergeais. Je pensais à mes copains en me demandant comment ils s'en étaient sortis. Qu'est-ce qu'ils faisaient ? Ils pleuraient ? Ils faisaient la fête ? Ou ils poursuivaient leur petite vie ? Puis mon esprit s'échappait et je songeais aux victimes. Vite, je changeais de chaîne pour penser à autre chose.

Je passais la matinée à répondre aux questions de l'inspecteur, et je peux vous dire que c'était pas drôle. Il était persuadé que c'était moi qui avais tiré. Ou au moins que j'étais l'instigatrice du carnage. Peu importe ce que je répondais, il en avait la conviction. Peu importe que je pleure toutes les larmes de mon corps, il n'en démordait pas. Et vu les preuves qu'il m'avait apportées, je pouvais difficilement lui en vouloir. Tout montrait que j'étais coupable, même à mes yeux.

Il avait fouillé ma maison de fond en comble. Ma chambre. Mon ordinateur. Il avait soigneusement écouté tous les messages de mon portable. Récupéré tous mes mails. Lu et relu le carnet... le fameux carnet.

D'après ce que je comprenais, tout le monde avait plus ou moins vu ce carnet. Même les médias étaient au courant. J'en avais aperçu des morceaux au cours d'émissions de fin de soirée à la télé. J'en avais entendu des passages cités au cours d'une matinale, et je ne pouvais pas m'empêcher de remarquer l'ironie du fait que ces présentateurs de télé adoubés, tellement fascinés par ce carnet, étaient exactement le genre de personnalités qui auraient fini par s'y retrouver. Du reste, je crois qu'ils étaient un ou deux à y être. Le savaient-ils... ?

Et ainsi de suite, je m'enfonçais dans une spirale sans fin de questions et de « et si ? », et c'était un cauchemar, surtout avec l'inspecteur Panzella qui tournicotait dans ma chambre en reniflant.

À ce stade-là j'avais perdu le compte du nombre de jours passés à l'hôpital, mais je devais y être depuis une semaine environ vu le nombre de visites de l'inspecteur auxquelles j'avais eu droit.

Ce jour-là, il était déjà dans ma chambre alors que je venais de m'habiller et de m'installer dans ma chaise roulante. Comme d'habitude il sentait le cuir et émettait ces petits claquements des lèvres quand il parlait. Il portait toujours son costume marronnasse, triste à mourir, comme les sacs en papier kraft des supermarchés. Il avait cette façon agaçante d'incliner la tête de côté, comme si je mentais, alors que je disais la vérité. Heureusement, il s'arrangeait pour que nos échanges ne durent pas trop longtemps et m'abandonnait dans ma chaise roulante à regarder mes émissions de cuisine.

Après le départ de l'inspecteur, Maman est arrivée avec mes vrais vêtements, deux ou trois magazines et une barre chocolatée. Elle semblait un peu moins déprimée que d'habitude. Elle n'avait pas non plus l'air d'avoir trop pleuré. Ces jours-ci, elle avait tout le temps le nez rouge et les yeux bouffis, et j'ai eu un choc en la voyant entrer d'un pas léger, maquillée, avec, non pas un sourire, mais un air satisfait sur le visage.

Elle m'a aidée à m'habiller avec les vêtements qu'elle m'avait rapportés. Elle m'a même permis de m'appuyer sur elle pour sautiller sur une jambe jusqu'à la chaise roulante. Elle a déroulé le cordon de la télécommande que j'avais enroulé autour du montant du lit avant de me la donner. Puis elle s'est assise au bord du lit.

– Ta jambe est en voie de guérison, m'a-t-elle annoncé.

Silence.

– Tu viens de parler avec l'inspecteur Panzella.

Nouveau silence. J'avais les yeux rivés sur mes pieds nus en regrettant d'avoir oublié de lui demander de m'apporter des socquettes.

– Tu n'as rien à ajouter à ce sujet ?

– Il est persuadé que je suis coupable. Comme toi.

– Attends, Valérie. Je n'ai jamais dit ça.

– Tu n'es jamais là quand il m'interroge, Maman. Personne n'est jamais là. Je suis toujours seule.

– C'est un officier particulièrement gentil, Valérie. Il n'est pas là pour t'accuser. Il cherche à comprendre ce qui s'est passé.

Je n'ai rien dit, décidément trop fatiguée pour argumenter. Peu importe ce qu'elle pensait. C'était tellement énorme qu'elle ne pourrait jamais me sauver, même si elle était persuadée de mon innocence.

J'ai zappé d'une chaîne à l'autre jusqu'à ce que je tombe sur Rachel Ray qui préparait un plat au poulet. Seul résonnait le bruissement des chaussures de Maman quand elle changeait de position, ou le grincement du siège en Skaï de ma chaise roulante quand c'est moi qui bougeais. Maman ne savait sûrement plus quoi me dire, elle non plus. Qu'elle ne compte pas sur moi pour lui servir une grande confession dramatique, genre *soap opera*.

– Où est passé Papa ? ai-je fini par demander.

– Il est rentré à la maison.

La question sous-entendue était en suspens entre elle et moi, et je préférais ne pas la poser, jusqu'au moment où je me suis dit qu'elle n'attendait que ça.

– Lui aussi, il pense que je suis coupable ?

Elle a pris la télécommande en dénouant encore le cordon.

– Il ne sait plus quoi penser, Valérie. Il est rentré pour réfléchir. En tout cas c'est ce qu'il prétend.

Ah ! La réponse était pire que la question, dans le genre sous-entendu. *En tout cas c'est ce qu'il prétend.*

– Il me déteste.

– Tu es sa fille. Il t'aime.

– Tu dis ça par devoir. J'en suis sûre et certaine, Maman. Il me déteste. Toi aussi, tu me détestes ? Tu crois que le monde entier me hait ?

– Arrête de dire des bêtises, Valérie, m'a-t-elle répondu en se levant pour prendre son sac. Allez, je descends, je vais m'acheter un sandwich. Tu veux quelque chose ?

J'ai secoué la tête, et à peine était-elle sortie qu'une pensée m'a traversé l'esprit comme un flash. Elle ne m'avait pas répondu *non*.

Peu après, j'ai entendu quelqu'un frapper timidement à la porte. Je n'ai pas répondu. Ne serait-ce qu'ouvrir la bouche me semblait un effort insurmontable.

C'était sûrement l'inspecteur Panzella, et j'avais décidé que, quoi qu'il arrive, ce jour-là je ne lui dirais rien. Il aurait beau me supplier. Me menacer de perpète. J'en avais assez de revivre cette journée ; j'avais envie qu'on me fiche la paix.

On a de nouveau frappé, puis la porte s'est ouverte, délicatement. J'ai vu pointer un bout de nez. Stacey !

Vous ne pouvez pas savoir à quel point j'ai été soulagée en voyant son visage. Son visage. Non seulement vivant, mais sans la moindre cicatrice. Ni trace de balle. Ni brûlures. Rien. J'ai failli éclater en sanglots.

Évidemment, les cicatrices intérieures ne se voient jamais sur un visage, n'est-ce pas ?

– Salut. Je peux entrer ?

À peine a-t-elle ouvert la bouche que j'ai reconnu dans sa voix celle avec qui j'avais piqué des fous rires, genre, un million de fois depuis le temps qu'on se connaissait. Pourtant je n'avais rien à lui dire.

Je sais que ça peut paraître idiot, mais je crois que j'étais gênée. Comme quand on est petit et que votre père ou votre mère vous gronde devant vos copains, et vous êtes profondément humilié parce qu'ils viennent d'assister à une scène privée, qui anéantit le personnage que vous essayez d'afficher, genre « je contrôle la situation ». Voilà ce que je ressentais, mais à la puissance mille...

J'avais une tonne de choses à lui avouer. Je voulais lui demander des nouvelles de Mason et de Duce. Je voulais lui demander comment ça se passait au lycée. Si Christy Bruter avait survécu ou non, et Ginny Baker. Je voulais lui demander si elle savait que Nick avait prévu le massacre. Je voulais qu'elle m'avoue qu'elle aussi, elle n'y avait vu que du feu. Je voulais qu'elle me confirme que je n'étais pas la seule à être coupable de ne pas avoir cherché à arrêter l'engrenage. À avoir été aussi bête et aussi aveugle.

Sauf que c'était trop bizarre. Une fois qu'elle est entrée en se justifiant – « Tu n'as pas répondu quand j'ai frappé, du coup j'ai pensé que tu devais plus ou moins dormir » – tout a basculé, et tout me semblait complètement surréel. Pas seulement la tuerie. Pas seulement les images de la télé où l'on voyait des torrents d'élèves en sang se précipiter sur les portes de la cafétéria comme une longue veine coupée. Pas seulement le fait que Nick avait disparu et que l'inspecteur Panzella venait entonner les répliques de *New York Police Judiciaire* à mon chevet chaque jour. Mais tout. Tout. Chaque instant depuis le CP, le jour où Stacey m'avait montré une dent de devant qui bougeait et pointait comme une dragée de chewing-gum quand elle la poussait avec la langue, ou le jour où je m'étais écorché le ventre contre une des cages à poules du terrain de jeu. Tout me semblait un rêve. Et ça, cet enfer, c'était ma réalité.

– Salut, ai-je répondu doucement.

Elle était debout au pied de mon lit, pas très à l'aise, comme Frankie le jour où je m'étais réveillée.

– T'as mal ?

J'ai haussé les épaules. Elle avait dû me poser cette question un milliard de fois, chaque fois que je m'étais égratignée dans cet autre monde, ce monde de rêve. Celui où nous étions normales. Celui où les petites filles se fichent qu'on voie leur ventre quand elles jouent sur les aires de jeux et que leurs dents soient en avant comme des chewing-gums Chiclets.

– Un peu, mais ça va.

– Il paraît que tu as... un vrai trou. Remarque, c'est Frankie qui m'a dit ça, alors qui sait s'il faut le croire.

– Ça va. J'ai surtout l'impression d'avoir la jambe ankylosée. Les antidouleur, j'imagine.

Elle s'est mise à gratter avec l'ongle une étiquette collée sur le montant du lit. Je connaissais assez Stacey pour savoir que c'était le signe qu'elle était mal – soit frustrée, soit furieuse. Ou les deux.

– On nous a annoncé qu'on pouvait retourner au lycée la semaine prochaine. Enfin, pour certains. Il y a beaucoup de gens qui ont peur, j'ai l'impression. Beaucoup qui se remettent à peine de...

Elle a ralenti au moment de prononcer « se remettent », rougissant comme si elle regrettait d'avoir mentionné l'idée devant moi. Quand tout à coup une nouvelle vision de rêve m'est revenue à l'esprit : elle et moi transpirant sous un drap recouvrant une table de pique-nique au fond de son jardin, en train de nourrir nos poupées avec des cuillerées imaginaires. C'était fou, ça nous semblait tellement réel, de nourrir ces bébés en plastique. Tout nous semblait tellement réel à l'époque.

– En tout cas, moi j'y retourne. Comme Duce. Et Mason et David aussi. Maman n'est pas très partante pour que j'y aille, mais moi j'ai envie, tu comprends ? Je pense que j'en ai besoin. Enfin, je ne sais pas...

Elle a levé la tête pour regarder la télé en hauteur. Je ne me faisais pas d'illusions, elle n'avait pas vraiment l'esprit à se concentrer sur les choux à la crème qu'un invité mis à contribution par l'émission de cuisine était en train de sortir du four.

Jusqu'au moment où elle m'a regardée, les yeux un peu humides.

– Tu ne veux pas me parler, Valérie ? Tu ne veux rien me dire ?

– Est-ce que Christy Bruter est morte ? ai-je fini par balbutier.

– Non. Elle n'est pas morte. Elle est ici, dans l'hôpital. Je viens de la croiser.

Devant mon absence de commentaires, elle a rejeté les cheveux en arrière et m'a demandé :

– T'es déçue ?

Fini. Elle avait prononcé le mot fatal. Le mot qui me prouvait que même elle, Stacey, mon amie d'enfance, celle qui était à mes côtés quand j'avais eu mes premières règles, celle à qui je prêtais mon maillot de bain et mon ombre à paupières, même elle croyait que j'étais coupable. Certes, elle ne l'avait pas avoué tout haut. Certes, elle ne pensait pas que j'avais appuyé sur la gâchette, mais au fond, en son for intérieur, elle m'accusait.

– Bien sûr que non. Je ne sais plus quoi en penser, honnêtement, ai-je répondu – jamais je n'avais été aussi sincère.

– J'ai mis quelque temps à croire à ce qui s'est passé. Au début je suis tombée des nues. Puis j'ai entendu dire qu'il était responsable, mais je n'y croyais pas. Toi et Nick... tu comprends, tu étais ma meilleure amie. Et Nick avait toujours l'air cool. Avec un côté Edward aux mains d'argent, mais cool. Jamais je n'aurais pensé que... c'est juste que je n'arrivais pas à y croire. Nick. Wouah !

J'étais assise dans ma chaise roulante et j'enregistrais tout. Elle n'arrivait pas y croire ? Eh bien, moi non plus. Quand je pense que mon amie d'enfance, soi-disant la « meilleure », en concluait que tout ce qu'elle avait entendu dire était vrai. Qu'elle ne prenait même pas la peine de se poser un minimum de questions. Que Stacey, Mademoiselle Pâte à Modeler, avait déjà été modelée en une fille qui ne me faisait plus confiance...

– Moi non plus, je n'y croyais pas, me suis-je défendue. Aujourd'hui encore, j'ai du mal. Mais je te jure, Stacey, je n'ai tiré sur personne.

– Sauf que tu as dit à Nick de tirer. Bon, faut que j'y aille. Je voulais simplement te dire que j'étais contente que tu ailles mieux.

Elle a posé la main sur la poignée de porte en ajoutant :

– Je doute qu'ils te laissent t'approcher d'elle, mais si jamais tu croises Christy Bruter dans le couloir, je te conseille de t'excuser.

Là-dessus elle est sortie, mais je l'ai entendue murmurer « Moi, je me suis excusée », et pendant... je ne sais pas, huit heures au moins après son départ, je n'ai pu m'empêcher de me demander pourquoi elle s'était crue obligée de s'excuser.

Jusqu'au moment où j'ai compris qu'elle s'excusait d'être amie avec moi, et tout ce monde rêvé s'est évanoui. Éteint. Anéanti. Comme s'il n'avait jamais existé.

10

J'ai cru que je rentrais à la maison. Maman s'était faufilée dans ma chambre pendant que je dormais et elle m'avait déposé de nouveaux habits avant de disparaître. Je me suis redressée alors que la lumière du matin filtrait jusqu'au pied de mon lit, et j'ai retiré les mèches de cheveux de mon visage. La journée avait comme un nouveau parfum, teinté d'une impression de possible.

Je me suis hissée pour descendre de mon lit, j'ai attrapé les béquilles que l'infirmière de nuit avait posées contre le mur, et j'ai sautillé jusqu'à la salle de bains – ce que j'arrivais à faire toute seule depuis vingt-quatre heures. Les antidouleurs m'assommaient encore, mais je n'avais plus d'intraveineuse, et le pansement autour de ma cuisse était toujours énorme, mais ça allait.

J'ai mis un certain temps à me débrouiller pour faire ma toilette, si bien que quand je suis sortie, sur qui je suis tombée ? Maman, assise au bord de mon lit avec une petite valise à ses pieds.

– C'est quoi ? ai-je demandé en clopinant vers mon lit.

J'ai pris ma chemise et j'ai commencé à retirer mon pyjama tant bien que mal.

– Des affaires dont tu auras peut-être besoin.

J'ai soupiré en tirant sur ma chemise pour la glisser au-dessus de ma tête avant de m'attaquer au pantalon.

– Tu veux dire qu'ils me gardent encore vingt-quatre heures ? Je me sens beaucoup mieux. Je peux rentrer à la maison. S'il te plaît, j'ai envie de rentrer, Maman.

– Attends, je vais te donner un coup de main, m'a-t-elle répondu en se penchant pour m'aider à enfiler mon jean.

Et hop ! Elle a tiré un bon coup avant de remonter la fermeture Éclair, ce que j'ai trouvé à la fois étrange et réconfortant.

Je me suis affalée dans ma chaise roulante, j'ai dégagé mes cheveux du col de ma chemise, puis j'ai roulé jusqu'à ma table de nuit où une infirmière m'avait déposé un plateau. À peine ai-je senti l'odeur de bacon grillé que mon estomac s'est mis à gargouiller.

– Alors, ils t'ont dit quand je pouvais rentrer ? Demain ? Je pense vraiment que je peux rentrer demain. Tu pourrais peut-être essayer d'en parler avec eux, Maman ?

J'ai retiré le couvercle du plateau de petit déjeuner et mon estomac a recommencé à faire des siennes. Ce bacon me mettait tellement l'eau à la bouche !

Maman allait me répondre quand la porte s'est brusquement ouverte, et un homme en treillis et chemise à carreaux sous une blouse ouverte est entré.

– Madame Leftman, je me présente, docteur Dentley. Nous nous sommes parlé au téléphone.

J'ai levé les yeux, la bouche pleine de bacon.

– Et toi, j'imagine que tu es Valérie, a-t-il repris, avec une voix plus mesurée et prudente.

Il m'a tendu la main, vite, j'ai avalé mon bacon avant de la lui serrer.

– Docteur Dentley. Je suis le psychiatre de l'hôpital de Garvin. Comment va ta jambe, dis-moi ?

– Ça va.

– Bien, bien, m'a-t-il répondu avec un grand sourire, ou plutôt un rictus qu'il devait se croire obligé d'afficher non-stop.

C'était sans doute parce qu'il était nerveux, et parce qu'il avait peur, mais pas particulièrement de moi. Plutôt peur de la vie. La vie qui pouvait lui sauter à la figure et le mordre à tout instant.

– Alors, dis-moi à quel point tu as mal, Valérie.

Il a fait apparaître mon dossier qui, bien sûr, comportait la courbe indiquant les variations de ma douleur. Depuis que j'étais à l'hôpital je devais répondre à cette question environ... un millier de fois par jour. À combien en est ta douleur aujourd'hui ? À dix ? À sept ? Peut-être à quatre et demi ce matin ?

– Aujourd'hui je suis à deux. Mais pourquoi ? Je vais sortir ?

– Valérie, tu es ici parce que nous voulons que tu guérisses, m'a répondu le docteur avec le ton gentil et patient d'un maître de jardin d'enfants. Mais il faut aussi que tu guérisses de tes blessures intérieures. Voilà pourquoi je suis venu te voir. Je voudrais procéder à certaines évaluations sur toi afin de déterminer la meilleure façon de t'aider à te sentir bien mentalement. Tu as envie de te faire mal aujourd'hui ?

– Quoi ?

Je me suis retournée vers Maman pour qu'elle m'aide à comprendre. Elle avait les yeux rivés sur ses chaussures.

– Je t'ai simplement demandé si tu avais des envies de te mettre en danger, toi, ou les autres ?

– Vous voulez dire, si j'ai envie de me suicider ?

– Ou de te couper les veines, a-t-il ajouté avec son rictus débile. Ou peut-être que tu as des pensées un peu mortifères.

– Pas du tout. Qu'est-ce que vous racontez ? Pourquoi voulez-vous que j'aie envie de me suicider ?

– Valérie, j'ai parlé un certain temps avec tes parents, avec la police et les médecins. Nous avons longuement évoqué les idées de suicide qui manifestement te hantent depuis quelque temps. Or au vu des événements récents, nous avons peur que ces pensées ne te submergent...

Nick était obnubilé par l'idée de mort. Mais comme ça, sans plus. De même qu'autour de nous il y avait des ados qui étaient obnubilés par les jeux vidéo. Ou d'autres qui ne pensaient qu'au sport. Certains adoraient tout ce qui était militaire. Nick, lui, aimait la mort. Oui, c'est vrai, depuis le fameux jour où il s'était allongé sur son matelas pour m'expliquer qu'Hamlet aurait dû tuer Claudius, Nick ne me parlait que de mort.

Mais c'était toujours à travers des histoires, rien de grave. Des films, des livres qui mettaient en scène la mort de façon particulièrement marquante. C'était son truc. Sauf que, sans m'en rendre compte, j'avais adopté ses codes ; moi aussi j'avais pris l'habitude de lire et de raconter des récits macabres. Après tout, c'était de la fiction. Shakespeare racontait des histoires de mort. Edgar Poe racontait des histoires de mort. Le flippant Stephen King racontait des histoires de mort. Et alors ?

Quoi qu'il en soit, je n'avais jamais remarqué qu'on en parlait de plus en plus souvent. Que les histoires de Nick étaient toujours des récits de suicides. D'homicides. De même que les miennes. Sauf que, autant que je sache, on en restait toujours à la fiction.

Le jour où j'avais feuilleté les mails que m'avait donnés l'inspecteur Panzella au cours de sa première visite, j'étais tombée des nues. Comment avais-je pu être aveugle à ce point-là ? Ne pas remarquer que tous ces courriers formaient une même histoire, un cri d'alarme qui aurait alerté n'importe qui ? Ne pas voir que les mots de Nick basculaient peu à peu de la fiction à la réalité ? Ne pas voir que mes propres réponses – qui dans mon esprit étaient toujours de l'ordre de l'imaginaire – donnaient de moi l'image d'une fille complètement obsédée par la mort ?

Je ne sais pas, en tout cas je n'avais rien vu. J'avais beau le regretter de tout mon cœur, je n'avais rien vu, vraiment rien.

– Vous voulez dire, tous ces mails ? Je ne pensais pas un mot de ce que j'écrivais. C'était genre *Roméo et Juliette*. Et puis c'était Nick. Pas moi.

– C'est pourquoi nous sommes tous d'accord pour penser, a poursuivi le docteur comme si je n'avais rien dit, que la meilleure solution, c'est que tu sois hospitalisée dans un lieu où tu bénéficieras de l'aide nécessaire pour lutter contre ces tentations suicidaires. Thérapie de groupe, thérapie individuelle, voire médicaments.

– Non ! Maman, tu sais très bien que je n'ai pas besoin de ça, ai-je répondu en me levant pour prendre mes béquilles. Dis-lui que je n'en ai pas besoin.

– C'est pour ton bien, Valérie, m'a-t-elle affirmé en levant enfin les yeux. (Tout à coup, j'ai vu qu'elle avait la main sur la poignée de la valise.) Tu n'en auras pas pour très longtemps. Deux semaines.

– Valérie, a renchéri le docteur Dentley. Valérie, nous sommes là pour t'aider parce que tu en as besoin.

– Arrêtez de m'appeler par mon prénom. Je veux rentrer chez moi. Je pourrai lutter contre je ne sais quelles tentations, mais une fois chez moi.

Le docteur Dentley s'est redressé en appuyant sur le bouton d'urgence de ma télécommande. Une infirmière a déboulé et pris la valise avant de se poster sur le seuil de la porte... Maman s'est dirigée vers les toilettes.

– Nous allons simplement monter au cinquième étage, dans le service psychiatrique, Valérie. Assieds-toi, s'il te plaît. Nous t'emmenons dans ta chaise roulante. Ce sera plus confortable pour toi.

– C'est hors de question !

Vu la façon dont Maman s'est retournée, j'imagine que j'ai hurlé. Je ne pensais plus qu'à une chose, un film qu'on avait vu en seconde, en cours de cinéma et communication : *Vol au-dessus d'un nid de coucou*. Je revoyais Jack Nicholson hurlant contre l'infirmière pour qu'elle allume la télé, le visage impassible de l'Indien, angoissant, et le petit gars nerveux avec ses lunettes. Sans compter – et c'est sans doute ce qu'il y a de plus bête – que je n'ai pas pu m'empêcher de penser que le jour où les gens apprendraient que j'avais été internée dans le pavillon psychiatrique, tout le monde se ficherait de moi. Christy Bruter en ferait ses choux gras.

Ils peuvent me traîner là-haut mais plutôt mourir qu'y aller de mon propre gré.

Le docteur Dentley a dû penser la même chose parce que dès que j'ai hurlé « Non ! Je n'irai pas ! Je refuse ! Foutez-moi la paix ! », son rictus a changé et il a fait signe à l'infirmière de quitter la chambre.

Quelques instants plus tard, deux énormes gardiens sont entrés et il leur a dit « Faites attention à sa cuisse gauche » sur le même ton neutre, clinique. Je n'ai pas eu le temps de dire *ouf*, les deux types m'ont empoignée pendant qu'une infirmière s'approchait de moi avec une seringue. Je me suis affalée comme une chiffe molle dans ma chaise roulante. Mes béquilles sont tombées et Maman s'est penchée pour les ramasser.

Soudain un des gardiens m'a lâchée le bras un instant. *Schlack !* j'en ai profité pour lui balancer un coup de pied. Qui a atterri en plein sur son menton. Il a émis un « ouille » en serrant les dents et en s'approchant à deux centimètres de moi, mais trop tard. J'étais coincée. L'infirmière s'est faufilée derrière moi et m'a planté son aiguille en plein dans la hanche, en visant un bout de chair à découvert à travers la chaise roulante.

Je n'avais plus que mes larmes pour me défendre. Mes larmes qui ruisselaient sur mon visage et inondaient peu à peu mon cou. Maman pleurait aussi et j'avoue que ça m'a fait plaisir.

– Maman... je gémissais alors qu'on m'emportait dans ma

chaise roulante. S'il te plaît, fais quelque chose. Tu peux, si tu veux...

Elle ne m'a pas répondu. En tout cas pas avec des mots.

On m'a transportée dans le couloir en direction de l'ascenseur alors que je pleurais toutes les larmes de mon corps.

– Je n'ai rien fait... Je n'ai rien fait...

Je suppliais, j'implorais, mais le docteur Dentley avait disparu et j'étais seule avec les deux gardiens et l'infirmière qui trimballait ma valise, ni les uns ni les autres n'ayant l'air de m'entendre.

Arrivée au bout du couloir, j'ai vu un panneau qui indiquait ASCENSEURS avec une flèche montrant la direction. Et juste avant de tourner je suis passée devant une chambre où j'ai reconnu un visage...

Il paraît que les gens qui frôlent la mort sont transformés à jamais. Que soudain ils découvrent le vrai sens de la tolérance et de l'amour. Qu'ils abandonnent toute idée de haine et de rancœur.

Le fait est que je suis passée devant la chambre de Christy Bruter, et je l'ai tout de suite reconnue, légèrement redressée dans son lit, qui me dévisageait. Ses parents étaient debout à côté du lit, et il y avait une femme, plus jeune, avec un petit garçon dans les bras.

– Je n'ai rien fait... Je n'ai rien fait...

Ses parents m'ont regardée passer d'un air las. Quant à Christy, elle m'a fixée avec un vague sourire teinté d'ironie. Exactement comme quand elle me toisait dans le car.

Les gardiens ont tourné au bout du couloir et tout le monde a disparu de ma vue.

– Pardon, j'ai murmuré.
Je ne crois pas qu'ils m'aient entendue.
Cela dit, je me demande toujours si Stacey, elle, m'a entendue.

11

Aujourd'hui encore, j'ignore comment j'ai fait pour survivre à ces dix jours dans ce service psychiatrique. Comment j'allais de mon lit aux toilettes. Comment j'allais des toilettes aux séances de thérapie de groupe. Comment j'ai supporté ces voix qui hurlaient des horreurs toute la nuit. Comment j'ai supporté l'impression de voir ma vie niée et souillée le jour où un technicien est entré dans ma chambre en me disant tout bas que si j'avais envie d'un « coup » on pourrait « se débrouiller », tout en tapotant sur sa blouse.

Je ne pouvais même plus me réfugier dans mon silence, mon espace de réconfort. Le docteur Dentley pensait automatiquement que le silence était une forme de régression et il proposerait à mes parents de me garder plus longtemps.

Il me donnait la nausée, ce docteur Dentley : ses dents couvertes de tartre, ses lunettes pleines de pellicules, sa façon de parler comme s'il lisait un manuel de psychologie. Et surtout, son regard qui dérivait ailleurs comme s'il pensait à quelque chose de plus profond pendant que je répondais à ses questions de super-psy.

J'étais persuadée que je n'avais rien à faire dans ce service. Tout le monde autour de moi me semblait fou, et moi, la seule saine d'esprit.

Il y avait Emmitt, un gros garçon massif qui arpentait les couloirs avec un chariot en réclamant des pièces à tout le monde. Morris, qui s'adressait aux murs comme si quelqu'un caché derrière allait lui répondre. Adèle, qui parlait comme un charretier à tel point que la moitié du temps elle était interdite de thérapie de groupe. Francie, la fille qui prenait plaisir à se brûler et se vantait d'avoir eu une liaison avec son beau-père de quarante-cinq ans.

Et Brandee, la seule qui savait pourquoi j'étais là et qui me fixait avec ses yeux sombres et tristes, toujours prête à m'interroger.

– Ça t'a fait quel effet ? me demandait-elle dans la salle de la télé. Disons... tuer des gens.

– Je n'ai tué personne.

– Ma mère m'a dit que tu en as tué.

– Qu'est-ce qu'elle en sait ? Elle se trompe.

Ou dans les couloirs, ou en séance de thérapie :

– Ça t'a fait quel effet de te faire tirer dessus ? Il a fait exprès ? Il avait peur que tu le dénonces ? Tu as des copains qui se sont fait tirer dessus, ou c'étaient que des gens que tu détestais ? Tu le regrettes ? Qu'est-ce qu'ils en pensent, tes parents ? Les miens, ils baliseraient ! Ils ont balisé, tes parents ? Tu crois qu'ils te détestent maintenant ?

C'était assez pour me rendre folle, même si je tâchais de ne pas me laisser atteindre. En général, je me contentais de l'ignorer. De hausser les épaules avec un air dégagé ou de faire semblant de ne rien avoir entendu. Çà et là je répondais en me disant qu'elle finirait par la boucler. Loin de là. Chaque réponse déclenchait une nouvelle salve de questions et je m'en mordais les doigts.

Mon séjour dans le service psychiatrique avait un avantage : Panzella avait arrêté de m'interroger. Est-ce parce que le docteur Dentley le lui avait interdit ou parce qu'il avait la conviction que je disais la vérité ? Ou parce qu'il préparait une attaque en règle contre moi ? Je ne sais pas. En tout cas j'étais soulagée qu'il ne traîne plus dans les parages.

J'obéissais et j'allais où on me le demandait. Je changeais de pyjama et de blouse comme une gentille fifille. Je m'installais sur le canapé de la salle commune pour regarder les chaînes de télé autorisées ou l'autoroute, de l'autre côté de la fenêtre, ignorant les murs sales. Alors que ça me fendait le cœur. Que j'étais furax, paumée, paniquée.

N'ayant plus qu'une envie, dormir le plus longtemps possible pour faire passer le temps. Avaler une poignée de comprimés antidouleur, me blottir sous mes couvertures et me réveiller une fois rentrée chez moi. Malheureusement, je savais qu'ils interpréteraient ça comme un signe de dépression et ça me vaudrait plusieurs jours supplémentaires dans cette prison. J'étais donc condamnée à jouer la comédie. Oui, ça allait de mieux en mieux. Oui, mes « idées de suicide » s'éloignaient peu à peu.

– Aujourd'hui, je comprends pourquoi Nick était néfaste pour moi, je leur répétais. Je suis prête à repartir. Je pense que ça me fera du bien d'aller à la fac. Oui, oui, à la fac...

Je contenais la colère qui s'accumulait en moi. Colère

contre mes parents parce qu'ils n'étaient pas là. Colère contre Nick parce qu'il était mort. Colère contre les salauds qui le harcelaient quand il était au lycée. Colère contre moi-même parce que je n'avais rien vu venir. En même temps j'avais appris à contenir cette rage et à la reléguer au fond de mon esprit en espérant qu'elle s'évaporerait peu à peu et disparaîtrait. À me comporter comme si elle s'était déjà évanouie.

Je leur servais tout ce qui pouvait accélérer ma sortie. Je prononçais les mots qu'ils voulaient entendre et je me débrouillais pour participer à leurs séances de groupe, serrant les dents sans moufter quand un patient se déchaînait contre moi en m'insultant. Je prenais tous mes repas, j'acceptais de passer leurs tests sans rechigner et je coopérais autant que possible. Avec un seul but, sortir.

Jusqu'au jour – c'était un vendredi – où le docteur Dentley est venu s'asseoir au bord de mon lit. Je n'ai pas reculé, j'ai juste senti mes doigts de pied se recroqueviller dans mes socquettes.

– Nous avons décidé de te libérer, m'a-t-il annoncé sur un ton tellement neutre que j'ai cru que j'avais mal compris.

– C'est vrai ?

– Oui. Nous sommes contents des progrès que tu as accomplis. Mais sache que tu es loin d'être guérie, Valérie. Nous te libérons pour que tu sois suivie en consultation externe.

– Ici ?

J'ai eu du mal à cacher ma panique. Je ne sais pas pourquoi, même s'il avait précisé que la consultation serait externe, l'idée de revenir à l'hôpital tous les jours m'effrayait – je me sentais coupable d'avoir fait, ou dit, ce qu'il ne fallait pas.

– Non. Tu seras... a-t-il bredouillé en feuilletant son dossier. Oui, c'est bien ça. Tu seras suivie par Rex Hieler – il a levé les yeux en précisant : Tu t'entendras bien avec le docteur Hieler. Il est parfait pour ton cas.

J'ai donc quitté l'hôpital en étant considérée comme un « cas », mais libre.

Une infirmière m'a descendue en chaise roulante jusqu'à la sortie. J'avais l'impression que tout le monde me fusillait du regard. Que le monde entier savait qui j'étais et pourquoi j'étais là. Le monde entier m'observait en se demandant si ce qu'on disait était vrai. Si Dieu n'était pas un Dieu cruel puisqu'il m'avait autorisée à vivre.

Maman m'attendait devant l'hôpital avec une paire de béquilles. Je les ai tout de suite prises pour sautiller jusqu'à la voiture et je me suis précipitée à l'intérieur sans lui dire un mot, ni à elle ni à l'infirmière qui lui donnait deux ou trois instructions.

Aucune de nous n'a bronché de tout le trajet. Elle avait mis la radio en choisissant une station bien consensuelle. J'ai ouvert la fenêtre en fermant les yeux et en humant l'air. Qui avait un je ne sais quoi de différent, comme s'il lui manquait quelque chose. Je me demandais ce que je ferais une fois rentrée à la maison.

Quelques instants plus tard, j'ai ouvert la porte et je suis tombée sur Frankie, assis par terre devant la télé.

– Salut, Val. Super, tu rentres.

– Salut. T'as une coupe sympa. Jamais vu tes cheveux hérissés aussi haut.

– Tina m'a dit la même chose.

Il a souri en passant la main dans ses cheveux comme avant. Comme si je ne sentais pas l'hôpital à plein nez. Comme si je n'étais pas ce monstre aux tentations suicidaires qui rentrait à la maison pour lui pourrir la vie.

Ce jour-là, j'ai compris que Frankie était le petit frère le plus adorable du monde.

12

Le cabinet du docteur Hieler était à la fois chaleureux et classique – une oasis de livres et de douce musique rock au milieu d'un désert d'anonymat. La secrétaire, une fille très gentille, la peau basanée et avec de longs ongles, nous a accueillies de façon très professionnelle, un chouïa sèche, avant de nous accompagner dans la salle d'attente comme dans un sanctuaire caché pour négocier des diamants rares. Toujours avec ce petit air affairé, elle est allée prendre un Coca pour moi et une bouteille d'eau pour Maman dans un mini-réfrigérateur, puis elle nous a indiqué une porte de bureau grande ouverte.

Le docteur Hieler s'est littéralement déployé pour se redresser derrière un bureau en retirant ses lunettes et en dévoilant un sourire, bouche fermée, qui lui donnait quelque chose de triste. Si je devais écouter toute la journée les récits de gens qui souffraient, je pense que je n'aurais pas l'air très gaie, moi non plus.

– Bonjour madame. Je me présente, Rex Hieler.

– Bonjour, docteur, a répondu Maman en tendant la main de façon un peu formelle. Jenny Leftman. Et voici Valérie, ma fille. C'est le docteur Dentley, de l'hôpital de Garvin, qui nous a dirigées vers vous.

Le docteur Hieler a approuvé. Non seulement il savait qui nous avait envoyées chez lui, mais il devait s'attendre à la suite :

– Valérie est – ou était – élève au lycée de Garvin.

Il s'est calé dans un gros fauteuil rembourré en nous faisant signe de nous installer sur un canapé en face de lui. Maman s'est assise au bord, comme si elle avait peur de se salir. À partir de là, la moindre de ses paroles, le moindre de ses gestes m'a paru à la fois gênant, pénible, et frustrant. Je n'avais qu'une envie, la pousser pour qu'elle disparaisse. Pire encore, partir moi aussi.

– Comme je vous le disais, Valérie était au lycée le jour du drame.

Le docteur Hieler s'est tourné vers moi, sans un mot.

– Elle... euh... connaissait le jeune homme impliqué dans la tuerie.

Quelle idiote, avec son air de ne pas y toucher...

– « Connaissait », j'ai répété tout bas en écumant de rage. C'était mon copain, Maman, merde !

Un bref silence a suivi, et elle en a profité pour se reprendre (pas vraiment discrète, mais elle envoyait un signe au docteur Hieler, pour qu'il comprenne quelle enfant terrible j'étais).

– Je suis désolé, a-t-il répondu, très calme.

Sur le moment j'ai cru qu'il ne s'adressait qu'à elle. Puis j'ai levé les yeux et j'ai vu que c'est moi qu'il regardait, et moi qu'il interpellait.

Nouveau silence. Maman se mouchait dans un mouchoir en papier ; quant à moi, j'avais les yeux rivés sur mes chaussures tout en sentant le regard du docteur Hieler sur le haut de mon crâne.

Maman a fini par rompre la glace, sa voix soudain stridente dans cette atmosphère un peu confinée.

– Bon, inutile de vous dire que son père et moi, nous sommes très concernés par ce qui s'est passé. Elle a un gros travail à fournir, mais tout ce que nous voulons, c'est qu'elle puisse reprendre le cours de sa vie.

Pauvre Maman ! Elle pensait qu'une vie normale m'attendait...

– Bien, reprendre le cours de sa vie est important, a approuvé le docteur Hieler avec une voix de berceuse. Mais pour l'instant, la priorité, c'est que Valérie exprime tous ses sentiments, travaille ses émotions, trouve une façon de s'en sortir par rapport à ce qui s'est passé.

– Elle refuse d'en parler. Depuis qu'elle est sortie de l'hôpital...

Le docteur Hieler lui a fait signe de se taire avant de s'adresser à moi :

– Écoute, je ne vais pas te dire que je sais ce que tu ressens. Jamais je ne me permettrais de réduire à néant ce que tu as traversé en prétendant que je peux me mettre à ta place.

Voyant que je ne réagissais pas, il a poursuivi en bougeant légèrement dans son fauteuil :

– Je te propose de commencer comme ça. Et si on mettait ta maman à la porte pour discuter en tête à tête ? Qu'est-ce que tu en dis ?

Silence.

Maman, elle, a eu l'air soulagée. Elle s'est levée et le docteur Hieler l'a accompagnée à la porte en murmurant :

– Je travaille beaucoup avec des jeunes de l'âge de Valérie. J'ai tendance à être très direct et ouvert avec eux. Pas brutal, simplement direct. S'il y a quelque chose que nous avons besoin de mettre sur la table, nous le mettons sur la table et nous travaillons pour trouver une façon d'en sortir ou d'améliorer les choses. En général je commence par écouter et j'essaie déjà de proposer mon soutien.

Il s'est tourné vers moi pour s'adresser à nous.

– En cours de route, nous pouvons, ou non, être amenés à considérer qu'il y a quelque chose à changer. Si c'est le cas, nous en parlons ensemble. À mon avis, dans notre cas, nous allons surtout parler des pensées qui te hantent et de tes réactions. Tu as des questions ?

Je n'ai pas bronché.

– Vous avez déjà eu affaire à un cas pareil ? a demandé Maman.

– J'ai déjà eu affaire à de la violence, oui. Mais jamais à ce cas précis. Je pense que je peux vous aider, mais je ne voudrais pas vous mentir en affirmant que je suis sur un terrain qui m'est entièrement familier.

Il m'a regardée dans le blanc des yeux, et je vous jure que j'ai vu une réelle souffrance dans son regard quand il m'a avoué :

– Ce que tu viens de vivre, c'est l'horreur.

Je n'ai rien dit. Avec le docteur Hieler, ça ne me gênait pas de rester muette. Le docteur Dentley m'aurait enfermée. Lui, il avait l'air de trouver ça normal.

– J'attendrai de l'autre côté, ai-je entendu Maman expliquer en sortant.

Le docteur a fermé la porte, plongeant la pièce dans un tel silence que j'ai remarqué le tic-tac de sa montre. Puis l'air qui s'échappait des coussins quand il s'est rassis.

– Dis-toi que nous allons vivre un moment où il sera difficile de trouver les mots justes, m'a-t-il prévenue d'une voix rassurante. J'ai tendance à croire que cette histoire a été un cauchemar et qu'elle continue à l'être, non ?

J'ai haussé les épaules. Il s'est raclé la gorge avant de poursuivre un peu plus fort :

– D'abord, tu vis un calvaire, tu te fais tirer dessus, et tu perds quelqu'un dont tu étais amoureuse. Ton lycée, ta famille, tes amis, tout ça, c'est foutu, et maintenant tu te retrouves nez à nez avec un vieux psy qui cherche à savoir ce qui se passe dans ta tête, c'est ça ?

J'ai prié pour qu'il ne voie pas que je souriais. Sauf qu'il a dû le remarquer parce qu'il a esquissé un sourire lui aussi. Je l'aimais bien, ce docteur Hieler, décidément.

– Écoute, non seulement je pense que cette histoire est un cauchemar, mais j'ai conscience que tout ça a dû en grande partie t'échapper. Justement, à partir de maintenant, je voudrais que ce soit toi qui prennes les choses en main. Nous avancerons en respectant le rythme dont tu auras besoin. Si j'aborde une question dont tu ne veux pas parler, ou un point sur lequel tu ne veux pas insister, n'hésite pas à me le dire, et je changerai pour envisager un sujet plus facile et moins déstabilisant.

» La prochaine fois que nous nous verrons, nous commencerons par faire ta connaissance, savoir ce qui t'intéresse,

quel genre de vie tu avais avant, nous apprivoiser un peu tous les deux, et à partir de là nous avancerons. Ça te va ?
– D'accord.
J'avais répondu avec un filet de voix, mais quand même, j'étais déjà surprise d'entendre ma propre voix.

13

Le lendemain matin, à peine réveillée, je suis descendue dans la cuisine et je suis tombée sur l'inspecteur Panzella assis à table avec une tasse de café en face de Maman. Elle était tout sourire, le visage détendu. L'inspecteur, lui, avait l'air aussi sinistre, mais ses épaules étaient un peu plus relâchées.

Je suis entrée en sautillant, le bout de caoutchouc de mes béquilles dérapant légèrement sur le lino. J'étais encore dépendante des médicaments, antidouleurs et psychotropes, et ma liberté retrouvée me donnait un peu le vertige.

– Ma chérie, l'inspecteur a une bonne nouvelle à t'annoncer...

J'ai préféré aller m'appuyer à l'autre bout de la pièce pour mettre un maximum de distance entre lui et moi.

Il portait un costume brunâtre, comme d'hab, mais il avait l'air particulièrement propre sur lui, genre, j'ai pris une douche avant de venir vous voir. Je me demande même si je n'ai pas reconnu une odeur de savon, le même que le nôtre. Et un parfum d'after-shave qui m'a prise à la gorge. J'ai eu les larmes aux yeux, c'était plus fort que moi, et je crois que si j'avais pu, j'aurais pris mes jambes à mon cou en hurlant.

– Bonjour, m'a-t-il lancé en tirant sa tasse suivant un petit arc sur la table.

Après son départ, inutile de vous dire que j'ai frotté pour enlever toute trace gluante de la table, effacer tout signe de sa présence à jamais.

– Bonjour.

– Valérie, a repris Maman, l'inspecteur Panzella est venu nous annoncer que tu n'es plus considérée comme suspecte dans la tuerie.

J'étais abasourdie. Étais-je vraiment réveillée ? Ou à l'hôpital, endormie, ou dans le service psychiatrique ? Prête à me trimballer en chaise roulante pour assister à une séance de thérapie de groupe et raconter à tout le monde un rêve malsain ? Nan, le schizophrène, se mettrait à pester contre je ne sais trop quels terroristes ; Daisy éclaterait en sanglots en tapotant frénétiquement sur le pansement autour de chacun de ses poignets ; Andy me dirait d'aller me faire foutre. Et le psy, ce crétin, serait là, assis en laissant chacun se défouler avant de nous envoyer petit-déjeuner et avaler nos médocs.

– C'est la meilleure nouvelle qui soit, non ? a insisté Maman.

– Ouais.

Franchement, que répondre ? *Dieu merci* ? *Je te l'avais bien dit* ? *En quel honneur* ? C'était beaucoup trop tôt pour que je me réjouisse.

– Nous avons fait venir plusieurs témoins, a précisé l'inspecteur. Un, ou plutôt une, en particulier. Une jeune fille qui a demandé un rendez-vous avec moi et l'avocat général. Elle a été très précise et extrêmement convaincante. Tu n'es passible d'aucune poursuite.

J'étais dans les vapes. En même temps j'avais hâte d'atterrir parce que je commençais à ressentir un réel soulagement, mais justement, je m'en voulais.

– Stacey ? ai-je lâché d'une voix caverneuse.

Je n'en revenais pas que mon amie d'enfance ait pris ma défense, alors qu'elle ne me faisait plus confiance et qu'on était brouillées.

– Non. Une jeune fille blonde. Grande. Élève en première. Qui n'arrêtait pas de répéter : « Valérie n'a tiré sur personne. »

Mais de qui parlait-il ? D'une amie ?

14

– Alors, parle-moi un peu de toi, a déclaré le docteur Hieler en se calant dans son fauteuil, balançant tranquillement une jambe au-dessus de l'accoudoir.

Autant j'avais horreur que Maman soit tout le temps à tournicoter autour de moi, autant j'avoue que pour une fois, j'aurais voulu qu'elle soit là pour cette séance.

– Vous voulez dire... pourquoi je faisais allusion au suicide, aux gens que je détestais et ce genre de trucs ?

– Non, je voudrais que tu me parles de toi. De ce que tu aimes. De tes activités. De ce qui est important dans ta vie.

J'étais tétanisée. Il y avait trop longtemps que tout ce qui me concernait avait été effacé, à part la tuerie. Je n'étais pas sûre de trouver quoi que ce soit qui ait encore un peu de sens à mes yeux.

– Bon, écoute, je vais te mettre sur la piste. Par exemple, moi, j'ai horreur du pop-corn cuit au micro-ondes. J'ai failli devenir avocat. Et je peux te faire un salto arrière du feu de Dieu. Alors, et toi ? Parle-moi de toi, Valérie. Quel style de musique tu aimes ? Quel est ton parfum de glace préféré ?

– Vanille ! Hum... et puis j'aime bien ça, ai-je ajouté en indiquant une petite montgolfière en bois plus ou moins ancienne accrochée au plafond. J'adore ses couleurs.

– Moi aussi, je l'aime bien. D'abord parce qu'elle est sympa, mais en plus c'est un clin d'œil un peu ironique. Parce qu'elle pèse des tonnes. Mais dans mon bureau, tout peut voler. Quel que soit ce qui le retient à terre. Même les montgolfières en bois. Formidable, non ?

– Super ! Jamais je n'aurais cru en la voyant.

– Moi non plus. C'est une idée de ma femme. Rendons à César ce qui est à César...

Il était tout sourire et je le trouvais extrêmement rassurant. Soudain j'ai eu envie de lui confier plein de choses.

– Mes parents ne peuvent pas se sacquer. Vous croyez que ça compte ?

C'était sorti tout seul...

– Si tu penses que ça compte, oui. Quoi encore ?

– J'ai un petit frère qui est plutôt sympa. Surtout avec moi. On se dispute rarement. Mais je me fais un peu de souci pour lui.

– Pourquoi ?

– Parce qu'il doit se coltiner ma pomme comme grande sœur. Et l'année prochaine il entre au lycée de Garvin. Et puis il aimait bien Nick. Euh... là, je crois que j'aborde un autre sujet.

– Glace à la vanille, parents malheureux, petit frère sympa. D'accord. Quoi d'autre ?

– J'aime bien le dessin. Enfin, en général... l'art.

– Ah ! Là, on tient peut-être quelque chose. Qu'est-ce que tu aimes dessiner en particulier ?

– J'sais pas... Ça fait une éternité que je n'ai rien dessiné. Depuis l'enfance. Non, c'est idiot, je ne sais pas pourquoi je vous ai dit ça.

– Ne t'inquiète pas. Alors, je reprends, la glace à la vanille, les parents qui ne s'entendent pas, le petit frère sympa, aime ou n'aime pas le dessin... Et encore ?

J'ai dû me creuser la tête. C'était beaucoup plus difficile que ce que je pensais.

– Je suis incapable de faire un salto arrière.

– Pas de problème. En fait, je t'ai menti. Moi aussi, j'en suis incapable. Mais ça serait assez sympa d'essayer, tu ne trouves pas ?

– Oui, peut-être, ai-je répondu en riant. Sauf qu'en ce moment j'ai du mal à marcher.

– Ne t'en fais pas. Dans peu de temps, tu courras comme un lapin. Et qui sait, tu feras peut-être des saltos arrière ?

– Je suis blanchie. Par rapport à la tuerie, je veux dire.

– Je sais. Je te félicite.

– Je peux vous demander quelque chose ?

– Bien sûr.

– Quand vous discutez avec Maman... pendant vos séances... est-ce qu'elle me met tout sur le dos ?

– Non.

– Est-ce qu'elle vous raconte qu'elle avait horreur de Nick et le nombre de fois où elle a essayé de me convaincre de rompre avec lui ? Ou elle vous explique que j'ai eu ce que je méritais avec ma jambe ?

– Jamais elle ne m'a tenu ce genre de propos. Elle se fait du souci à juste titre. Elle est très affectée. Elle s'en veut. Elle est persuadée qu'elle aurait dû être plus attentive.

– Je parie qu'elle veut que vous ayez pitié d'elle et que vous me preniez en grippe, comme tout le monde, du reste.
– Elle ne te déteste pas, Valérie.
– Peut-être. Mais Stacey, elle, m'en veut à mort.
– Stacey ? C'est une de tes amies ? m'a-t-il demandé avec nonchalance, même si mon petit doigt me disait que les questions du docteur Hieler n'étaient jamais gratuites.
– Ouais. On se connaît depuis toujours. Elle est passée me voir hier soir.
– Bonne nouvelle ! Ça n'a pas l'air de te faire très plaisir, cela dit.
– Si, c'était sympa. C'est juste que... oh, je ne sais pas.
Il a laissé ma phrase en suspens...
– J'ai demandé à mon frère de lui dire que je dormais parce que je n'avais pas envie de la voir.
– Pourquoi ?
– J'sais pas. Le truc, c'est que... elle... elle n'a jamais pris la peine de me demander si j'avais vraiment tiré. Elle est censée être de mon côté, non ? Sauf qu'elle ne l'est pas. Pas vraiment. En plus elle estime que je dois m'excuser. Pas vis-à-vis d'elle. Vis-à-vis des autres. Genre, en public. D'après elle, il faudrait que j'aille voir chaque famille en leur demandant pardon pour ce qui est arrivé.
– Qu'en penses-tu ?
Cette fois-ci c'est moi qui ai laissé la question en suspens. L'idée d'avoir à faire face à tous ces gens – qui pleuraient et hurlaient pour que justice soit faite chaque fois que j'allumais la télé, que j'ouvrais un journal, ou que j'apercevais la couverture d'un magazine – me donnait la nausée.

– J'ai demandé à Frankie de la renvoyer, alors qu'est-ce que vous voulez que je vous dise ?
– Oui, mais au fond tu aurais voulu qu'elle reste.
Il s'est levé en s'étirant en arrière.
– Il paraît que tout est dans les jambes, a-t-il dit en s'accroupissant comme s'il s'apprêtait à sauter.
– Comment ça, tout est dans les jambes ?
– Pour un beau salto arrière.

15

J'étais assise à table avec Frankie dans la cuisine. Il finissait son bol de céréales et je mangeais une banane, comme d'habitude, quand j'ai remarqué le quotidien plié à côté de son coude. C'était la première fois que je voyais un journal depuis mon retour à la maison.
– Fais voir...
– Maman m'a dit que t'es pas censée lire les journaux.
– Quoi ?
– Il faut éviter que tu tombes sur la presse, la télé... Et raccrocher s'il y a un journaliste qui appelle. Heureusement, ils téléphonent moins depuis que tu es rentrée.
– Maman ne veut pas que je lise les journaux ?
– Elle a peur que ça te déprime.
– Grotesque.
– Elle a dû oublier celui-là. Je vais le jeter.
Il s'est levé en prenant le journal, mais je me suis précipitée sur lui pour le lui arracher.
– Donne ! Donne-le-moi, Frankie, sérieux ! Maman ne sait pas de quoi elle parle. Quand j'étais à l'hôpital, dès qu'elle sortait de ma chambre, j'allumais la télé. J'ai vu tous les

reportages. Sans compter que j'ai assisté à la tuerie, au cas où tu l'aurais oublié.

Il hésitait...

– Je vais bien, Frankie, je te promets. C'est pas ça qui va me déprimer, fais-moi confiance.

– D'accord, mais si Maman te demande...

– Oui, oui. Je lui dirai que tu es bon petit boy-scout. Allez, donne.

Il a pris son bol pour le déposer dans l'évier pendant que je rapprochais le journal pour lire la manchette :

*La direction du lycée met en valeur la solidarité
après la tuerie tragique
Angela Dash*

Les élèves du lycée de Garvin qui ont repris les cours la semaine dernière témoignent d'un profond changement dans leur façon d'envisager la vie et les rapports entre eux, ainsi que nous le confirmait récemment le directeur du lycée, Jack Angerson : « Dans la mesure où il est possible d'affirmer qu'un bien peut naître d'un tel drame, je dirais que les étudiants ont acquis une forme de compréhension les uns des autres, de même qu'ils ont compris le sens de la tolérance. »

D'après M. Angerson, il est assez rare de voir d'anciens ennemis s'asseoir ensemble à l'heure du déjeuner, et d'anciennes querelles se résoudre par de nouvelles amitiés aussi consciemment voulues.

« L'atmosphère est beaucoup plus apaisée, dit-il. Nous avons beaucoup moins de doléances qu'auparavant, quand les élèves se plaignaient de toutes sortes de vexations dans le bureau de la conseillère. »

Les problèmes de discipline appartiennent au passé, toujours selon M. Angerson, qui assure que le lycée est destiné à voir un déclin significatif des problèmes de comportement dans les années à venir.

« Je pense que les élèves commencent à comprendre que nous sommes unis. Qu'au bout du compte, la critique systématique, les jugements à l'emporte-pièce, les inimitiés intempestives, qui sont si banales à cet âge, n'ont aucun intérêt. Malheureusement, il aura fallu ce drame. Cela dit ils en ont tiré une leçon et ils ont changé. Voilà pourquoi je pense que cette génération nous prépare un monde meilleur. »

Les élèves ont été autorisés à retourner au lycée pour finir leur année, néanmoins M. Angerson précise que leur emploi du temps inclura désormais ce qu'il appelle une « prise en charge du traumatisme » : une équipe de conseillers professionnels qui pourront travailler avec les élèves afin qu'ils surmontent le choc du 2 mai.

M. Angerson rappelle également que les étudiants n'ont pas été obligés de revenir. Les examens de fin d'année ont été annulés, et les professeurs sont chargés de suivre chaque élève afin de s'assurer que chacun obtienne les notes dont il a besoin.

« Certains professeurs ont même organisé des groupes de travail qui se réunissent chez eux le soir. Ou dans la bibliothèque. Ou encore par Internet. Mais la majorité des élèves ont décidé d'eux-mêmes de reprendre les cours normaux. Beaucoup manifestent un attachement profond à l'esprit de leur lycée et sont déterminés à entretenir la flamme. Ils tiennent aussi à montrer qu'ils n'ont pas peur. Honnêtement, la raison principale pour laquelle nous avons décidé de reprendre les cours, c'est pour répondre à cette demande. »

M. Angerson conclut en soulignant qu'il est fier de voir autant de jeunes affirmer leur loyauté à leur lycée. D'après lui, ces jeunes sont destinés à devenir une élite remarquable dans notre société. « Je suis profondément fier de voir qu'ils forment la première vague de ceux qui seront, je crois, les acteurs du changement de notre monde. Si la paix doit régner sur cette terre, ce sera grâce à eux. »

Plus tard dans la journée, j'ai discrètement emporté avec moi l'article pour le montrer au docteur Hieler. À peine a-t-il fermé sa porte que je l'ai posé sur la table basse en lui demandant :
– Vous pensez que ça en fait un héros ?
– De qui parles-tu ?
– De Nick. Si les élèves qui ont survécu sont plus forts, branchés paix et tout, est-ce que ça fait de lui un héros ? Une version millénium de John Lennon, disons ? Un homme de paix qui aurait un fusil à la main ?
– Ce que je comprends dans ta question, c'est qu'il est plus facile pour toi de penser à lui comme à un héros. N'oublie pas qu'il a tué des gens, Valérie. Je doute qu'il y ait beaucoup de personnes qui le considèrent comme un héros.
– Oui, mais c'est injuste que le lycée reprenne. Ils acceptent tout le monde et ils leur pardonnent parce que Nick a disparu. Je sais, s'il est mort, c'est sa faute, mais quand même. Ils n'auraient pas pu ouvrir les yeux un peu plus tôt ? Pourquoi est-ce qu'il a fallu en arriver là ? C'est pas juste.
– La vie n'est ni juste ni sympathique.
– J'ai horreur quand vous dites ça.
– Mes enfants réagissent comme toi.

Je me suis calée dans ma chaise en boudant, fixant le journal jusqu'à ce que les mots se brouillent.

– Je parie que vous pensez que je suis idiote d'être fière de lui.

– Pas du tout, je ne crois pas que tu sois fière. Je pense que tu es blessée. Je pense que tu aurais voulu que le changement d'attitude de tes camarades ait lieu plus tôt, parce que ça aurait permis d'éviter ce drame. Enfin, je ne suis pas certain que tu sois persuadée que ce changement soit réel.

Soudain, pour la première fois – mais pas la dernière – je lui ai tout avoué. Tout. Depuis les discussions sur *Hamlet*, affalés sur le lit défait de Nick, jusqu'au jour où j'avais rêvé de me venger de Christy Bruter parce qu'elle m'avait fichu en l'air mon MP3, sans oublier la culpabilité que je ressentais. Tout ce que je n'avais jamais pu avouer à l'inspecteur à l'hôpital. Ni à Stacey. Ni à Maman.

Était-ce dû à la façon dont le docteur Hieler m'observait, comme s'il était le seul à comprendre comment les choses nous avaient échappé ? Ou simplement parce que j'étais prête ? Ou à cause de l'article du journal ? Ou parce que mon corps n'en pouvait plus, il fallait qu'il lâche la pression avant que j'en meure ?

J'avais l'impression d'être un volcan crachant toutes ses questions, ses remords, sa colère, et le docteur Hieler résistait alors qu'il se prenait la lave en pleine figure. Me regardant attentivement. Me répondant avec une voix douce et égale. Hochant la tête avec un air grave.

– Vous pensez vraiment que j'aurais été capable d'un geste pareil ? ai-je hurlé à un moment. Que si j'avais eu un flingue, j'aurais tiré sur Christy ? Vous savez, quand Nick m'a dit « On va en finir avec cette merde », j'ai cru qu'il allait, je ne sais pas... se venger en l'humiliant, par exemple, et je me suis sentie tellement mieux. Tellement... soulagée. Au contraire, je voulais que ce soit lui qui lui fasse la peau.

– C'est tout ce qu'il y a de plus normal, non ? Ce n'est pas parce que tu étais contente que Nick prenne ta défense que tu étais prête à tirer sur Christy.

– J'étais furax. Purée ! Vous pouvez pas savoir comme j'étais furax. Elle m'avait cassé mon MP3 et je lui en voulais à mort.

– Normal. Moi aussi, j'aurais été furax. Mais furax ne veut pas dire coupable.

– Ça me faisait du bien de sentir que Nick était de mon côté. J'avais peur qu'il me quitte, alors ça me rassurait qu'il prenne ma défense. Pas une seconde je n'ai pensé à la liste de la haine.

– Valérie, tu n'as jamais tiré sur elle. C'est Nick qui a tiré. Pas toi.

Je me suis affalée au fond du canapé en prenant une gorgée de Coca. On a alors entendu frapper à la porte et sa secrétaire a pointé le nez.

– Votre rendez-vous de trois heures est arrivé.

– Merci de lui dire qu'exceptionnellement j'aurai un peu de retard.

La secrétaire a refermé la porte, et brusquement, j'ai pris conscience du silence qui pesait entre nous. J'ai entendu une porte qui se fermait dans l'entrée, puis quelqu'un qui parlait dans le couloir. J'étais gênée, je m'étais mise à nue, et j'avais du mal à croire que je lui avais tout déversé comme ça, d'un coup. J'aurais voulu disparaître, ne plus jamais le revoir, me terrer dans ma chambre et prier pour que les chevaux de mon papier peint m'emportent le plus loin possible, dans un lieu où je ne serais plus exposée.

Malheureusement, et j'ai compris ça avec effroi, j'avais beau me sentir plus calme, libérée, j'étais loin d'en avoir fini. Il y en avait encore. Des choses plus profondes, plus noires qu'il fallait que j'affronte. Tout ce qui me hantait la nuit, sans jamais me lâcher, comme un tic-tac me chatouillant l'oreille, un truc qui me démangeait mais sur lequel je n'arrivais pas à mettre le doigt.

– Si ça se trouve, avant je ne la prenais même pas au sérieux, mais aujourd'hui, oui.

– Tu ne prenais pas au sérieux quoi ?

– La liste de la haine. Je n'avais aucune envie que tous ces gens disparaissent, quoique, au fond je ne sais pas... inconsciemment, je le voulais peut-être. Nick l'avait très bien compris. Il avait saisi chez moi quelque chose que moi-même j'étais incapable de voir. Peut-être que tout le monde l'avait vu, du reste, et c'est pour ça qu'ils me détestaient. J'ai tout déclenché avec cette liste à la noix, et ensuite j'ai laissé Nick faire le sale boulot. Alors, je ne sais pas... peut-être que je devrais prendre tout ça plus au sérieux. Ça pourrait soulager les autres.

– Je doute qu'un nouveau meurtre soulage quiconque. En tout cas sûrement pas toi.

– C'est ce qu'ils attendent de moi.

– Et alors ? On s'en fout de ce qu'ils attendent, non ? Qu'attends-tu de toi, toi ? C'est tout ce qui importe.

– Justement, je ne sais plus à quoi m'attendre de moi ! Parce que tout ce que j'attendais de tout a fini en eau de boudin. En plus j'ai l'impression que les gens sont déçus que je ne sois pas morte. Les parents de Christy pensent que j'aurais dû me suicider, comme Nick, j'en suis sûre. Ils regrettent qu'il ne m'ait pas mieux visée.

– Ce sont des parents et ils souffrent. Cela dit, je doute qu'ils regrettent que tu sois en vie.

– Dans ce cas, c'est peut-être moi qui le regrette. Une partie de moi a peut-être toujours eu envie que je meure.

– Val...

L'hésitation du docteur Hieler disait tout : *Si tu continues à déblatérer comme ça, je n'aurai pas le choix, je serai obligé de te renvoyer dans le service du docteur Dentley.*

J'ai senti une larme couler sur ma joue. Malheureusement, ce n'était ni la première ni la dernière fois que Nick me manquait à ce point-là. Je rêvais qu'il vienne me prendre dans ses bras.

– Je me sens tellement mal. Encore maintenant, parfois je prie pour qu'il soit en prison et que je puisse aller le voir...

Le même souvenir m'est revenu en mémoire, le jour où Nick m'avait plaqué les poignets en me disant que nous aussi, on avait le droit d'être du côté des gagnants. Je le revoyais se pencher sur moi pour m'embrasser... J'étais assise sur le canapé chez le docteur Hieler, je me sentais plus seule que jamais et j'étais frigorifiée. Le pire, dans ce cauchemar, c'était ça : même après un tel drame, il me manquait. *On a le droit de gagner, nous aussi...* et en réentendant ses mots, je me suis mise à pleurer, pleurer de désespoir, de douleur, jusqu'au moment où le docteur Hieler est venu s'asseoir à côté de moi en me passant le bras autour de l'épaule.

– Je me sens tellement triste quand je pense à lui, ai-je bredouillé en prenant le mouchoir en papier qu'il me tendait. Tellement triste...

Troisième partie

16

[Extrait du *Sun-Tribune* du comté de Garvin, 3 mai 2008, Angela Dash, envoyée spéciale]

 Max Hills, 16 ans. « *Je croyais qu'ils étaient copains* », aurait dit une élève en apprenant que Levil avait visé Max Hills, mort sur le coup. « *Je suis sûre qu'il voulait le tuer. Il s'est penché sous la table... comme pour vérifier que c'était bien lui avant de tirer.* »
 Hills, que ses camarades décrivent comme un élève silencieux, bon en maths et en sciences mais participant peu aux activités extrascolaires, avait souvent été vu en compagnie de Nick Levil, discutant avec celui-ci au lycée mais aussi ailleurs. Beaucoup pensaient qu'ils étaient amis, d'où la surprise de tous, qui se demandent pourquoi Levil l'a visé, si toutefois c'est lui qui a visé.
 « *Peut-être qu'il s'est trompé de cible*, ajoute Erica Fromman, *élève de terminale. Ou alors il se fichait qu'ils soient amis.* » L'hypothèse en amène plus d'un à se demander si les victimes n'auraient pas été visées au hasard, contrairement à ce que l'on soupçonnait au début.
 Ce n'est pas ce que pense Alaina, la mère de Max Hills, persuadée que son fils a été pris délibérément pour cible. « *L'été dernier, Max n'a pas voulu prêter sa camionnette à Nick*, a-t-elle avoué aux

journalistes. Or le lendemain, quelqu'un a cassé ses phares sur le parking pendant qu'il était parti travailler. Mon fils n'a jamais réussi à prouver que c'était Nick, mais nous en étions tous les deux convaincus. Depuis, ils étaient brouillés. Ils ne s'adressaient plus la parole. Max était furieux. C'est lui qui s'était offert cette camionnette. »

Deux jours après mon retour au lycée, je suis rentrée à la maison en doutant de pouvoir tenir. Il n'était même plus question que je change à la fin du semestre. Je ne survivrais jamais jusque-là.

Ginny Baker n'était pas revenue en cours, en tout cas pas à ceux où on était ensemble. Mme Tennille ne m'adressait pas la parole. Et Stacey et moi, on ne s'asseyait plus l'une à côté de l'autre à l'heure du déjeuner. À part ça, les autres m'ignoraient, ce qui m'allait parfaitement. Mais c'était dur. Être un vrai paria, sans alter ego paria pour vous épauler, c'est affreux.

Ce jour-là, j'étais soulagée de rentrer à la maison, même si Maman me maternait comme si j'avais... sept ans et demi, en me posant dix mille questions sur mes devoirs, mes profs et – c'était le pompon – mes amis. Elle croyait que j'avais des amis ! Je vous promets, elle croyait dur comme fer à ce que racontaient les médias. Ceux qui disaient qu'on se serrait les coudes et qu'on parlait d'amour, de paix et de tolérance tous les jours. Ou ceux qui affirmaient n'importe quoi, comme « les enfants sont incroyablement résilients, surtout quand il s'agit de pardonner ». Souvent je me demandais si cette journaliste, la fameuse Angela Dash, existait vraiment. Tout ce qu'elle écrivait était faux.

En général, à peine arrivée à la maison, je prenais un casse-croûte et je fonçais dans ma chambre. J'enlevais mes chaussures, j'allumais ma chaîne et je m'asseyais en tailleur sur mon lit.

Ce jour-là, j'ai ouvert mon sac à dos avec la ferme intention de faire mon devoir de biologie, sauf que je suis tombée sur mon carnet de dessin. Je l'ai ouvert. J'avais dessiné une rangée d'élèves du cours de gym, avec des visages dominés par un trou à la place de la bouche, qui s'apprêtaient à rejoindre la piste d'entraînement. Il y avait un prof – le prof d'espagnol, señor Ruiz – qui avait le regard perdu, en haut des escaliers, au-dessus d'une foule d'élèves. Son visage était impassible, vide, juste un ovale sans rien. On y voyait aussi, c'est ce que je préférais, M. Angerson, perché sur une version réduite du lycée, qui ressemblait étrangement au « Petit Poulet » du dessin animé. C'était ma version à moi de la « nouvelle vie plus saine du lycée de Garvin ».

Peu à peu j'ai perdu la notion du temps, concentrée sur un croquis auquel je voulais donner un peu de chair, qui représentait Stacey et Duce à l'heure du déjeuner, leurs dos tels des murs de briques. Soudain j'ai vu que le soleil était déjà très bas dans le ciel, et quelqu'un a frappé à ma porte.

– Pas tout de suite, Frankie !

J'avais besoin de temps pour réfléchir. En plus je voulais finir mon dessin avant de m'attaquer à mon devoir de biologie.

Toc toc toc...

– Désolée, je suis occupée !

La porte s'est entrouverte et je me suis maudite d'avoir oublié de la fermer à clé.

– Je t'ai dit que...
Tout à coup, qui vois-je ? Jessica Campbell !
– Pardon. Je ne pouvais pas venir plus tard. J'ai appelé deux ou trois fois, mais ta mère m'a dit que tu refusais de répondre au téléphone.
Tiens, tiens... Maman filtrait mes appels ?
– Du coup elle t'a dit de passer ?
Maman savait très bien qui était Jessica Campbell. Chacun savait qui était Jessica Campbell dans le monde libre. Mais accepter qu'elle rentre comme ça, chez moi, sans contrôle, c'était... un peu risqué, disons.
– Non, c'est moi qui ai eu l'idée.
Elle s'est avancée jusqu'au bord de mon lit.
– Ta mère m'a dit que tu refuserais de me voir. J'ai répondu que je voulais quand même tenter le coup, alors elle m'a autorisée à entrer. À mon avis, elle ne m'apprécie pas des masses.
– Fais-moi confiance, ai-je répondu en gloussant, si tu pouvais être sa fille, elle en serait folle de joie. C'est pas toi qu'elle n'aime pas, c'est moi. Jusque-là rien de nouveau sous le soleil.
J'ai réalisé que ma réflexion était un peu déplacée face à cette fille que je connaissais à peine.
– Pourquoi tu es venue ? On ne peut pas dire que tu m'aimes beaucoup, toi non plus.
Elle est devenue rouge comme une pivoine et j'ai cru qu'elle allait éclater en sanglots. Là encore, c'était l'antithèse de la Jessica que je connaissais. Elle avait perdu toute son assurance, son petit air de supériorité – remplacé par cette vulnérabilité inattendue qui ne lui allait pas. Elle a

balancé la tête de côté en rejetant sa chevelure comme une pro avant de s'installer sur mon lit en m'annonçant :

– Je me suis assise à côté de Stacey en cours, aujourd'hui.

– Et alors ?

– On a un peu parlé de toi.

J'ai senti mon visage devenir brûlant. Mes élancements dans la jambe ont repris – signe que je commençais à paniquer. Le docteur Hieler m'avait rassurée en me disant que les élancements étaient dans ma tête, mais j'ai eu le réflexe de poser la main sur ma cicatrice en appuyant à travers mon jean.

Et voilà, elle venait pour que je comprenne que je n'avais pas ma place dans sa bande. Plus jamais ils ne m'attendraient pour que j'aille déjeuner ou ouvrir mon casier avec eux. J'étais la pauvre fille que tout le monde détestait. C'était ça, non ? C'était leur façon de se venger ?

– T'es venue pour m'annoncer que tu ragotes dans mon dos avec la fille qui était ma meilleure amie ?

– Pas du tout, m'a répondu Jessica en fronçant le visage comme si j'étais folle d'avoir pu suggérer un truc pareil.

Je le connaissais trop bien, ce front plissé, en général c'était le signe annonciateur de la vacherie qui allait suivre. Je me suis concentrée, prête à attaquer, mais elle s'est contentée de soupirer.

– Pas du tout. Stacey et moi, on se disait plutôt que c'était Nick qui t'avait bousillée.

– Bousillée ?

– Ouais. Tu comprends... T'étais pas coupable. Sauf que c'est lui qui t'a entraînée. Alors ils ont peut-être décrété que tu n'étais pas coupable, mais ils ont oublié de le dire.

– Qui, ils ?
– Oh ! Les médias. Les infos. Ils n'arrêtaient pas de bavasser comme quoi tu étais coupable et que la police était décidée à aller jusqu'au bout, mais dès que la police a annoncé que tu n'avais rien fait, comme par hasard, ils ont arrêté de commenter l'affaire.

Sans le vouloir j'ai relâché la pression sur ma jambe. Il y avait un truc qui ne cadrait pas. Jessica Campbell, là, assise sur mon lit en train de me défendre ? J'avais presque peur d'y croire.

Elle a jeté un œil sur le carnet posé sur mes genoux.

– Il paraît que t'as entamé une nouvelle liste de la haine. C'est ce carnet ?

– Ça ? T'es folle ! me suis-je défendue en le refermant illico pour le cacher sous ma jambe. C'est juste un truc sur lequel je travaille. Un projet plus ou moins artistique.

– Ah... Angerson t'en a parlé, à ce propos ?

– Non, pourquoi ?

On connaissait toutes les deux la réponse, pourquoi il aurait dû, mais ni elle ni moi, on n'osait le dire tout haut.

Elle a balayé ma chambre du regard sans un mot. J'ai vu qu'elle s'arrêtait sur les piles de vêtements qui traînaient par terre, les assiettes sales sur la commode, la photo de Nick qui était tombée de la poche de mon jean la veille et que j'avais eu la flemme de ramasser... J'ai rêvé ou est-ce qu'elle s'est un peu attardée sur cette photo, justement ?

– J'aime bien ta piaule...

J'ai trouvé sa remarque si lamentable que je n'ai même pas pris la peine de répondre, et à mon avis elle m'a remerciée en silence.

– J'ai des devoirs. Alors...

– Je comprends, m'a-t-elle répondu en rejetant ses longs cheveux blonds comme un pendule.

Je me demande si à un moment je n'avais pas mis dans ma liste cette façon de se la jouer avec ses cheveux.

– Écoute, a-t-elle poursuivi, en fait je suis venue pour une raison très précise... le Bureau des élèves vient de lancer un projet. Un mémorial. Pour la fin de l'année. Ça te dirait de participer avec nous ?

Moi ? Travailler avec le BDE sur un projet ? Il y avait anguille sous roche.

– Faut que je voie...

– Sympa. On a une réunion jeudi dans la salle de classe de Mme Stone. Une espèce de brainstorming.

– Tu es sûre qu'ils ont envie que je vienne ? Vous ne devez pas voter, pour admettre un nouveau membre ?

Elle a haussé les épaules en regardant par la fenêtre, et j'en ai conclu qu'elle savait qu'ils avaient voté non.

– Je tiens à ce que tu viennes.

On aurait dit que son esprit planait dans ma chambre, réfléchissant, concentré. Hésitant pour savoir s'il valait mieux qu'elle sorte ou qu'elle reste. Se demandant comment elle avait pu avoir l'idée de venir...

– Tout le monde pense que tu étais dans le coup. La tuerie, je veux dire, a-t-elle précisé, d'une voix très calme. Tu savais qu'il avait tout prévu ?

– Non, pas vraiment. Je ne pensais pas qu'il prenait tout ça pour argent comptant. Je sais que c'est un peu nul comme réponse, mais pour l'instant je ne peux pas faire beaucoup mieux. C'était pas un sale type.

– Tu m'as sauvé la vie volontairement ?
– Euh... pas vraiment.
Puis je me suis reprise :
– Non, c'est pas vrai, je l'ai voulu, j'en suis sûre.
Elle a hoché la tête. Sans doute parce que c'était la réponse qu'elle attendait. Puis elle est partie, aussi discrètement qu'elle était arrivée.

Peu après, j'étais assise face au docteur Hieler avec une canette de Coca sur les genoux et je lui rapportais cette étrange conversation :

– Me retrouver assise comme ça, à côté de Jessica Campbell, c'était trop bizarre. Je me sentais... genre, nue, avec elle dans ma chambre. Tout ce qu'elle regardait me paraissait super intime. J'étais mal à l'aise.

– Bien, a murmuré le docteur Hieler en se gratouillant l'oreille.

– Vous trouvez ça bien que je me sente mal à l'aise ?

– Non, bien que tu aies pu maîtriser la situation.

Autrement dit je ne lui avais pas demandé de dégager. En revanche, c'est elle qui était partie. Et dès qu'elle avait disparu j'avais mis ma chaîne à fond en m'allongeant sur mon lit. Je m'étais tournée de côté pour regarder mes chevaux sur mon papier peint. Et j'avais cru en voir un qui scintillait – et plus je le fixais, plus il avait l'air prêt à décoller.

17

[Extrait du *Sun-Tribune* du comté de Garvin, 3 mai 2008, Angela Dash, envoyée spéciale]

Katie Renfro, 15 ans. Katie Renfro, élève de seconde, n'était pas dans le Foyer quand elle a été victime de la tuerie. « Elle passait devant parce qu'elle venait de sortir du bureau du conseil d'orientation, témoigne Adriana Tate, conseillère du lycée. Je ne suis pas sûre qu'elle connaissait Nick Levil. »

Katie Renfro, dont la vie n'est pas en danger, a été touchée en plein biceps par une balle perdue qui semble avoir ricoché contre un casier, non loin du Foyer.

« Ça ne m'a pas fait trop mal, explique la jeune fille. C'était plutôt comme une piqûre. Je n'ai pas réalisé que j'avais été touchée avant de sortir, quand je suis tombée sur un pompier qui m'a dit que je saignais. Là j'ai commencé à avoir la frousse. Mais c'est surtout parce que tout le monde paniquait, vous comprenez ? »

Les parents de Katie Renfro ont décidé de retirer leur fille du système public.

« Ça a été vite vu, confirme Vic Renfro. Nous avons toujours hésité

à envoyer notre fille dans un lycée du système public. C'est la goutte d'eau qui a fait déborder le vase. »

« On ne sait jamais avec qui votre enfant va se retrouver dans un lycée public, ajoute Kimber Renfro, la mère de la jeune fille. Ils acceptent n'importe qui dans ce genre d'établissement. Y compris les enfants qui ont de vrais problèmes. Nous ne tenons pas à ce que notre fille fréquente des cas. »

– Elle dramatise tellement les choses...

J'étais en train d'arpenter le bureau du docteur Hieler, ce qui m'arrivait rarement. Certes, d'habitude je n'étais pas là, sous le microscope de Maman, dont la surveillance s'intensifiait. Non seulement elle me faisait de moins en moins confiance, mais elle était ouvertement méfiante. On aurait dit qu'elle craignait de me lâcher, ne serait-ce qu'une seconde, de peur que je me retrouve entraînée dans une nouvelle tuerie.

– Alors, vous pensez que c'est ma faute ? a-t-elle demandé en se tapotant le nez avec un vieux Kleenex. J'ai du mal à croire qu'elle ait envie de traîner avec ces élèves et qu'eux aient envie de l'accueillir. Et ce projet de mémorial ? Ne me dites pas que c'est sain pour ma fille de tout faire tourner autour de cette histoire. Il vaudrait mieux qu'elle passe à autre chose, non ?

– Écoute, Maman, je n'ai pas envie de traîner avec Jessica et sa bande. Je travaille sur un projet. C'est tout. Un projet scolaire. Je croyais que tu voulais que je m'investisse dans ce genre de plans. C'est ça, ma façon de « poursuivre ma vie », comme tu dis.

– Il y a deux jours à peine, elle ne voulait plus retourner au lycée. Et maintenant elle veut se lancer dans un projet avec des gamins qui étaient sur cette maudite liste, a répondu Maman en s'adressant au docteur Hieler. Ça me paraît bidon.

Cette fois-ci je me suis retournée vers le docteur en me justifiant :

– Elle n'en a pas discuté une seconde avec Jessica. Je vous promets qu'elle était sérieuse quand elle me l'a proposé. C'était pas du bidon.

Le docteur Hieler a acquiescé en silence.

Maman secouait la tête comme si j'étais naïve de faire confiance à Jessica, tout ça parce que j'avais fait confiance à Nick. On aurait entendu une mouche voler tandis qu'elle me dévisageait.

– Qu'est-ce qu'il y a ? ai-je fini par lui demander, un peu trop fort. Pourquoi tu me regardes comme ça ? Elle ne va pas me tirer dessus. C'est pas un piège qu'elle me tend. T'as allumé la télé ? T'as pas entendu tous ces reportages sur le changement des élèves depuis la tuerie ? Ils sont passés à autre chose. Ils ne vont pas me mordre.

– Je n'ai pas peur qu'ils te fassent du mal, à toi.

Le docteur Hieler était assis face à nous, perdu dans ses réflexions. Muet. Immobile.

– Qu'est-ce qui te tracasse ? ai-je demandé à Maman.

– Tu ne vas pas leur faire de mal ? J'espère que tu n'as pas accepté de participer à ce projet pour achever ce que Nick avait commencé.

Je me suis effondrée sur une chaise. Hurlements, suppliques, demandes de pardon, disparition de journaux, rendez-vous obligés avec le docteur Hieler... ce n'était pas pour me protéger des autres. Au contraire, c'était pour les protéger, eux, de moi ! Parce que c'est moi qui risquais de les blesser. Parce que c'était moi la méchante. Quoi que je dise, quoi que je fasse, jamais je ne changerais aux yeux de ma mère.

– Jusqu'ici je ne faisais pas assez attention, a-t-elle ajouté en s'adressant à la fois à moi et au docteur Hieler. Et regardez comment ça a fini. Les gens pensent que je suis une mère indigne et... je ne sais pas, parfois je me dis qu'ils ont raison. Une vraie mère devrait voir venir ce genre de drame. Elle ne devrait pas se laisser surprendre comme ça a été mon cas. Mais plus je lui lâche la bride... plus j'ai peur d'avoir de nouveaux morts sur la conscience.

Elle s'est mouchée pendant que le docteur Hieler essayait de la rassurer. Mais j'étais trop abasourdie pour écouter ce qu'il disait.

Oui, j'avais transformé Maman. J'avais transformé son rôle en tant que parent. Son objectif dans la vie n'était plus aussi évident et défini que le jour où j'étais née. Son rôle n'était plus de me protéger contre le reste du monde. C'était de protéger le reste du monde contre moi.

C'était trop injuste.

18

[Extrait du *Sun-Tribune* du comté de Garvin, 3 mai 2008, Angela Dash, envoyée spéciale]

Chris Summers, seize ans. D'après nos témoins, Chris Summers serait mort en héros.

« Il était en train d'évacuer tout le monde, rapporte Anna Ellerton, seize ans. D'aider les gens à passer la porte. C'était typique de Chris. Essayer de prendre les choses en main. »

D'après elle, Chris Summers aurait été renversé par des élèves paniqués qui cherchaient à fuir de la cafétéria, tombant pile dans le champ de vision de Nick Levil.

« Nick l'a défié en lui demandant "Alors, c'est qui le plus fort maintenant ?", et il a tiré, précise Anna Ellerton. J'ai compris qu'il était fichu, alors j'ai continué à courir. Je ne sais pas s'il est mort sur le coup. Tout ce que je sais, c'est qu'il était en train de nous porter secours. »

J'ai failli détourner les yeux. Je venais de regarder à travers la porte vitrée de la salle de classe et j'étais tombée sur un groupe d'élèves assis sur des chaises en cercle. Jessica

Campbell trônait au milieu et parlait avec un air très sérieux. Mme Stone, conseillère du BDE, était installée sur un bureau un peu en retrait, les jambes croisées, avec une chaussure qui pendouillait au bout d'un pied. Ça m'a rappelé une photo que j'avais vue dans un journal peu après la tuerie – un talon, tout seul, abandonné sur le trottoir devant le lycée, le ou la propriétaire trop effrayé(e), ou gravement blessé(e), ou mort(e), pour faire demi-tour et le récupérer.

Quand je pense qu'il y a moins d'un an j'étais assise dans l'auditorium du lycée avec Nick, à écouter les discours des candidats au BDE... Oui, il y a quelques mois à peine, Nick et moi, on s'était retrouvés avec toute notre promotion, levant les yeux au ciel tandis que les candidats montaient sur l'estrade pour se présenter, un par un, trahissant par leurs gestes ce qu'ils n'auraient pu avouer tout haut.

– Tu aurais voté pour qui ? je lui avais demandé en le retrouvant le soir.

Il était torse nu, allongé à côté de moi sous une petite tente qu'on avait installée dans le champ derrière chez lui. Depuis qu'il faisait beau, on s'y réfugiait à la fin de la journée, isolés, loin de tout, pour lire à haute voix et discuter.

Parfois il allumait sa lampe de poche et la dirigeait sur le plafond de la tente. L'ombre d'une araignée dansait sous la lumière tout en s'accrochant pour grimper jusqu'au sommet. Pourquoi ? Que comptait-elle faire une fois arrivée ? Remarquez, peut-être que c'est comme ça que vivent les araignées – passant leur temps à crapahuter pour atteindre un sommet, à grimper pour grimper ?

– Pour personne, m'a répondu Nick d'un ton lugubre. Pourquoi je voterais, du reste ? J'en ai rien à cirer de qui va gagner.

– J'ai voté pour Homer Simpson. J'espère que Jessica Campbell ne sera jamais présidente.

– Tu parles, elle est bien partie pour.

Il a éteint sa lampe, plongeant la tente dans le noir. Je ne sentais plus que la chaleur que dégageait son corps vibrant à côté du mien, la preuve que je n'étais pas toute seule.

– Tu crois que ça va changer l'année prochaine ?

– Que si on vote pour Jessica, elle arrêtera de t'appeler Sœur Funèbre, et que Chris Summers arrêtera de faire chier ? Niet.

Je n'ai pas réagi et on est restés silencieux, écoutant les grenouilles qui coassaient autour de l'étang un peu plus loin.

– Sauf si c'est nous qui décidons de prendre les choses en main, a poursuivi Nick, très calme.

J'étais dans le couloir, juste devant la porte du BDE, quand j'ai eu le vertige et j'ai dû appuyer mon front contre la brique fraîche du mur. Non, impossible, je ne pouvais pas entrer. C'était trop. Hors de question. Il y avait mort d'homme, et pour une fois j'ai compris ce qu'on voulait signifier quand on disait qu'on avait atteint « le point de non-retour ».

Quelqu'un dans le bureau a dû m'apercevoir. La porte s'est ouverte.

– Salut. Merci d'être venue.

C'était Jessica Campbell, qui m'a fait signe de les rejoindre. Je suis entrée, avançant en pilote automatique.

Tous les regards se sont tournés vers moi. Non pas que leurs visages m'étaient hostiles. Disons qu'aucun n'était vraiment accueillant. Même pas celui de Jessica. Elle, elle avait plutôt un petit air pro et affairé, comme si elle était chargée d'escorter un prisonnier jusqu'à la chambre d'exécution.

Meghan Norris me dévisageait, avec une vague moue, remuant les genoux sous le bureau en signe d'impatience. Dès que j'ai croisé son regard, elle a roulé des yeux avant de se détourner vers la fenêtre.

– Bon, a annoncé Jessica en s'asseyant.

Je me suis installée à côté d'elle en serrant mes bouquins contre moi. J'avais peur de m'évanouir. J'ai pris une longue respiration, dix secondes en comptant, avant d'expirer le plus discrètement possible.

– Bon, a repris Jessica en farfouillant parmi ses papiers. J'ai été voir M. Angerson, et cette fois-ci on est sûrs d'avoir un espace du côté nord-ouest de la cour, près de la porte qui donne sur le Foyer. On peut déposer tout ce qu'on veut à partir du moment où on a l'accord de l'Association des parents d'élèves, ce qui ne devrait pas poser trop de problèmes.

– Permission permanente ? a demandé Micky Randolf.

– Ouais. On aura une cérémonie d'inauguration le jour de la fête de fin d'année, mais on peut laisser sur place un monument permanent.

– Genre, une statue ? a interrogé Josh.

– Ouais, ou un arbre, a proposé Meghan avec enthousiasme – oubliant que je lui avais infligé ma présence à côté d'elle.

– Une statue, ça risque d'être cher, a fait remarquer Mme Stone. Vous pensez qu'on a assez d'argent pour aller jusque-là ?

– L'Association des parents d'élèves s'est engagée à collecter de nouveaux fonds, a répondu Jessica en agitant ses papiers. En plus on a notre caisse. Sans compter les ventes de... beignets.

Un silence gêné a suivi. Plus personne ne vendait de beignets depuis le drame. Abby Dempsey, la meilleure amie de Jessica, avait été tuée alors qu'elle était en train d'en vendre.

– Abby aurait sûrement été d'accord, a dit Jessica en se raclant la gorge.

J'ai senti plusieurs regards se diriger vers moi, sans chercher à savoir lesquels. J'ai remué sur ma chaise, inspiré lentement, retenant mon souffle avant de relâcher...

– On pourrait trouver une nouvelle façon d'obtenir de l'argent, a proposé Rachel Manne. Pourquoi pas vendre des sucettes en les présentant en boîte avec des petits mots ?

– Super idée, a approuvé Jessica en griffonnant quelques notes sur un bout de papier. Ou organiser une soirée spéciale glaces.

– Oui, une vente de glaces, excellente idée ! Je peux demander à M. Hudspeth de monter un spectacle avec les élèves de théâtre, a ajouté Mme Stone.

– Génial ! a hurlé quelqu'un. Et la chorale pourrait chanter quelque chose.

Chacun y allait de son idée. Ça fusait de tous les côtés. Par miracle, plus personne ne faisait attention à moi ; la petite troupe m'avait miraculeusement oublié.

– C'est décidé, a conclu Jessica en rassemblant ses notes. On organise une soirée spectacle spéciale glaces. Il ne reste plus qu'à décider ce que sera le mémorial. Vous avez des idées ?

Plus personne ne disait mot.

– Une capsule témoin, ai-je proposé.

Jessica m'a jeté un regard intrigué.

– C'est-à-dire ?

– Une capsule témoin. Une plaque ou autre, pour marquer l'endroit, et s'arranger pour qu'elle soit accessible dans, genre, une cinquantaine d'années. Comme ça, les gens comprendraient qu'on ne peut pas réduire notre promotion à... euh... à ça.

Un long silence a suivi, s'étirant sans fin pendant que chacun réfléchissait.

– On pourrait installer un banc à côté, ai-je ajouté. Avec le nom de... de...

– Des victimes, a complété Josh, la voix un peu tendue. C'est ça, non ? Le nom de chaque victime gravé sur le banc. Ou sur la plaque.

– De toutes les victimes, ou juste celles qui sont mortes ? a demandé Meghan.

L'atmosphère me semblait de plus en plus lourde. Je n'osais plus lever les yeux.

– De toutes les victimes, a repris Josh. Par exemple, il faudrait qu'il y ait le nom de Ginny Baker, vous ne pensez pas ?

– Dans ce cas-là, ce n'est pas exactement ce qu'on appelle un mémorial, est intervenue Mme Stone.

– Mais elle a eu la figure...

– ... pas forcément un mémorial, pourquoi pas un monument...

– ... devrait comporter les noms de toute la promotion...
– Ça serait sympa...
– Parce que tout le monde a été affecté d'une manière ou d'une autre...
– ... mémorial qui pourrait être consacré à la perte de la vie mais aussi à la perte d'autres trucs, genre...
– ... pas seulement les terminales, cela dit. Il y a aussi des élèves de seconde qui sont morts...
– On n'a qu'à mettre le nom de chaque personne disparue, a conclu Jessica.
– Pas toutes, a précisé Josh. Pas Nick Levil. Hors de question.
– Techniquement parlant, c'est aussi une victime, a corrigé Mme Stone, d'une voix à peine audible. Si vous voulez graver le nom de chaque victime à proprement parler, il faut l'inclure.
– Je ne suis pas d'accord, a répondu Josh, cramoisi.
– Moi non plus, ai-je renchéri, plus vite que je ne l'aurais voulu. Ça ne serait pas juste par rapport aux autres.

J'ai failli m'étouffer. Comment j'avais pu sortir une horreur pareille ? Nick était le centre de ma vie. Jamais je ne l'avais pris pour un monstre. En plus, je ne me sentais pas complètement innocente, moi non plus. Or je venais de l'enterrer à nouveau... et pour quoi ? Pour faire plaisir au Bureau des élèves ? Pour séduire ces gamins qui se bidonnaient en voyant Chris Summers l'humilier en public, il y a quelques mois encore, ou quand Christy Bruter m'appelait Sœur Funèbre ? Pour faire mon intéressante face à Jessica Campbell ? Au fond, est-ce que je croyais à ce que je venais de dire ? Ou est-ce qu'une partie de moi que je n'avais jamais identifiée venait d'exprimer tout haut son angoisse : que Nick et moi, on n'était pas des victimes... on était des boucs émissaires.

Le virement a été si brutal que je l'ai senti presque physiquement. Je me voyais divisée en deux personnalités, Valérie pré-tuerie et Valérie post-tuerie, qui ne coïncidaient pas.

C'était trop, je ne pouvais pas rester assise en m'abritant dans leur camp contre Nick.

– Faut que j'y aille, ai-je bafouillé en me levant. Euh... ma mère m'attend.

J'ai pris mes livres et j'ai foncé vers la porte en remerciant le ciel d'avoir demandé à Maman de passer me chercher plus tôt, au cas où. Et en priant pour que sa méfiance vis-à-vis de moi me soit utile, pour une fois, et qu'elle soit là, à se ronger les ongles en scrutant les fenêtres du lycée au cas où il y aurait du grabuge.

Je me suis précipitée sur la voiture en criant :

– Vite, on rentre !

– Qu'est-ce qui se passe ? Ça ne va pas ? Tu as eu un problème ?

– La réunion est finie. Vas-y, ai-je insisté en fermant les yeux.

– Mais qu'est-ce que c'est que cette fille qui sort en courant ? Mon Dieu, Valérie, dis-moi qui est cette fille ?

C'était Jessica qui se ruait vers la voiture.

– Vas-y ! Maman, fonce !

Elle a appuyé sur l'accélérateur, sans doute un peu fort parce que les pneus ont grincé et on a quasiment été projetées hors du parking. J'ai vu la silhouette de Jessica diminuer dans le rétroviseur. Elle aussi nous regardait diminuer, debout sur le trottoir, là où la voiture était garée quelques secondes plus tôt.

– Mais enfin, dis-moi ce qui se passe, Valérie ! Je t'en supplie, rassure-moi. Je ne supporterais jamais qu'il y ait un nouveau drame.

Je n'ai rien dit. Je l'ignorais. Jusqu'au moment où j'ai senti un picotement au menton, j'ai passé la main et j'ai vu que c'était une larme. C'est là que j'ai compris que j'étais loin de l'ignorer. Mais je pleurais tellement que je ne pouvais pas répondre.

À peine Maman s'est-elle arrêtée pour ouvrir la porte du garage que j'ai détalé. J'étais à mi-chemin dans les escaliers quand je l'ai entendue aboyer dans la cuisine :

– Docteur Hieler, je vous en prie, c'est urgent, merde !

19

[Extrait du *Sun-Tribune* du comté de Garvin, 3 mai 2008, Angela Dash, envoyée spéciale]

Lin Yong, seize ans. « *Ça me fend le cœur, quand je vois les dégâts qu'il a faits, avoue Shelling Yong à propos des blessures de sa sœur. Dieu merci, elle est en vie, mais la balle a laissé des traces à jamais. Ma sœur était une violoniste qui concourait au niveau de l'État. C'est fini. Elle ne maîtrise plus tout à fait ses doigts. Elle ne peut plus vraiment jouer.* »
Le fait est que Lin Yong a été atteinte dans l'avant-bras, mais l'impact de la balle a touché son poignet, affectant profondément les nerfs du bras et de la main. Après quatre interventions chirurgicales, elle est aujourd'hui encore limitée à l'usage du pouce et du majeur.
« *En plus, c'est mon bras droit, renchérit Lin Yong. Du coup j'ai aussi du mal à écrire. Je suis en train d'apprendre à écrire de la main gauche. Mais bon, mon amie Abby est morte, alors je ne me plains pas trop. Moi aussi, il aurait pu me tuer.* »

Et voilà, après la réunion du BDE, Maman a forcé la main de la secrétaire du docteur Hieler pour qu'elle nous trouve un créneau en fin de journée.

– Il paraît que tu étais chamboulée en sortant de la réunion du BDE, m'a dit tout de go le docteur, avant même que je m'assoie sur son canapé.

J'ai cru déceler une pointe d'agacement dans sa voix. Est-ce parce qu'il rentrerait plus tard chez lui ? Sa femme lui garderait-elle son assiette au chaud pendant que ses enfants feraient leurs devoirs en face du feu en attendant que Papa rentre du travail et joue aux cow-boys et aux Indiens avec eux ? Telle était la vision que j'avais de la vie de famille du docteur Hieler – une vie parfaite, genre feuilleton télé des années cinquante, nimbée de patience et d'amour, sans le moindre problème à l'horizon.

– Ouais, mais c'est pas comme s'il y avait une vraie crise ni rien.

– Tu es sûre ? Ta maman m'a dit qu'une jeune fille s'est précipitée vers toi quand tu montais dans la voiture. Alors ?

J'ai réfléchi : alors... alors... quoi ? Fallait-il que je lui avoue que j'avais lâché Nick en public, qu'enfin j'avais réussi à me mettre en tête que Nick était nuisible ? Que je lui avoue que ça m'avait fait culpabiliser comme jamais ? Que j'avais cédé à la pression de tous ces ados trop populaires et que j'en mourais de honte ?

– Oh... ai-je répondu en affichant un détachement contraint. C'est parce que j'avais oublié ma calculatrice et elle voulait me la rendre. Je la récupérerai demain, c'est pas grave. Maman est un peu parano.

Vu la façon dont il inclinait la tête, le docteur Hieler n'en croyait pas un mot.

– Ta calculatrice ?

– Oui.

– Tu pleurais pour ça ? Une calculatrice ?

Voyant que je ne répondais rien, il a insisté :

– Ça doit être une sacrée calculatrice... Remarque, je comprends, on doit se sentir vraiment mal de perdre une calculatrice très pointue. Peut-être que tu t'en voulais d'avoir été négligente ?

– Oui, plus ou moins.

– C'est pas pour ça que tu es quelqu'un de mauvais, Valérie, parce que de temps en temps tu oublies ta calculette... Et puis, si tu devais en acheter une nouvelle... eh bien, tu n'aurais que l'embarras du choix.

Quelques jours plus tard, Mme Tate était près de la photocopieuse de l'administration quand je suis allée prendre un billet de retard. J'ai essayé de passer ni vu ni connu, mais la secrétaire – pas vraiment une championne de la discrétion – a hurlé :

– Tu as un certificat médical, Valérie ?

Évidemment, Tate s'est retournée et m'a vue. Elle m'a fait signe de la suivre dans son bureau, alors que j'avais mon pauvre petit billet à la main.

Curieusement, la pièce donnait l'impression d'avoir été rangée et nettoyée peu de temps avant. Il y avait toujours des piles de bouquins par terre, mais toutes rassemblées au centre. Les papiers gras de fast-food avaient disparu, et le meuble-classeur un peu branlant avait été remplacé par une grande armoire noire flambant neuve. Elle avait réuni toutes ses photos au sommet de ce meuble, si bien que son bureau avait l'air dégagé, propre, en dépit des montagnes de paperasses déposées çà et là.

Je me suis assise sur une chaise pendant qu'elle posait une fesse sur son bureau. Elle a remis en place une mèche qui s'était échappée de son chignon du bout d'un ongle parfaitement manucuré et m'a demandé avec un grand sourire :

– Comment vas-tu, Valérie ?

Sa voix était très douce, comme si j'étais un objet fragile qu'elle risquait de briser.

– Ça va, disons.

J'ai agité mon mot d'excuse en ajoutant :

– J'avais un rendez-vous chez le médecin. Pour ma jambe.

– Comment va-t-elle, cette jambe ?

– Pas trop mal.

– C'est bien. Tu as vu le docteur Hieler récemment ?

– Il y a deux ou trois jours, oui, après la réunion du BDE.

– Bien, bien. J'ai cru comprendre que c'était un médecin formidable. Très bon dans sa spécialité.

J'ai pensé à tous les moments où je me sentais mieux reconnue, en sécurité. D'une façon ou d'une autre, le docteur Hieler y était toujours pour quelque chose.

Mme Tate s'est levée pour s'affaler dans un fauteuil qui, sous son poids, a émis un petit couinement.

– Je voulais te dire deux ou trois mots au sujet du déjeuner...

Oh, non ! L'heure du déjeuner n'était pas vraiment mon moment préféré de la journée. Le Foyer était trop marqué par le drame, et Stacey et moi, on se croisait toujours devant la table de condiments avant qu'elle aille rejoindre mon ancienne bande en m'ignorant, du coup j'allais dans le couloir en faisant comme si j'avais choisi de déjeuner toute seule dans mon coin, assise par terre devant les toilettes des garçons.

— Je te vois tous les jours dans le couloir, Valérie. Pourquoi est-ce que tu ne déjeunes pas dans le Foyer ? (Elle s'est penchée vers moi en joignant les mains comme pour prier.) Jessica est venue me voir hier. Apparemment elle t'a proposé de venir déjeuner à sa table, mais tu as refusé. C'est vrai ?

— Oui. Mais c'était il y a quelque temps. Ce n'est pas à cause d'elle. J'étais occupée... je travaillais sur un projet pour le cours d'arts plastiques.

Automatiquement j'ai posé la main sur mon carnet à spirale noir.

— Tu n'es pas inscrite au cours d'arts plastiques, si mon souvenir est bon ?

— C'est un projet personnel. Je suis des cours organisés par la mairie. (C'était un mensonge, mais tant pis si elle me perçait à jour.) Je vous promets, je n'en veux pas à Jessica. J'ai besoin d'être seule. En plus je doute que ses amis aient envie que je m'assoie avec eux. Ginny Baker est toujours à leur table. Elle ne peut pas me regarder dans les yeux.

— Ginny Baker va bientôt prendre un congé du lycée.

Je n'en savais rien. Tout à coup j'ai rougi.

— Ce n'est pas ta faute, Valérie, si c'est ça que tu penses. Ginny a beaucoup de travail à faire pour surmonter son traumatisme, et venir au lycée lui demande des efforts surhumains. Elle en a longuement discuté avec ses professeurs, et je suis sûre qu'elle s'en sortira très bien en travaillant chez elle pendant un certain temps. Jessica te tend une vraie perche. Tu ne devrais pas tourner les talons systématiquement.

– Je ne tourne pas les talons systématiquement. Je suis allée à la réunion du BDE. C'est juste que...

Mme Tate me toisait, les bras croisés. J'ai soupiré avant de conclure :

– Je vais y réfléchir.

Alors qu'au fond de moi je pensais : *C'est pas demain la veille que j'irai m'asseoir avec eux.* Je me suis levée en serrant mes livres contre moi.

– Écoute, Valérie, m'a répondu Mme Tate en tirant sur l'ourlet de la veste de son tailleur qui avait l'air dix fois trop étroit. J'aurais préféré éviter d'avoir à te le dire, mais déjeuner devant le Foyer sans autorisation n'est plus permis. M. Angerson a décidé de bannir ce genre d'activité solitaire.

– Comment ça ?

– Si l'on te surprend en train de traîner seule sans permission, tu risques d'être collée.

J'ai été prise de court. *Le lycée est une prison, maintenant ?* ai-je failli hurler. *Et vous les profs, vous êtes les matons ?* Sauf qu'elle m'aurait répondu, *On l'a toujours été un peu*, du coup j'ai laissé tomber.

– Bon, d'accord...

– Valérie. Un peu de courage, va t'asseoir avec eux un jour. Jessica a vraiment envie que ça marche.

– Que ça marche ? Je suis le nouveau projet de sa petite clique maintenant ? Ou le nouvel objet de risée du lycée ? Elle ne pourrait pas me lâcher les baskets pour une fois ? Finalement, avant, ils me foutaient la paix.

231

— Elle est sincère, elle a vraiment envie que vous deveniez amies, m'a répondu Mme Tate en souriant.

Mais pourquoi ? Pourquoi Jessica Campbell avait-elle cette furieuse envie d'être amie avec moi ? Pourquoi est-ce qu'elle était tout à coup sympa avec moi ?

— Je n'ai pas besoin d'amis.

Mme Tate a froncé le visage.

— J'ai juste envie de faire mes devoirs et de passer le bac. Le docteur Hieler m'a recommandé de me concentrer sur mes études. De m'en tenir à une ligne ferme.

Ce qui n'était pas tout à fait vrai. Jamais le docteur Hieler ne m'avait donné la moindre directive du style « Contente-toi de creuser ton sillon », ou ce genre de bêtises. Son principal souci, c'était d'éviter que je me suicide.

Voyant que Mme Tate ne pipait mot, j'en ai conclu qu'il était temps que je parte. Et je suis sortie, avec mon mot d'excuse à la main et une seule idée en tête : comment j'allais me débrouiller à l'heure du déjeuner vu ce qu'elle venait de me dire.

20

[Extrait du *Sun-Tribune* du comté de Garvin, 3 mai 2008, Angela Dash, envoyée spéciale]

Amanda Kinney, soixante-sept ans. Amanda Kinney, principale gardienne du lycée de Garvin, en place depuis vingt-trois ans, a été atteinte au genou par une balle perdue alors qu'elle essayait de protéger des élèves en les cachant dans un grand placard. « Le placard était ouvert parce que j'étais en train de jeter des sacs en plastique dans les poubelles, raconte-t-elle à nos reporters, le genou couvert d'épais pansements et appuyée sur son oreiller. J'ai poussé les gamins dans le placard jusqu'à ce qu'il soit bourré et j'ai fermé la porte. J'crois pas qu'il savait qu'on était là-dedans. J'ai pas compris que j'avais été touchée jusqu'au moment où un des gosses m'a dit que je saignais. J'ai regardé et j'ai vu que mon pantalon était tout rouge, avec une petite déchirure. »

Amanda Kinney, connue pour sa complicité avec les élèves, connaissait bien Levil. « Il vivait à côté de chez moi, alors je le connaissais depuis son arrivée à Garvin. C'était un gosse sympa. Parfois il avait l'air en colère, on savait pas pourquoi, mais c'était un gosse sympa.

Sa mère est une femme bien, aussi. Cette histoire doit lui briser le cœur. »

– Pardon, je suis en retard !

Je me suis précipitée sur le canapé avant de prendre le Coca que le docteur Hieler m'avait déposé sur la table basse.

– J'ai été collée et ça a duré un peu plus longtemps que prévu parce que le prof s'est lancé dans un laïus qui n'en finissait pas.

– Pas de problème. J'avais des dossiers à boucler.

Cela dit j'ai vu qu'il jetait un coup d'œil discret sur sa montre. Est-ce parce qu'il allait rater un match de première ligue ? Ou le cours de gym de sa fille, ouvert aux parents ? Un déjeuner en tête à tête avec sa femme ?

– Pourquoi tu as été collée ?

– À cause du déjeuner. Je ne déjeune plus dans le Foyer, et ça les met hors d'eux. Du coup, je me fais coller tous les jours.

– Pourquoi tu ne veux pas déjeuner dans le Foyer ?

– Avec qui vous voulez que je déjeune ? Je ne vais quand même pas entrer la bouche en cœur en demandant « Salut, je peux m'asseoir ici ? » et eux, ils vont tous s'exclamer « Super ! ». Même mes anciens copains n'ont aucune envie que je m'assoie avec eux.

– Et la fille dont tu m'as parlé, celle du BDE ?

– Les amis de Jessica ne sont pas mes amis. Ils ne l'ont jamais été. C'est pour ça que Nick et moi, on les avait mis sur la liste...

Soudain, je me suis interrompue, surprise de voir avec quelle facilité j'évoquais cette liste. J'ai repris en changeant d'angle d'attaque :

– Angerson nous casse les pieds avec son histoire de solidarité entre élèves parce qu'il veut sauver la face devant les télés. Mais c'est son problème, pas le mien.

– À t'écouter, je ne suis pas sûr que ce soit seulement son problème. Être collée le samedi, c'est pas la façon idéale de passer le week-end, non ?

– Tant pis. Je m'en fous.

– Mon petit doigt me dit que tu ne t'en fous pas tant que ça. Et si tu essayais de déjeuner dans le Foyer un jour ?

Je suis sortie du bureau du docteur Hieler un peu plus tôt que d'habitude. Maman était partie en me laissant un Post-it sur la porte : je devais l'attendre sur le parking, elle avait une course à faire. J'ai arraché le mot en le fourrant dans ma poche avant que le docteur le voie. Il m'aurait proposé de prolonger la séance et je me sentais déjà assez mal comme ça.

En plus, j'avais assez parlé.

Je suis descendue et j'ai attendu un moment devant le bâtiment, un peu penaude. Si je ne voulais pas que le docteur Hieler me voie en sortant de son cabinet, il fallait que je me fasse discrète. Je pouvais me cacher dans les buissons sur le côté, mais vu l'état de ma jambe, je m'imaginais mal courant jusque-là. En plus il devait y avoir une bestiole, parce que j'entendais des bruissements et j'avais vu les branches remuer.

J'ai traversé le parking très tranquillement, les mains dans les poches, donnant des coups de pied çà et là dans les cailloux. Arrivée au bord de l'autoroute, j'ai hésité. Maman était peut-être au Shop N'Shop du centre commercial de l'autre côté. J'ai profité d'un répit dans le défilé des véhicules pour traverser en sautillant.

La voiture de Maman n'était pas devant le Shop N'Shop. J'ai regardé derrière moi : pas non plus devant le bâtiment où le docteur Hieler avait son cabinet.

Comme j'avais soif, je suis entrée dans le centre commercial pour aller boire à une fontaine. J'en ai profité pour feuilleter deux ou trois magazines dans un kiosque, puis j'ai fait un tour devant le comptoir de bonbons en pestant parce que je n'avais pas un rond pour me lâcher sur le chocolat. Je commençais à m'ennuyer.

Je suis ressortie sur le parking pour voir s'il y avait quelqu'un devant le bâtiment du cabinet du docteur Hieler. Toujours pas de voiture de Maman ni trace du docteur. Je me suis assise contre la vitrine du Shop N'Shop jusqu'à ce que le directeur du magasin me chasse.

– Les clients n'aiment pas voir des sans-abri traîner devant le magasin, m'a-t-il expliqué. Ça les met mal à l'aise. C'est pas un centre d'accueil municipal ici, ma petite.

J'ai continué mon tour. La boutique de portables était noire de monde, de même que le salon où Maman m'emmenait pour me faire couper les cheveux quand j'étais petite. Une fillette pleurait tandis que sa mère lui tenait la nuque pour que la coiffeuse coupe ses boucles blondes de bébé. Puis j'ai passé une tête dans la boutique de portables : tout le monde avait l'air de mauvaise humeur, y compris les vendeurs.

J'étais sur le point de faire demi-tour quand j'ai vu une porte ouverte. J'ai aperçu une femme à la poitrine géante, avec une blouse en toile, qui rangeait de la peinture pour tissu et des breloques de costumes. Elle est sortie pour secouer un grand morceau d'étoffe, projetant une pluie de paillettes dans les airs. On aurait dit la marraine de Cendrillon cachée derrière un nuage d'or.

Elle a vu que je la regardais et elle a souri.

– Un petit accident ! s'est-elle exclamée avec un air enjoué avant de disparaître à l'intérieur en emportant son bout de tissu brillant.

Ma curiosité a été piquée au vif. Un petit accident ? De quel type ? D'où venait cette pluie de paillettes magique ? Les accidents ont plutôt tendance à semer du désordre et de la laideur, rarement de la beauté.

Sitôt la porte refermée derrière moi, j'ai cru que le monde extérieur avait disparu. J'étais dans une grande pièce sombre et aveugle, qui sentait comme à la messe le dimanche de Pâques. Des rayonnages entiers montaient jusqu'au plafond, qui croulaient sous le poids de bustes en plâtre, de plats en céramique, de petits coffres en bois, de paniers, de toutes sortes de pots et de boîtes en carton aux formes insolites. Je me suis promenée entre les rayons en ayant l'impression d'être haute comme trois pommes.

Arrivée au bout d'une des allées, j'ai découvert un espace dégagé avec une douzaine de chevalets et une longue table couverte de journaux placée sous une fenêtre orientée vers l'est. Autour, traînait une collection de paniers et de boîtes remplis de fournitures : peintures, tissus, rubans, pâte à modeler, stylos...

J'ai reconnu la femme que j'avais aperçue dehors, perchée sur un tabouret devant l'un des chevalets et donnant de grands coups de pinceau mauves sur une toile.

– Personnellement, le soleil du matin m'inspire, qu'est-ce que tu en penses ?

Je n'ai pas répondu.

– Évidemment, à cette heure de la matinée, les gens dans le supermarché ont une meilleure lumière, mais je... moi je trouve que le soleil à cette heure-ci est particulièrement stimulant. Je leur laisse le coucher du soleil. C'est son lever qui m'intéresse. La renaissance, que veux-tu.

Je n'étais pas sûre qu'elle s'adressait à moi. Elle me tournait le dos, concentrée sur sa toile, alors qui sait, elle parlait peut-être toute seule.

J'étais là, plantée sans savoir où donner de la tête. J'avais envie de tâter tous les objets – caresser les vases en plâtre, sentir ce qu'il y avait dans les boîtes, enfouir la main dans la pâte à modeler –, mais j'avais peur de remuer, ne serait-ce que les lèvres, de me laisser aller et de me perdre dans ce labyrinthe de ré-création.

La femme a ajouté quelques touches de mauve dans un coin de sa toile avant de descendre de son tabouret pour reculer et admirer son travail.

– Voilà ! Parfait.

Elle a déposé sa palette et son pinceau sur le tabouret avant de se retourner, enfin, vers moi.

– Qu'est-ce que tu en penses ? Trop de mauve ? Remarque... il n'y a jamais trop de mauve. Le monde a besoin d'avoir plus de mauve. Et de plus en plus, crois-moi.

– J'aime bien cette couleur.

– Ça tombe bien ! Allez, un petit thé ? (Elle a filé derrière la caisse et j'ai entendu un cliquetis de porcelaine.) Tu le bois nature ou sucré ?

– Euh... Je... je... non merci. Il faut que j'y aille. Ma mère...

Soudain sa tête a réapparu, avec une grande mèche brune sur son front.

– Oh ! Pour une fois, je me réjouissais d'avoir un peu de compagnie. Cet espace est tellement vide quand mes élèves sont partis. Trop silencieux. Très bien pour les souris, mais pas pour Béa, ma pomme.

Elle a sorti une tasse miniature ornée de petits lapins – une tasse de dînette –, et bu son thé en levant le petit doigt.

– Vous donnez des cours ici ?

– Oh oui ! J'en donne des cours, si tu savais. Poterie, peinture, macramé, tout ce que tu peux imaginer...

– N'importe qui peut s'inscrire ?

– Non, a-t-elle répondu en fixant ma main, plongée dans un seau plein de perles.

Brusquement je l'ai retirée et deux perles ont valsé sur le sol. Elle a souri en me voyant rougir.

– Non, non, je ne donne pas de cours au premier venu. Je prends moi-même des cours sur place.

J'étais sur le point de m'en aller quand elle m'a pris la main et l'a retournée pour me lire les lignes. Ses épais sourcils soulignés au crayon ont rejoint sa tignasse sombre quand elle s'est exclamée :

– Oh ! Oh !

J'ai essayé de retirer ma main, sans grande conviction. J'avais beau être un peu dégoûtée qu'elle me tripote, je brûlais d'envie de savoir ce que ces « oh ! » sous-entendaient.

– Faut que j'y aille.

– Tu sais que je repère très bien les vrais artistes. Tu en es une, je parie, non ? Bien sûr que tu en es une ! Tu aimes le mauve !

Elle s'est retournée pour m'entraîner au pied de sa toile. Elle a pris sa palette et son pinceau en m'indiquant le tabouret :

– Assieds-toi là.

– Je suis désolée, il faut que...

– Si, si, assieds-toi. Mon tabouret n'aime pas qu'on refuse de s'y asseoir, surtout quand on y a été invité.

Je me suis assise.

– Vas-y, prends ce pinceau et peins.

– Là ? Par-dessus votre peinture ?

– Oui, vas-y, peins.

Elle m'a pris la main pour l'approcher de la toile, insistant :

– Allez !

J'ai trempé le pinceau dans un pot de peinture noire et j'ai donné un grand coup à travers la toile, perpendiculaire aux lignes mauves.

– Humm... murmurait-elle. Ohhh...

Je n'ai qu'une seule façon pour décrire ce que j'ai ressenti : c'était miraculeux. Ou apaisant. Ou les deux. Je ne sais pas. Tout ce que je sais, c'est que je ne pouvais plus m'arrêter, ni après ce premier coup de pinceau, ni après le suivant, ni même après avoir vu les taches qui ressemblaient à des arbres que j'avais dessinées sur un des côtés de la toile. J'étais dans un autre monde, à tel point que j'étais dérangée par ses petits cris de stupeur, sa façon de chantonner ou de marmonner tout bas chaque fois que je trempais mon pinceau dans un nouveau pot (« Oui, c'est le bon moment, un peu d'ocre ! Ça ne lui fait pas plaisir, à mon petit bleuet ? »)

Soudain j'ai été rappelée à l'ordre par une vibration au fond de ma poche.

– Maudite technologie ! On ne pourrait pas revenir aux pigeons voyageurs, non ? Imagine, accrocher un joli mot à de belles plumes d'oiseau. J'utiliserais volontiers des plumes de pigeon. Ou de paon. Oui, des plumes de paon ! Enfin, je doute que personne ait jamais utilisé un paon pour communiquer...

– Où es-tu ? a résonné la voix inquiète de Maman. Je me faisais un sang d'encre – impossible de joindre le docteur Hieler, de te joindre... Nom d'un chien, Valérie, tu ne pouvais pas m'attendre là où je te l'avais demandé ? Tu ne peux pas savoir le mouron que je me suis fait.

– J'arrive. (Je me suis redressée du tabouret en fourrant mon portable dans ma poche.) Pardon. C'était ma mère...

La femme a balayé l'air de la main avant d'attraper un balai pour foncer sur un tas de sciure sous une table en bois à l'autre bout de la pièce.

– Faut jamais avoir honte de sa mère, m'a-t-elle lancé. Avoir pitié d'elle, oui, mais honte, non. Les mères sont presque toujours fanas de la couleur mauve. Je le sais, la mienne était tendance mauve à fond.

J'ai couru le long de l'allée par laquelle j'étais arrivée comme si je fuyais une forêt sombre et fantastique. J'étais à la porte quand j'ai entendu la voix de Béa flotter jusqu'à moi :

– J'espère que j'aurai le plaisir de te revoir samedi prochain, Valérie.

Je suis sortie en souriant. Peu après je me suis écroulée dans la voiture de Maman, à bout de souffle, excitée comme une puce, quand tout à coup j'ai réalisé que je n'avais jamais dit à Béa comment je m'appelais.

21

Mon déjeuner s'est résumé à une pizza plus ou moins congelée, ce qui m'allait parfaitement vu que c'était un lundi. Moi-même, tous les lundis ou presque, j'étais pétrifiée, obligée de quitter le cocon de ma chambre pour affronter les feux du lycée.

Heureusement, à part ma colle, mon week-end s'était plutôt bien passé. Papa et Maman ne s'étaient pas adressé la parole pour je ne sais quelle raison, et Frankie était parti faire une retraite religieuse avec un copain. Non pas que dans la famille, on aille beaucoup à l'église, chose que les médias n'avaient pas manqué de souligner, mais apparemment il y avait deux filles qui fréquentaient la même église qu'un de ses amis et il avait décidé de passer du temps en tête à tête avec l'une d'elles. Si Frankie pouvait mettre la main sur une des filles pendant le week-end, il ne se gênerait pas – retraite ou pas retraite –, ce que je n'approuvais pas, mais en essayant de les séduire, il échapperait à la guerre froide entre Papa et Maman.

Mon moyen à moi d'y échapper, c'était de rester enfermée dans ma chambre. De toute façon mes parents n'attendaient plus rien de moi. Ils ne m'appelaient même plus pour passer à table. J'imagine que c'est parce qu'ils ne dînaient plus vraiment. Du coup, quand je sentais que chacun vaquait à ses occupations, je descendais discrètement pour aller chiper quelque chose dans le réfrigérateur avant de remonter dans ma chambre, tel un raton laveur après avoir fouillé dans les poubelles.

Le samedi soir, par exemple, je suis descendue après avoir entendu la porte claquer, mais manque de chance, je suis tombée sur Papa assis devant un bol de céréales.

– Ah ! je croyais que vous étiez tous les deux partis.

– Ta mère est allée rejoindre je ne sais trop quel groupe de soutien. Y a rien à bouffer dans cette baraque ! À moins d'aimer les céréales.

J'ai jeté un œil dans le réfrigérateur. Il avait raison. À part un litre de lait, une bouteille de ketchup, un reste de haricots verts et une douzaine d'œufs, il n'y avait pas grand-chose à se mettre sous la dent.

– Les céréales, ça me va, ai-je dit en attrapant une grosse boîte au-dessus du Frigidaire.

– Elles sont rances, putain.

Il avait le bord des yeux rouge ; il n'était pas rasé ; ses mains étaient rugueuses, tremblant légèrement. Ça faisait une éternité que je n'avais pas fait attention à lui ; je n'avais jamais remarqué à quel point il avait vieilli. Il avait l'air usé, au bout du rouleau.

J'ai versé du lait pendant que Papa mangeait sans rien dire. Je sortais de la cuisine quand je l'ai entendu grommeler :

– Tout est rance dans cette baraque de merde.

Je me suis arrêtée à mi-chemin dans l'escalier.

– Tu t'es encore engueulé avec Maman ?
– À quoi bon, de toute façon ?
– Tu... tu voudrais que je commande, genre, une pizza ? Pour le dîner, je veux dire.
– À quoi bon, de toute façon ?

Tant pis, il avait sans doute raison... Je suis remontée dans ma chambre pour manger mes céréales en écoutant la radio. Il avait raison, elles étaient rances.

Je venais de balancer le morceau de pizza congelé sur mon plateau et je me servais une cuillerée de salade de fruits en boîte quand j'ai reconnu la voix de M. Angerson au-dessus de mon épaule.

– J'espère que tu ne comptes pas déjeuner dans le couloir.
– Euh... si, plus ou moins. J'aime bien le couloir.
– Ce n'est pas ce que j'espérais entendre de ta part. Tu veux que je trouve un prof libre pour te surveiller samedi prochain ?
– Oui.

Stacey, qui était juste devant moi dans la queue, a pris son plateau en filant à pas menus vers sa table. Je l'ai vue dans mon champ de vision qui chuchotait quelque chose à Duce, Mason et la bande. Tous les regards se sont tournés vers moi. Duce ricanait.

– Sache que je ne permettrai jamais que tu orchestres un nouveau drame dans ce lycée, Valérie Leftman, m'a lancé Angerson, rouge comme une tomate.

Bonjour la médaille, la lettre de remerciements, et toutes ces conneries d'héroïsme et de pardon, pensais-je.

– Le lycée a un nouveau règlement qui interdit aux élèves de s'isoler dans l'enceinte du bâtiment. Toute personne se tenant volontairement en retrait est désormais sous surveillance. Je suis désolé, mais les cas les plus évidents sont susceptibles de renvoi. C'est clair ?

La queue se déplaçait autour de moi et les élèves ne pouvaient s'empêcher de me regarder. Certains affichaient un sourire énigmatique tout en chuchotant à l'oreille de leurs copains derrière mon dos.

– Je n'ai jamais rien orchestré. Et je ne vois pas ce que je fais de mal là, maintenant.

– Je te demande de réfléchir, m'a répondu le directeur. À titre de faveur vis-à-vis des survivants.

Il a lâché le mot « survivants » comme une bombe et ça a marché. J'étais bouleversée. J'avais l'impression qu'il avait prononcé le mot à tue-tête et que tout le monde l'avait entendu. Là-dessus il est sorti et j'en ai profité pour retourner devant la salade de fruits. Je me suis servi une grosse louchée d'une main tremblante. Mais il m'avait coupé l'appétit.

Je suis passée à la caisse avant de me diriger vers le Foyer, mortifiée par tous les regards tournés vers moi, tel un lapin surpris par des phares en pleine nuit. Je me suis concentrée devant moi, exclusivement devant moi, et j'ai pris la direction du couloir.

Angerson était en train d'expliquer à une bande de garçons où l'on avait le droit de manger des frites et où c'était interdit. Je me suis figée, prête à un nouvel affront.

– Tu tiens vraiment à déjeuner dans le couloir ? m'a demandé Angerson alors que je m'asseyais par terre en veillant sur mon plateau.

J'étais sur le point de répondre quand j'ai senti du grabuge dans le couloir. Jessica Campbell a déboulé avant de contourner Angerson pour se glisser à côté de moi. Son plateau a claqué sur le lino alors qu'elle retirait son sac à dos avec un coup d'épaules.

– Bonjour, monsieur Angerson ! Pardon, je suis en retard, Valérie.

– Jessica ? Mais que fais-tu ici ?

– Je déjeune avec Valérie, a-t-elle répondu en secouant sa mini-brique de lait. On a deux ou trois trucs à voir ensemble par rapport au Bureau des élèves. Je pensais que c'était le meilleur moyen d'en parler sans être dérangées. On ne s'entend pas dans ce Foyer. Impossible de réfléchir tranquillement.

M. Angerson avait l'air prêt à flanquer un méga-coup de poing contre je ne sais quoi. Il a hésité deux ou trois secondes, et tout à coup il a fait comme s'il y avait un incident dans le Foyer et il a filé pour « remettre les choses en ordre ».

Jessica ricanait en douce.

– Qu'est-ce que tu fiches ?

– Je déjeune, m'a répondu Jessica en mordant dans sa part de pizza. Beurk, elle est congelée !

Je n'ai pas pu m'empêcher de sourire. J'ai pris ma part et j'ai croqué.

– Merchi, ai-je dit la bouche pleine. Angerson rêve de trouver un prétexte pour me virer.

– Oublie, il est con comme un balai.

Elle a éclaté de rire pendant que je sortais mon carnet avant de dessiner un long manche à balai avec un costume et une cravate.

22

[Extrait du *Sun-Tribune* du comté de Garvin, 3 mai 2008, Angela Dash, envoyée spéciale]

Abby Dempsey, dix-sept ans. Vice-présidente du Bureau des élèves, Abby Dempsey était chargée de la vente de beignets destinée à lever des fonds pour le Bureau. Elle a reçu deux balles en pleine gorge. La police pense que c'étaient deux balles perdues visant un élève situé à un mètre environ sur sa gauche. Les parents de la jeune fille, « plongés dans le chagrin depuis la disparition de leur unique enfant », d'après des proches, se refusent à tout commentaire.

Maman m'avait laissé un message sur mon portable pour me prévenir qu'elle avait une réunion et qu'exceptionnellement elle ne pourrait pas venir me chercher. Au début, j'étais indignée : moi, prendre le car après ce qui s'était passé ? M'asseoir au milieu de la petite bande de Christy Bruter et tout se déroulerait sans soucis ? *Comment ose-t-elle ?* je ne cessais de me répéter. *Comment ose-t-elle me jeter dans la gueule du loup comme ça ?*

Inutile de vous dire qu'il était hors de question que je rentre en bus. Après tout, j'habitais à une dizaine de kilomètres à peine et j'avais fait le trajet à pied plus d'une fois dans ma vie. Sauf que c'était à l'époque où j'avais les deux jambes valides.

Je pouvais marcher un ou deux kilomètres sans problème, soit la distance jusqu'au bureau de Papa. Certes, l'idée de me faire raccompagner par Papa ne me réjouissait pas. Pas plus qu'elle ne le réjouirait de son côté. Mais bon, mieux valait ça plutôt que de risquer un drame dans le car.

Il était une fois, il y a longtemps, où j'étais un peu gênée parce que je trouvais que le bureau de mon père n'était pas assez imposant. Soi-disant c'était un avocat en vue, or il était là, dans ce bâtiment en briques minable et dans un « bureau satellite », ce qui, si vous voulez mon avis, était une façon polie de dire « un trou au fin fond de la banlieue ». Sauf que ce jour-là, j'ai béni les dieux qu'il travaille dans un trou au fond de la banlieue, à deux pas de mon lycée. Surtout que le soleil d'octobre avait du mal à réchauffer l'air. À peine avais-je dépassé deux ou trois pâtés de maisons que je regrettais déjà de ne pas avoir pris le car.

J'étais allée dans son bureau une ou deux fois, et encore ; on ne peut pas dire qu'il avait installé un beau paillasson avec un grand « bienvenue » pour accueillir sa famille. Il ne voulait pas qu'on soit confronté à ce qu'il appelait les « voyous » qu'il représentait – c'est ce qu'il prétendait. D'après moi, c'est parce que son bureau était son seul refuge pour échapper à la famille.

Le temps d'arriver et d'ouvrir les grandes portes en verre, j'avais la jambe complètement ankylosée et je boitais comme un monstre de film d'horreur. Mais j'étais contente d'y être arrivée.

À l'intérieur il faisait bon, et j'en ai profité pour frotter doucement sur ma cuisse avant de rejoindre les bureaux proprement dits. Une odeur de pop-corn au micro-ondes flottait dans l'air, me chatouillant cruellement l'appétit. Je me suis laissé guider par le parfum jusqu'à la salle d'attente située au coin d'un long vestibule.

L'assistante de Papa m'a aperçue et a cligné des yeux derrière son bureau. J'avais oublié son prénom. Je l'avais vue une fois dans ma vie, au cours d'un pique-nique sponsorisé par le cabinet principal un ou deux ans plus tôt, en plein été, et je croyais me rappeler que c'était Britni ou Brenna, en tout cas ce style de prénom, jeune et à la mode. À l'époque elle devait avoir vingt-trois vingt-quatre ans, et elle avait une superbe chevelure brillante et lisse, couleur chocolat, qui se déployait dans son dos telle une cape, avec des grands yeux de vache qu'elle clignait lentement pour révéler d'immenses pupilles cernées par un iris d'une couleur que je dirais... vert printemps. Dans mon souvenir elle était mignonne, timide, riant plus longtemps que les autres chaque fois que mon père lançait une blague.

– Ah ? Valérie.

Elle a lâché ça sans le moindre sourire, piquant un violent fard. Elle a avalé sa salive – je vous promets, comme dans les films – et j'ai cru qu'elle allait appuyer sur un bouton rouge caché sous son bureau au cas où je brandirais un fusil ou je ne sais trop quoi.

— Bonjour. Est-ce que mon père est là, s'il vous plaît ? J'aurais besoin qu'il me raccompagne en voiture.

— Il est en réunion avec...

Brusquement la porte du bureau de Papa s'est ouverte.

— Dis-moi, ma jolie, tu pourrais me donner le dossier Santosh... ?

Il avait le nez dans un dossier qu'il lisait tout en s'adressant à elle. Il a fait le tour de la chaise de Britni/Brenna, qui était tétanisée. Sa main avait tranquillement atterri sur son épaule en la serrant avec douceur, un geste que je ne l'avais pas vu offrir à Maman depuis... des lustres. Britni/Brenna a baissé la tête en fermant les yeux.

— Qu'est-ce qui ne va pas, mon amour ? Tu m'as l'air un peu tendue...

Enfin il a levé le regard.

Sa main a quitté l'épaule de Britni/Brenna pour se poser sur son dossier. Le geste était subtil, l'air de rien, à tel point que je me suis demandé si j'avais vu ce que j'avais vu. Le fait est que j'aurais pu croire à un mirage si je n'avais pas eu devant les yeux le visage de Britni/Brenna, littéralement cramoisie. Mortifiée.

— Valérie, qu'est-ce que tu fais ici ? m'a lancé Papa.

— J'aurais besoin que tu me raccompagnes en voiture.

Britni/Brenna a bredouillé deux ou trois mots avant de foncer vers les toilettes.

— Maman... euh... Maman avait une réunion.

— Ah ! OK, d'accord, je comprends. Donne-moi deux secondes.

J'avais rêvé, ou lui aussi était rouge comme une pivoine ? Il a filé dans son bureau et j'ai entendu des bruissements de papier, des tiroirs qu'on refermait et des clés qui cliquetaient derrière la porte.

— Prête ? Il faut que je revienne le plus vite possible, alors on y va.

Ton super pro. Typique Papa. Je n'en attendais pas moins de sa part.

Il a ouvert la porte de l'entrée mais j'étais littéralement pétrifiée.

— C'est pour ça que Maman et toi, vous vous détestez autant ?

Il hésitait. Fallait-il qu'il fasse comme s'il ne voyait pas de quoi je parlais ? Il a lâché la porte avant de me répondre :

— Tu ne sais rien, alors que tu crois savoir. Allez, on rentre, et occupe-toi de ce qui te regarde.

— Je n'y peux rien. C'est pas ma faute si toi et Maman, vous ne pouvez pas vous sacquer. C'est plutôt la tienne, apparemment.

J'avais beau savoir que mes parents ne s'aimaient plus, ça a été la révélation. Pourtant, je me sentais encore plus mal qu'avant. Sans doute parce que je croyais que c'était à cause de moi, que dès que je quittais la maison ils étaient de nouveau heureux et amoureux. Finies, les illusions : le visage cramoisi de Britni/Brenna était gravé dans ma mémoire, et plus jamais Papa et Maman ne s'aimeraient comme avant. Leurs disputes qui duraient depuis des années étaient irréparables. J'ai compris pourquoi je m'étais accrochée à Nick comme à une bouée de sauvetage — parce qu'il connaissait non seulement les familles où c'est l'horreur, mais les familles où c'est l'horreur à jamais.

— Valérie, laisse tomber, je t'en prie.

– Quand je pense que je m'en voulais parce que je croyais que vous vous détestiez à cause de moi, alors que tu as une liaison avec ta secrétaire. Je rêve, que je suis niaise !

– Mais non, on ne se déteste pas, ta mère et moi. Qu'est-ce que tu en sais de nos rapports ? Tu n'as rien à voir là-dedans.

– Ah bon, alors tout va bien ? ai-je répondu en faisant un geste vague vers la porte des toilettes. Tout va bien, c'est ça ?

Vu le contexte, il a dû penser que je faisais allusion à ce qui se tramait entre lui et Britni/Brenna. Alors qu'en fait j'étais choquée parce qu'il mentait. Il se mentait à lui-même, comme je m'étais menti à moi-même. Et vu ce qui s'était passé, j'étais outrée qu'il ne comprenne pas que mentir sur ce qu'on est, c'est inadmissible.

– S'il te plaît, Valérie, allons-y. J'ai du taf.

– Maman est au courant ?

– Elle a des doutes. Mais je ne lui ai rien avoué, si c'est ça que tu veux savoir. Et je te demande d'avoir la délicatesse de ne rien lui dire alors que tu ne sais rien.

– Si, justement, ai-je lancé en le poussant pour sortir dans l'air frais.

J'aurais tellement aimé qu'il franchisse le seuil de la porte en criant pour me retenir : *Valérie, reviens ! Tu as tout faux, Valérie ! J'aime ta mère, Valérie ! Tu ne veux plus que je te raccompagne ?*

Il ne m'a jamais rappelée.

23

Je suis rentrée à pied au lycée. Je n'avais pas le choix. J'ai appelé Maman en route pour lui laisser un message :

« Salut, Maman. J'avais un devoir à faire sur place et j'avais besoin d'aide, du coup j'ai raté le bus. J'attendrai que tu passes me prendre après ta réunion. »

À peine arrivée au lycée, j'ai foncé à l'intérieur et j'ai déposé mes affaires au pied de la vitrine géante de l'entrée, un mélange de coupes de football, de médailles de course à pied et de gigantesques photos d'entraîneurs disparus depuis des lustres. Depuis l'époque de gloire du lycée. Ou tout simplement disparus.

Je me suis assise au pied de la vitrine et j'ai pris mon carnet. J'avais besoin de dessiner, de canaliser mes émotions en les exprimant sur papier. Mais que dessiner ? J'étais trop bouleversée pour voir la réalité. Incapable de guider mon crayon pour qu'apparaissent les traits de Britni/Brenna. Et si je traçais une courbe suivant le contour des yeux coupables de Papa – son méga-secret maintenant dévoilé ? Était-il prêt à l'épouser ? J'avais du mal à l'imaginer en train de câliner un bébé et de lui dire qu'il l'aimait. D'emmener un petit bout de chou à un match de baseball. De vivre une vie qu'il considérerait comme sa « vraie vie », celle qu'il méritait plutôt que celle qu'il s'était coltinée.

J'ai commencé à dessiner – le ventre arrondi d'une femme enceinte est aussitôt apparu de profil. J'ai ajouté un fœtus, recroquevillé, suçant son pouce, minuscule, blotti autour du cordon ombilical. J'ai tracé une nouvelle courbe en face. Une larme glissant sur un nez étroit. Les yeux de Maman. Une ligne de séparation furieuse entre les deux. Et une autre larme, accrochée au bout d'un cil, sur lequel j'ai écrit mon nom.

Quelqu'un a claqué la porte d'un casier, et des bruits de pas se sont rapprochés. Vite, j'ai fermé mon carnet.

– Tiens, salut !

C'était Jessica Campbell, qui avançait vers moi à grands pas.

– Salut.

Elle a déposé son sac à dos et s'est assise en tailleur à côté de moi.

– J'attends Meghan, a-t-elle ajouté. Elle a été obligée de repasser son examen d'allemand. Je lui ai promis de la ramener chez elle après.

Elle s'est raclé la gorge un peu bruyamment avant d'ajouter :

– Tu veux que j'en profite pour te déposer ? Aucun problème, si tu peux attendre que Meghan ait fini. Elle n'en a pas pour très longtemps.

– C'est bon, j'attends Maman. Elle ne va pas tarder. Mais... merci.

– De rien.

Une nouvelle porte de casier a retenti du côté des salles de sciences.

– Tu viens à la réunion du BDE demain ? On doit discuter pour savoir où en est le projet de mémorial.

– Ah... Je pensais qu'il n'y avait qu'une réunion, celle de l'autre jour. Et... euh, disons que je vous ai un peu plantés, non ? En plus je croyais qu'il fallait être élu pour faire partie du Bureau. Mon petit doigt me dit que j'aurais peu de chances...

Elle a éclaté d'un petit rire nerveux et haut perché.

– Ouais, il y aurait peu de chances. Mais viens, ça ne pose pas de problème, je n'arrête pas de te le dire. Tout le monde sait que tu participes au projet. C'est sympa.

J'ai soulevé un sourcil amusé, un peu dubitatif. Elle a éclaté de rire, mais cette fois-ci elle était un peu plus détendue.

– Quoi ? Attends, si, c'est sympa.

J'ai craqué et on a piqué un fou rire à deux, affalées contre le mur derrière nous, lâchant toute la pression...

– Écoute, c'est vraiment gentil de ta part, mais je n'ai pas envie que des gens quittent le BDE à cause de moi.

– Tout le monde n'est pas contre. Il y en a qui ont trouvé l'idée géniale dès le début.

– Ouais, Meghan, je parie. Elle rêve de devenir ma meilleure amie. Un peu plus, et demain, on débarque habillées pareil. Genre, nous sommes des sœurs jumelles.

Et hop, nouveau fou rire...

– Non, tu te trompes, m'a rassurée Jessica. Meghan a changé d'avis. J'ai une sacrée force de persuasion quand je m'y mets.

Elle m'a lancé un sourire diabolique en ajoutant :

– Sérieusement. Ne t'inquiète pas pour Meghan. Elle va se calmer. On a besoin que tu fasses partie du projet. J'en ai besoin. T'es intelligente et t'es... comment dire, t'as de l'imagination. Alors ?

Une porte s'est ouverte au bout d'un couloir et Meghan est apparue. Jessica a ramassé son sac à dos et son manteau en haussant les épaules et en lâchant :

– T'as tiré sur personne, que je sache. Ils n'ont aucune raison de t'en vouloir. Je n'arrête pas de leur dire. Alors, on se voit demain ?

– D'accord.

Soudain, j'ai eu un flash. Je me suis rappelé ce que m'avait dit l'inspecteur Panzella au sujet de la fille qui avait pris ma défense. *Une jeune fille blonde. Grande. Élève en première. Qui n'arrêtait pas de répéter : « Valérie n'a tiré sur personne. »*

– Jessica ?

Elle s'est retournée.

– Euh... merci.

– Pas de souci. N'oublie pas, OK ?

Quelques instants plus tard, j'ai aperçu la voiture de Maman devant l'entrée. J'ai sautillé dehors et je me suis glissée à l'intérieur.

– Comment tu as pu rater le bus ? m'a-t-elle demandé, blême.

Je la connaissais par cœur, cette voix, frustrée, enragée. La voix qu'elle avait si souvent quand elle rentrait du travail.

– Pardon. J'avais besoin qu'on m'aide pour un devoir.

– Tu n'aurais pas pu demander à ton père de te raccompagner ?

Sa question fut un coup de poing en pleine poitrine. Les battements de mon cœur ont accéléré. Mon ventre s'est mis à tanguer en se posant mille questions. *Il faut qu'elle le sache ! Elle a le droit de savoir !* hurlait-il en silence.

– Papa était en rendez-vous avec un client. Ça ne m'aurait pas beaucoup avancée.

J'aurais dû me sentir coupable de mentir, puisque je savais. Mais Papa n'avait tiré sur personne, lui non plus, que je sache ?

24

Le samedi suivant j'ai supplié Maman de me déposer au cours de Béa après ma séance chez le docteur Hieler.

– Des cours de peinture ? Je n'ai jamais entendu parler de cette femme. Je ne savais même pas qu'il y avait un atelier dans ce centre commercial. Tu es sûre que tu ne crains rien ?

J'ai levé les yeux au ciel. Maman était d'une humeur impossible depuis des jours. Plus j'essayais de m'en sortir, moins elle me faisait confiance.

– Bien sûr que je ne crains rien. Cette femme est une artiste, c'est tout. Tu ne pourrais pas me laisser libre pour une fois ? Tu pourrais en profiter pour faire des courses au Shop N'Shop.

– J'hésite...

– S'il te plaît. Écoute, tu n'arrêtes pas de dire que tu voudrais que j'aie des activités normales. Il n'y a pas plus normal que des cours de peinture.

– D'accord, mais je t'accompagne. Je veux voir à quoi ressemble cette femme. La dernière fois que je t'ai lâché la bride, tu t'es entichée de ce Nick Levil. Tu as vu où ça nous a menés.

– Tu me le rappelles tous les jours, je te remercie.

J'ai enfoncé le pouce dans ma cicatrice pour ne pas hurler. Vu son humeur depuis quelque temps, elle était capable de refuser de m'accompagner.

Peu après, nous sommes entrées dans l'atelier, mais j'ai vu qu'elle hésitait sur le seuil, sans doute surprise par l'atmosphère un peu renfermée.

– Qu'est-ce que c'est que cet endroit ?

– Chut...

J'ai remonté l'allée vers le fond, quand j'ai entendu une petite musique – des clochettes qui tintaient en rythme – et des voix qui murmuraient. J'ai aperçu des silhouettes de dos perchées sur des tabourets devant des toiles. Sur le côté, une femme un peu âgée travaillait du papier qu'elle froissait et pliait pour fabriquer différentes formes, d'animaux et autres, et un petit garçon jouait avec deux voitures Matchbox sous une table. Béa était penchée au-dessus d'un miroir sur lequel elle était en train d'appliquer des coquillages pour former un collage assez élaboré. Soudain, je me suis arrêtée. Impossible, je m'étais trompée, je n'aurais jamais dû être là. *C'est parce qu'elle voulait être sympa. Elle n'avait aucune envie que tu assistes à son cours*, je me disais. *Tu ferais mieux de rentrer.*

Je n'ai pas eu le temps de me retourner. Elle venait de me reconnaître et me regardait en souriant, les cheveux relevés en un drôle de chignon négligé et pailleté, plein de bouts de rubans et de babioles.

– Valérie ! Valérie la mauve ! (Elle a applaudi avec enthousiasme.) Tu es revenue ! Justement, je t'attendais.

– Je me disais que je pourrais... euh... prendre deux ou trois cours. De peinture.

Tout à coup son sourire s'est transformé en un immense rictus et elle a pris ma mère entre ses bras. Le corps de Maman s'est raidi, mais peu à peu, alors qu'elle lui chuchotait à l'oreille, ce même corps s'est détendu. Béa a fini par la lâcher et Maman n'avait plus ce regard inquiet, mais simplement curieux. J'avoue que cette femme était un peu déroutante. C'était le genre de personne que Maman considérait comme total cintrée, mais son excentricité lui allait tellement bien que même de mauvaise humeur, Maman était désarmée face à elle.

– Je suis ravie de vous rencontrer ! s'est écriée Béa.

Maman a hoché la tête, sans un mot.

– Bien sûr que je t'accepte dans mon cours, Valérie. J'ai un chevalet prêt pour toi dans le coin.

– Combien ça va coûter ? a lancé Maman en fouillant dans son sac.

– Ça coûte surtout de la patience et de l'imagination, a répondu Béa. De même que du temps et du travail. Et d'acceptation de soi. Je doute que vous trouviez tout ça au fond de votre portefeuille.

Maman a refermé son sac.

– Je vais au Shop N'Shop. Je t'accorde une heure, a-t-elle ajouté en s'adressant à moi. Une heure, pas plus.

– Une heure ? C'est déjà ça de gagné, a réagi Béa.

Maman n'a pas jugé bon de répondre, préférant tourner les talons délibérément.

– J'ai envie de peindre, ai-je aussitôt avoué à Béa. J'en ai besoin.

– Dans ce cas-là, tu vas peindre. Il n'y a aucun doute. Tu peins depuis ce matin, depuis que tu es réveillée, m'a-t-elle répondu en tapotant sur sa tempe. Là-dedans. Tu peins, tu peins... En accumulant des couches de mauve... Tu l'as déjà en tête, ta peinture. Il ne te reste plus qu'à la mettre sur une toile.

Elle m'a indiqué un tabouret et je me suis assise, intimidée par la vue de ces adultes qui travaillaient en silence. Une femme était en train de peindre un paysage de neige, une autre appliquait un écheveau de couleurs rouges sur une ferme qu'elle avait soigneusement tracée au crayon noir. Un homme était en train de dessiner un avion militaire à partir d'une photo qu'il avait scotchée au sommet de son chevalet. Pendant ce temps-là, Béa est allée me chercher une palette et un pinceau sur un petit chariot un peu plus loin.

– Bon. Je te conseille de commencer par des touches de gris pour créer une espèce de fond. Je ne pense pas que tu iras beaucoup plus loin aujourd'hui. Ensuite il faudra attendre que ça sèche avant de balancer de vraies belles teintes. (Elle a ouvert un pot et versé une substance un peu visqueuse à côté des couleurs.) N'oublie pas de mélanger tes couleurs avec ça. Ça leur permettra de sécher plus vite.

J'ai pris le pinceau et j'ai commencé à peindre. Sans dessin préalable ni photo. Une image que j'avais en tête – le docteur Hieler tel que je le voyais. Un portrait avec très peu d'ombres et peu de noir.

– Humm... a murmuré Béa en passant derrière moi. Bien, c'est très bien !

Elle s'est éloignée, et peu après je l'ai entendue chuchoter à l'oreille de différents élèves en les encourageant avec douceur. À un moment elle a éclaté de rire alors qu'un type lui racontait qu'il avait balancé son portable dans son robot le matin même, avant d'appuyer sur le bouton « purée ». Je n'ai pas vu le temps passer, quand j'ai senti un léger courant d'air dans la nuque et j'ai reconnu la voix de Maman – son staccato si heurté et si caractéristique.

– Allez, il est temps.

J'ai eu la surprise de voir Béa juste à côté de moi, une main sur mon épaule.

– Il n'est jamais temps, a-t-elle dit en regardant ma toile. Cela dit, s'il est temps de souffrir, il est toujours temps de guérir. Bien sûr...

25

Je venais de tourner au bout du couloir des laboratoires quand j'ai entendu Meghan m'appeler en criant et en courant derrière moi. J'ai ralenti en jetant un œil inquiet vers la salle de Mme Stone, là où avait lieu la réunion du Bureau des élèves.

– Hep, Valérie ! Attends ! Je voulais te dire un truc !

En temps normal, je ne me serais pas arrêtée. Meghan m'avait suffisamment fait comprendre que j'étais responsable de ce qui s'était passé. Rien de ce qu'elle avait à me dire ne pouvait être agréable à entendre.

Hélas, j'étais coincée. À cette heure de la journée, les couloirs au bout du bâtiment étaient vides. Les élèves étaient rentrés. Et les équipes de sport s'entraînaient à l'extérieur.

– Salut, tu vas à la réunion du BDE ?

– Ouais, ai-je répondu, sur la défensive. Jessica m'a demandé de venir.

– Cool, j'y vais avec toi.

Peu après, elle a ajouté :

– J'aimais bien ton idée de capsule témoin. Très originale.

– Merci. Ne le prends pas mal, mais tu peux me dire pourquoi t'as envie d'aller à la réunion avec moi ?

– Tu veux la vérité ? Jessica m'a demandé d'être sympa avec toi. Enfin, « m'a demandé »... en fait elle m'en voulait parce que je te faisais la tête, et on s'est engueulées à ce sujet. Bon, d'accord, on s'est réconciliées, mais finalement je me suis dit qu'elle avait raison. Je pourrais au moins faire un effort. (Elle a haussé les épaules.) T'es pas vraiment méchante ni rien. T'es surtout silencieuse.

– Parce que en général je ne sais pas quoi dire. Je n'ai jamais été très bavarde. J'imagine que jusqu'ici personne ne l'avait remarqué.

– C'est vrai.

La salle de classe de Mme Stone n'était plus très loin. La lumière était allumée et des voix retentissaient derrière la porte, dominées par celle de Mme Stone. Quelques rires ont fusé.

– Je voulais te demander quelque chose, m'a dit Meghan en s'arrêtant brusquement. Euh... quelqu'un m'a dit que mon nom figurait sur cette fameuse liste de la haine. Je me suis demandé... ben, en fait, pourquoi ? Tu comprends, il y a plein de gens qui estiment que les victimes ont eu ce qu'elles méritaient, sous-entendu, Nick était le bouc émissaire. Sauf que lui et moi, on ne se connaissait pas vraiment. Je n'ai jamais trop discuté avec lui.

J'ai été prise de court. Meghan avait raison sur un point – ni Nick ni moi, on ne la connaissait avant la tuerie. Mais on en avait l'impression, à cause de la clique avec qui elle traînait au lycée.

Je me souvenais très bien du jour où on avait ajouté son nom sur la liste.

J'étais en train de déjeuner avec Nick quand Chris Summers et sa bande de laquais sont passés devant notre table, comme si le Foyer leur appartenait, mais jusque-là rien d'anormal.

– Salut, mongol, lui a balancé Chris. Tiens, prends-moi ça, s'te plaît.

Il a sorti un chewing-gum de sa bouche qu'il a lâché dans l'assiette de purée de Nick. Tous ses copains ont éclaté de rire, littéralement pliés en deux, tournicotant autour de nous comme s'ils avaient bu.

– Merde, c'est dégueulasse...

– Purée, c'est le cas de le dire...

– Elles vont être bonnes, tes patates, pauvre mec...

Ils ont fini par aller s'asseoir un peu plus loin mais j'ai vu la rage de Nick sourdre au fond de son regard. C'était pire que le jour où on était au cinéma. Ce soir-là, il avait l'air triste, abattu. Mais là, il était blessé. Tout à coup, il s'est levé en poussant la table.

– Arrête, je lui ai dit en posant ma main sur son épaule.

Il s'était fait prendre deux fois dans le mois en train de se battre, alors il risquait d'être renvoyé.

– Laisse tomber, ils sont trop nuls. Tiens, prends ma purée. De toute façon, je n'aime pas les patates.

Il était paralysé, les narines tremblantes, les deux mains contre la table. Il a pris plusieurs respirations et s'est rassis.

– Non merci, m'a-t-il répondu en repoussant mon plateau. Je n'ai pas faim.

On a fini de déjeuner en silence mais je ne pouvais m'empêcher de jeter des regards noirs à Chris. Je me souviens parfaitement des copains qu'il avait à sa table, dont

Meghan Norris. Ils étaient tous à ses pieds, comme si c'était un dieu.

Oui, ce soir-là, en rentrant, j'ai ouvert mon carnet et j'ai noté le nom de chacun, un par un.

Sur le moment, ça me paraissait justifié. Je leur en voulais parce que leur comportement vis-à-vis de Nick, de moi, de nous deux, était immonde. Mais là, debout devant la salle de réunion du BDE, cela me semblait différent. Meghan était comme tout le monde, comme moi, un peu paumée et essayant de s'y retrouver.

– C'est pas toi qui étais en cause, lui ai-je avoué en toute honnêteté. C'est Chris. Tu étais assise à sa table le jour où...

Je n'ai pas pu finir, réalisant tout à coup que peu importe la colère de Nick et la mienne ce jour-là, peu importe la perversité de Chris vis-à-vis de Nick, vu ce qui s'était passé depuis, elle ne pouvait pas comprendre. Impossible.

– C'était idiot, je reconnais. Pire, c'était une erreur.

Heureusement, Jessica a pointé le nez derrière la porte juste à ce moment-là.

– Salut ! Je me disais bien que j'avais entendu des voix. Entrez, on va bientôt commencer.

Elle a disparu dans la salle, et on s'est retrouvées de nouveau face à face, horriblement gênées.

– Allez, a déclaré Meghan. Après tout on s'en fout, non ?

Elle a souri. Un sourire un peu forcé, mais sincère. Ça au moins, j'ai apprécié.

– Oui, t'as raison.

– Viens, on y va. Sinon Jessica va exploser.

Je suis entrée derrière elle, et pour la première fois je n'ai pas eu envie de fuir en courant.

26

[Extrait du *Sun-Tribune* du comté de Garvin, 3 mai 2008, Angela Dash, envoyée spéciale]

Nick Levil, dix-sept ans. Si les témoins et l'enquête de la police ont permis d'identifier très clairement le coupable, Nick Levil, il reste que les motivations de son crime sont troubles. « Il était un peu à l'ouest, explique Stacey Brinks à nos reporters. Il avait une copine, et il avait plein d'amis. Oui, parfois il parlait de suicide, beaucoup même, mais jamais je ne l'ai entendu dire qu'il voulait tuer des gens. En tout cas pas devant nous. Peut-être que Valérie était au courant, mais pas nous. »

Grâce aux vidéos de surveillance, la police a pu retracer les mouvements de Levil le matin du 2 mai. Elle a ainsi obtenu une image assez claire de ce qui s'est passé dans la cafétéria ce jour-là. Après avoir ouvert le feu sur le Foyer plein à craquer d'élèves de première et de terminale pour la plupart, Levil a tiré sur sa petite amie, Valérie Leftman, en visant sa jambe, avant de retourner l'arme contre lui. Des fragments de la vidéo ont été diffusés sur le Net et sur plusieurs chaînes de télévision, suscitant la fureur de la famille de Levil.

« *C'est peut-être mon fils qu'a tiré, mais lui aussi est une victime, s'est justifiée la mère de Levil face aux médias. Tous des salauds et des rapaces, ces journalistes, infoutus de comprendre que ce genre de drame, ça suffit pour déchirer une famille. Jamais ils ne se sont dit que ça nous fendait le cœur de voir et revoir notre fils se tirer une balle dans le crâne ?* »

Le beau-père de Levil ajoute avec tristesse : « *Notre fils est mort, lui aussi. Ayez la gentillesse de ne pas l'oublier.* »

J'aurais du mal à dire comment ça s'est fait, mais petit à petit je suis devenue amie avec Jessica Campbell. Puis la fin du semestre est arrivée, mais si le docteur Hieler ne s'était pas permis d'afficher sa satisfaction en séance, je n'y aurais pas fait attention.

– Je te l'avais dit, j'étais sûr que tu arriverais à la fin du semestre. Nom de Dieu, je suis bon quand même !

– Ne vous réjouissez pas trop vite, lui ai-je répondu en le taquinant. Qui vous dit que je vais retourner au lycée après les vacances de Noël ? Je peux toujours changer de bahut...

Sauf qu'au mois de janvier j'y suis retournée, et le jour où j'ai franchi les portes j'étais dans un état incomparable, dix fois plus apaisée qu'à la rentrée de septembre.

Autour de moi les gens s'habituaient à ce que je fasse de nouveau partie du paysage. Le fait de déjeuner tous les jours avec Jessica y était pour beaucoup.

En plus, j'avais les réunions du Bureau des élèves. J'y participais avec de plus en plus d'enthousiasme, à tel point que j'avais décidé de les aider à décorer la salle de classe de Mme Stone le jour de son anniversaire. C'était juste avant une réunion consacrée au projet de mémorial – cinq minutes pour le projet et le reste pour manger du gâteau, histoire de rappeler à Mme Stone qu'elle avait vieilli d'un an. Comme ça devait être une surprise, on était en train de décorer la pièce, tout excités, avant qu'elle rentre ; elle était sortie pour accompagner les élèves du car de ramassage.

– Je suis trop contente d'aller au concert de Justin Timberlake, a déclaré Jessica en se penchant sur sa chaise.

La chaise a vacillé quelques secondes avant de se stabiliser, et Jessica s'est redressée pour couper un bout de ruban de masquage et accrocher un serpentin bleu au mur.

– Vous y allez, les filles ?

– Non, ma mère ne veut pas, a répondu Meghan qui tenait l'autre extrémité du serpentin.

Jessica lui a jeté le rouleau de ruban et *paf !* elle a lâché le bout de serpentin pour l'attraper.

– Et m...!

– C'est bon, je l'ai !

Je me suis précipitée en avant pour rattraper le serpentin avant de le rendre à Meghan.

– Merci.

Elle s'est hissée sur la pointe des pieds pour l'accrocher en haut du mur pendant que Jessica soufflait dans un ballon qu'elle voulait suspendre au serpentin.

J'ai pris un autre ballon tandis que derrière moi des élèves installaient une nappe pour le gâteau. Josh venait de remonter de la cafétéria où la mère de Jessica avait déposé des boissons plus tôt dans la matinée.

– J'aimerais bien y aller, a repris Meghan. J'adore Justin Timberlake.

– Ouais, trop sexy, le mec, a renchéri Jessica.

– Maman m'interdit d'aller partout. Total parano. Mon père n'arrête pas de lui dire de me lâcher. Elle en est au point où elle voudrait que j'aille dans une université privée. Elle ne supporte pas l'idée que j'aille dans une fac d'État. Elle a peur qu'il y ait une nouvelle tuerie. Elle ferait mieux d'aller voir un psy.

J'ai noué le ballon que je venais de gonfler avant d'en sortir un autre.

– Mon père a eu des places grâce à un de ses collègues, a poursuivi Jessica. Il est rentré un soir en disant « Tiens, Jess, tu connais ce chanteur, Dustin Timberlake ? C'est de la musique country ? ». J'ai éclaté de rire et je lui ai répondu « Tu m'étonnes, bien sûr que je connais Justin Timberlake ! », et là il m'a dit « Ça tombe bien parce que j'ai deux billets. Si tu veux je te les donne, tu peux y aller avec Roddy. » Mon frère rentre de Kansas University ce week-end pour me chaperonner, mais ça me va. En général, il est plutôt cool.

– Jamais mes parents m'autoriseraient à y aller avec Troy. Il traîne avec une bande de losers, genre Duce Barnes. On se ferait tirer dessus à tous les coups.

Elle a vaguement rougi en me jetant un coup d'œil rapide.

Le fait est que je le connaissais, Troy. À l'époque, quand Nick n'était pas là, il traînait avec Duce. Il avait quitté le lycée de Garvin trois ans plus tôt, mais on parlait encore de lui parce qu'il passait pour une tête brûlée. Un jour il avait eu de sérieux ennuis parce qu'il avait massacré une rangée entière de casiers en donnant des coups de poing dedans. Or Meghan avait une admiration sans bornes pour son frère. Elle l'adorait, alors qu'elle était tout son contraire.

Un bref silence a suivi. J'ai fait un nœud au bout de mon ballon et je l'ai lâché. Puis je me suis retournée pour en prendre un nouveau dans le sac.

– Et toi, tu vas au concert, Valérie ? m'a demandé Meghan.

Je me suis raclé la gorge. Je n'étais pas encore cent pour cent à l'aise avec elle et je pense qu'elle ressentait la même chose.

– Euh... Je ne crois pas. À mon avis, je suis punie pour toute la vie.

– Pourquoi ? a fait Meghan.

Là-dessus Jessica a sauté de sa chaise pour m'aider avec les ballons.

– Ben... à cause de la tuerie, ai-je tout bêtement répondu. J'étais cramoisie.

– C'est pas vraiment ta faute, non ? C'est toi qui t'es fait tirer dessus.

– Je ne suis pas sûre que mes parents voient les choses comme ça. Ils n'arrêtent pas de me casser les pieds avec mon prétendu « manque de discernement ».

– Trop pas juste !

– Tu leur as déjà demandé si tu pouvais aller quelque part ? m'a interrogée Jessica en soufflant dans un ballon.

– Nan... Je ne vois pas vraiment où je pourrais leur demander d'aller.

Derrière moi des élèves se chamaillaient gentiment pour savoir où placer les bougies sur le gâteau.

– Jess, pourquoi tu ne l'invites pas à la fête d'Alexis ? a lancé Meghan en sautant de sa chaise pour reculer et admirer le serpentin. Pas mal, non ?

– Oui, c'est parfait. Qu'est-ce que t'en penses, Valérie ? a ajouté Jessica, les mains sur les hanches.

– Sympa.

– À propos, la fête dont parlait Meghan a lieu le 25 et on y va tous. C'est une fête qui se passera dans une grange. Tu connais le concept ?

J'ai secoué la tête en soufflant dans mon ballon.

– Ça se passe dans la ferme d'Alex Gold. Ses parents partent deux semaines en Irlande. À mon avis, ça va déménager...

– La dernière fois j'ai perdu mes pompes, a ajouté Meghan. Et Jamie Pembroke s'est fait dégueuler dessus. Tu te rappelles ? Tu devrais venir, Valérie. C'est l'éclate.

– Ouais, viens, a insisté Jessica. Tout le monde dort chez moi.

J'ai fait semblant de réfléchir comme si j'étais ravie, mais des signaux d'avertissement clignotaient si fort dans mon crâne que j'arrivais à peine à penser. Assister à une réunion du Bureau des élèves avec Jessica, c'était une chose. De même que déjeuner à côté d'elle. Mais aller à une fête avec toute sa clique... J'imaginais déjà les commentaires de certains de ses copains apprenant qu'elle m'avait invitée. Et les commentaires de Nick... J'étais un peu submergée.

Cela dit Jessica avait l'air si sincère, si bien disposée, que je pouvais difficilement refuser.

– D'accord, je vais essayer, j'ai fini par répondre.

– Super !

Jessica rayonnait ; Meghan, elle, a esquissé un vague sourire.

– Que se passe-t-il ? a demandé Mme Stone de l'autre côté de la porte.

Elle était en train de retirer son manteau et elle avait encore le nez rouge à cause du vent glacé qui s'était levé.

– Surprise ! a hurlé tout le monde en chœur.

Toute la salle a bondi et les cris de joie ont fusé. Elle a jeté un œil amusé sur sa classe, la main sur la poitrine, et j'ai eu l'impression qu'elle s'attardait un peu sur moi, Jessica et Meghan, riant en se cognant les épaules.

– Quel bonheur ! Magnifique !

Elle a essuyé une larme sur sa joue.

27

– Je suis désolé, les filles, mais vous ne pouvez plus vous asseoir là, nous a déclaré M. Angerson. Les ouvriers vont bientôt faire des travaux ici.

J'étais dans la queue du déjeuner avec Jessica, et chacune de nous avait son plateau à la main.

Les travaux en question avaient commencé au début de la matinée. Des machines qui faisaient un bruit fou martelaient et foraient, et il était difficile de se concentrer. Les ouvriers devaient installer de nouvelles portes de salles de classe, sans fenêtres, et remplacer le verre par des panneaux pare-balles. Les nouvelles portes se verrouillaient automatiquement de l'intérieur dès qu'on les fermait, si bien que si quelqu'un allait aux toilettes pendant le cours, il fallait qu'il frappe en revenant pour qu'on lui ouvre.

– D'accord, a répondu Jessica.

On s'est regardées deux secondes avant de tourner les talons comme un seul homme, faisant soudain face à la cafétéria.

– Allez, a-t-elle repris avec sa voix de Madame la Commandante. Pour une fois, viens t'asseoir avec moi.

Elle a rejeté sa chevelure en arrière, sûre d'elle, gonflant la poitrine avant de fendre la foule.

J'ai pris mon courage à deux mains et je l'ai suivie. Je me suis retrouvée dans ce que j'appelais avant le coin des Barbie Salopes Anorexiques et Friquées. Je n'ai pas pu m'empêcher de frémir en y pensant.

– Salut les mecs ! a lancé Jessica en déposant son plateau avant de tirer deux chaises vides.

Tout le monde s'est tu.

– Salut, Jess, a répondu Meghan, sans l'ombre d'un sourire, effaçant d'emblée le moment qu'on avait passé ensemble à souffler dans des ballons pour l'anniversaire de Mme Stone. Et... salut, Valérie.

Je n'ai pas pu articuler un mot.

– Je croyais que tu déjeunais dans le couloir, a dit Josh. Avec elle.

– Angerson nous a expliqué que c'était plus possible, a répondu Jessica avant de s'adresser à moi : Valérie, assieds-toi. Tout le monde s'en fout.

J'ai entendu quelqu'un lâcher un « Pff ! » mais je n'ai pas vu qui c'était.

Je me suis assise, les yeux rivés sur mon plateau, mais j'avais l'appétit coupé. La sauce au fond de mon assiette ressemblait à une espèce de substance visqueuse et marronnasse, et la viande à un morceau de plastique. J'avais des gargouillis au fond du ventre.

– Hé ! Jess, tu vas à la fête d'Alex ? a demandé quelqu'un.

– Ouais, on y va toutes les deux.

– Toutes les deux qui ?

Elle a levé sa fourchette dans ma direction en précisant :

– J'ai proposé à Valérie de dormir à la maison.

– Je rêve ! a réagi Josh avec sa grosse voix caractéristique.

– Tout à fait. Ça te dérange ?

J'ai perçu une petite pointe arrogante dans sa voix – une pointe que je connaissais par cœur. Combien de fois l'avais-je entendue alors qu'elle s'adressait à moi ! *Qu'est-ce que tu regardes comme ça, Sœur Funèbre ? Sympas, tes bottes, Sœur Funèbre. Tu pensais que je parlais à tes copains, cette bande de nuls ? C'est quoi, ton problème, Sœur Funèbre ?* Mais cette fois c'est à ses amis, sur qui elle régnait comme une reine, qu'elle s'adressait. J'étais vraiment soulagée, mais en même temps coupable d'être soulagée. Sur le moment j'aurais été incapable de dire qui de nous deux avait le plus changé : Jessica Campbell ou moi.

– Je n'ai pas encore demandé à mes parents, j'ai bredouillé. Je vais leur demander ce week-end.

Chacun avait le nez plongé dans son assiette ; le niveau sonore avait chuté. Certains murmuraient juste assez fort pour que je sache qu'ils parlaient de moi, mais sans comprendre ce qu'ils racontaient.

J'ai entendu quelqu'un demander « Tu crois qu'elle va venir avec son carnet ? » et un autre rigoler en répondant « Peut-être qu'elle viendra avec son nouveau jules. »

Que j'étais bête ! Comment avais-je pu croire une seconde que je me sentirais bien à cette table ? Même plusieurs mois plus tard ? Et protégée par Jessica ? *Concentre-toi sur ce que tu vois*, me recommandait le docteur Hieler. *Concentre-toi sur ce que tu as sous les yeux.*

Justement, je voyais parfaitement ce que j'avais sous les yeux et ça n'avait rien de réjouissant. C'était comme avant ;

rien n'avait changé. Sauf qu'avant j'aurais pu écrire leur nom sur ma liste et me réfugier dans les bras de Nick. Mais aujourd'hui j'étais une autre et je n'avais plus de recours, à part fuir en courant.

— J'avais oublié... ai-je balbutié en prenant mon plateau. Il faut que je rende un exposé pour le cours d'anglais avant la fin de l'après-midi. Sinon, c'est zéro pointé. L'angoisse.

J'ai lâché un petit rire vaguement désinvolte, mais j'avais la bouche sèche.

Je me suis levée et j'ai emporté mon plateau du côté des lave-vaisselle sous la fenêtre. J'ai tout jeté dans la poubelle et j'ai filé tandis que la voix du docteur Hieler résonnait en moi — *Si tu continues à perdre du poids, ta mère va encore me demander si tu n'es pas anorexique, Val.* J'ai foncé droit devant moi jusqu'aux toilettes des filles et je me suis enfermée dans le WC réservé aux handicapées. Je n'ai pas bougé jusqu'à ce que la cloche sonne, jurant que jamais je n'irais à cette fête, pour rien au monde.

28

J'étais assise sur mon lit et j'admirais le vernis rose tyrien que je venais de me poser sur les ongles de pied. Ça faisait tellement longtemps que je n'avais pas ouvert mon flacon que j'avais peur que le vernis soit sec. Le fait est qu'il avait séché autour du bouchon et qu'il s'était séparé en deux couches : rose en bas, et translucide en haut.

Normalement, ma couleur, c'était le noir. Ou le bleu marine. Parfois une touche de vert forêt ou de jaune cadavre bien maladif. Mais à une époque, longtemps auparavant, c'était le rose parce que je voyais la vie en rose. Je crois que je me suis brûlée vive en abandonnant le rose. Puis brûlée vive en abandonnant le noir. Enfin, je ne sais pas...

Tout ce que je sais, c'est que ma curiosité a été plus forte que moi et j'ai ressorti ma vieille boîte de vernis enterrée sous l'évier de la salle de bains, dans les limbes du kit de poupée cucul style Princesse Valérie. J'avais envie de voir ce que ça donnerait. Qui ça pouvait déranger de voir mes orteils peints en rose ?

J'étais en train d'attendre qu'ils sèchent – soufflant légèrement dessus –, quand j'ai entendu frapper à la porte, tout doucement.

J'ai baissé le volume de la musique.

– Oui ?

La porte s'est entrouverte et j'ai vu Papa pointer le bout du nez. Il a fait la grimace en regardant ma stéréo, du coup je l'ai éteinte.

– Je peux entrer ?

– Oui.

Je n'avais pas parlé avec lui depuis que j'étais tombée sur Britni/Brenna dans son bureau deux semaines plus tôt.

Il est entré dans ma chambre comme s'il traversait un champ de mines. Il a repoussé une pile de T-shirts avec un pied et j'ai remarqué qu'il portait des chaussures de sport. Avec un jean et un polo. C'était sa tenue de week-end, mais présentable.

Il s'est assis au bord de mon lit, en fixant le vernis rose au bout de mes pieds.

– C'est ta nouvelle couleur ?

De sa part, j'ai trouvé la question un peu inattendue. Un père est-il censé faire attention à la couleur du vernis de sa fille ? Ce n'est pas le genre de détail qu'il avait l'habitude de remarquer, et l'idée me mettait mal à l'aise.

– Pas vraiment, c'est un vieux vernis.

– Ah... Bon, écoute, Val, à propos de... de Briley...

Briley... Bien sûr, voilà comment elle s'appelle, Briley.

– Papa...

Il a levé la main pour m'interrompre. J'avais mal au ventre. La conversation ayant commencé par « Bon, écoute,

Val, à propos de Briley... », voilà qui ne s'annonçait pas très bien. Je craignais le pire.

– Deux secondes, écoute. Ta mère...

Pause. Il hésitait. Il avait les épaules voûtées.

– Ne t'inquiète pas, je ne dirai rien à Maman. Ne te crois pas obligé de me parler.

– Si. Au contraire.

Je me sentais mieux. Je scrutais mes ongles de pied en espérant que le rose se mue en mauve ou en bleu dur, comme une bague qui s'adapte à l'humeur du jour. Finalement, le jaune cadavre n'était peut-être pas une couleur du passé... Je commençais à me demander quel était l'imposteur, la nouvelle Valérie ou l'ancienne, une question qui me taraudait depuis la tuerie, comme si je pouvais changer du jour au lendemain.

– J'ai tout avoué à ta mère, a repris Papa.

Silence. Que dire ? Que répondre ?

– Elle l'a très mal pris, tu peux imaginer. Elle est furieuse. Elle exige que je parte de la maison.

– Ouh là...

– Je ne sais pas si ça compte pour toi, mais sache que je suis amoureux de Briley. Depuis un certain temps. On va sans doute se marier.

Bien sûr que ça comptait. Mais pas dans le sens où il pensait. Car la première idée qui m'est venue en tête, c'est que j'allais avoir une marâtre. Mais curieusement, vu ma vie, ça cadrait assez bien. J'ai senti une petite pointe de regret – avoir une marâtre, voilà qui nous aurait rapprochés, Nick et moi.

Je suis restée assise en silence à côté de Papa. À quoi pensait-il ? Pourquoi ne bougeait-il pas ? Attendait-il que je lui donne mon absolution ? Que je lui dise que ça ne me posait pas de problème ? Que je fasse une grande déclaration solennelle comme quoi j'étais ravie d'accueillir Briley dans ma vie ?

– Depuis combien de temps toi et... euh... elle, vous êtes ensemble ?

Pour la première fois de ma vie, j'ai plongé mon regard dans le sien, et j'ai été surprise de découvrir toute la profondeur qu'il cachait. J'avais toujours considéré mon père comme un homme unidimensionnel – pour ainsi dire. Incapable de penser à autre chose qu'à son travail. Incapable d'exprimer une émotion autre que l'impatience ou la colère.

– Bien avant la tuerie, m'a-t-il répondu. D'une certaine façon, la tuerie nous a rapprochés, ta mère et moi. J'ai eu plus de mal à la quitter. Si tu savais le nombre de fois où ma pauvre Briley a cru mourir de douleur au cours des derniers mois. J'avais prévu d'emménager avec elle l'été dernier. Nous espérions être mariés entre-temps. Mais la tuerie...

Comme tant d'autres avant lui, il a laissé la phrase en suspens, comme si elle suffisait à tout expliquer. Oui, je comprenais ce qu'il voulait dire. Je n'avais pas besoin d'explications. La tuerie avait tout remis en question. Pour chacun. Même pour Briley, qui n'avait rien à voir avec le lycée de Garvin.

– Je ne pouvais pas abandonner Jenny après un tel drame. Après tout ce qu'elle avait traversé. J'ai beaucoup de respect pour ta mère, je ne voulais pas la blesser. Mais je ne l'aime pas. Alors que j'aime Briley.

– Alors ça y est. Tu... pars ?

Il a hoché la tête, doucement.

– Oui. C'est ce que j'ai de mieux à faire. Il le faut.

J'aurais voulu m'insurger contre ce qu'il venait de me balancer. *Non, tu n'as pas le droit ! Tu ne peux pas !* Mais je n'ai pas pu articuler un mot. En vérité, et il le savait aussi bien que moi, il était parti depuis longtemps, très longtemps. C'est à cause de moi qu'il était resté. À sa façon, il était lui aussi victime de la tuerie. Interdit de liberté.

– Tu m'en veux ?

J'ai trouvé sa question vraiment bizarre.

– Oui.

Oui, je lui en voulais. Enfin, était-ce à lui que j'en voulais ? Je ne sais pas, mais ce n'est pas ce qu'il avait envie d'entendre. Il avait besoin de savoir que je lui en voulais parce que j'étais attachée à lui, justement.

– Tu me pardonneras, un jour ?

– Et toi, tu me pardonneras, un jour ?

Il s'est levé en se dirigeant vers la porte. Il ne s'est pas retourné. Il a saisi la poignée en me répondant :

– Non. Peut-être que c'est pas bien de la part d'un père, mais je ne suis pas sûr que je pourrai. Peu importe les conclusions de la police, tu as ta part de responsabilité, Valérie. C'est toi qui as noté les noms de tous les gens que tu haïssais. Y compris le mien. Tu avais une vie sympa. Tu n'as peut-être pas appuyé sur la gâchette mais tu as contribué à la tragédie. Je suis désolé. Vraiment.

Il est sorti de la chambre en précisant :

– Je laisserai ma nouvelle adresse et mon numéro de téléphone à ta mère.

29

Comme d'habitude, j'ai jugé plus prudent de sauter le dîner et de picorer deux ou trois trucs dans le frigo une fois que tout le monde serait couché. J'ai attendu jusqu'à ce que la fente entre le bas de la porte et le sol devienne noire – signe d'extinction des feux – et je suis descendue en sautillant.

Je me suis fait un sandwich de beurre de cacahuètes et de confiture à la lumière du Frigidaire, mais finalement j'ai décidé de le manger sur place, dans le noir. J'aimais bien, ça me rassurait. J'avais l'impression d'être protégée. Seule, isolée de tout ce qui se passait autour de moi. Complètement absurde. Quand on a vu ses copains de classe se faire tuer, tout le reste, y compris votre père qui largue votre famille, paraît assez trivial à côté.

J'avais fini mon sandwich et je m'apprêtais à remonter quand j'ai entendu du bruit dans le salon. Un long reniflement mouillé, suivi par une toux. Je me suis figée sur place.

Le reniflement a repris, suivi par le bruissement d'un Kleenex.

Je me suis faufilée dans le coin pour jeter un œil dans le salon plongé dans l'obscurité.

– Maman ?

– Va te coucher, Valérie.

Pas un geste. Elle a reniflé, sorti un nouveau Kleenex. À ce moment-là, je suis entrée, jusqu'au fauteuil inclinable, et j'ai posé les mains sur le dossier en murmurant :

– Ça va ?

Elle ne m'a pas répondu. J'ai contourné le fauteuil et j'ai failli m'asseoir à côté d'elle, mais au dernier moment j'ai décidé de m'accroupir à ses pieds. Elle avait sa longue robe de chambre blanche qui s'ouvrait à la hauteur des genoux et donnait l'impression que sa peau était bronzée dans l'obscurité.

– Ça va, tu es sûre ?

Nouveau silence. Je me suis dit que je ferais mieux d'aller me coucher. Jusqu'au moment où elle m'a demandé :

– Tu as mangé quelque chose ? J'ai dit au docteur Hieler que ça fait des semaines que je ne te vois plus à table.

– Je me débrouille pour descendre quand tout le monde dort. Je ne suis pas anorexique, si c'est ça qui te turlupine.

– Moi, je l'ai été, m'a-t-elle répondu, recommençant à pleurer.

Elle a pris une longue respiration avant de poursuivre :

– Tu as tellement maigri, et je ne te vois jamais en train de manger. Normal que je me fasse du mauvais sang. Le docteur Hieler m'a rassurée en me disant que tu devais grignoter quand personne ne te voyait.

Bon point pour le docteur Hieler. J'avais tendance à oublier tout ce qu'il faisait pour moi, y compris quand je n'étais pas en séance avec lui. Combien de fois avait-il réussi à calmer Maman en lui remettant les pieds sur terre à propos de telle ou telle broutille !

– Alors, il est parti, Papa ?

– Il s'est installé avec elle. C'est pas plus mal.

– Tu crois qu'il va te manquer ?

– Il me manque déjà. Mais celui qui me manque, c'est pas le type avec qui je vivais depuis des années, c'est celui à qui un jour j'ai dit « Tu me manques. » Tu ne peux pas comprendre.

J'ai été un peu vexée qu'elle m'exclue aussi vite, et j'ai hésité, mais finalement j'ai décidé de me justifier.

– Ben... si, je comprends. Moi aussi, Nick me manque. Ce qui me manque le plus, c'est l'époque où on allait au bowling, où on sortait à deux et où on était trop heureux ensemble. Je sais que tu penses qu'il était cent pour cent nuisible, mais tu te trompes. Il était super gentil et super intelligent. Ça aussi, ça me manque.

– Oui, j'imagine qu'il te manque, m'a-t-elle répondu – et ça m'a fait un tel bien que je serais incapable de trouver les mots pour le dire. Tu te rappelles... (Elle a sorti un Kleenex en reniflant.) Tu te rappelles l'été où on est allés dans le Dakota du Sud ? Souviens-toi, on a pris le vieux break de grand-père, on a embarqué une glacière pleine de sandwichs et de boissons, et on est partis sur un coup de tête, parce que ton père voulait que toi et Frankie, vous voyiez le mont Rushmore ?

– Ouais. Tu avais emporté le pot de chambre de Frankie au cas où on aurait une urgence au milieu de nulle part. Frankie a mangé des pinces de crabe je ne sais plus où dans le Nebraska, et après il a tout vomi sur la table.

– Ton père refusait de s'arrêter pour se reposer avant d'avoir vu le Corn Palace, ce monument kitsch.

– Et le musée. Rappelle-toi, j'ai pleuré parce que je m'attendais à ce qu'il y ait des joueurs de rock, parce que j'avais compris que c'était le musée du rock. En fait c'était le musée de la roche.

– Et ta grand-mère, Dieu ait son âme, qui fumait ces cigarettes épouvantables pendant tout le trajet...

On s'est interrompues en même temps, riant en pensant à ce périple affreux. Affreux mais merveilleux.

– Je m'étais juré que mes enfants n'auraient jamais des parents divorcés, a-t-elle soudain déclaré.

J'ai réfléchi quelques instants avant de répondre :

– Oh, ça va, je comprends. Papa n'était pas bien ici. C'est peut-être pas un père idéal, mais personne ne mérite d'être malheureux à ce point-là.

– Tu étais au courant.

– Oui. J'ai vu Briley dans son bureau il y a quelque temps. J'ai compris.

– Briley, a répété Maman comme si elle s'entraînait à prononcer son nom pour voir quel effet ça faisait.

Pensait-elle qu'il était plus sexy que le sien ? Plus attirant que son prénom, Jenny ?

– Tu as prévenu Frankie ?

– Ton père lui a dit. Juste après toi. Je n'avais aucune envie de jouer le rôle de celle qui vous briserait le cœur. C'était à lui de vous annoncer qu'il se met en ménage avec une gamine de vingt ans. C'est fini, je ne ferai plus le sale boulot pour lui. J'en ai marre de jouer le rôle de la méchante.

– Et Frankie, ça va ?
– Non. Lui non plus, il ne sort plus de sa chambre. Du coup je me fais du mauvais sang pour lui et je ne... sais pas... si... je vais tenir le coup... toute seule...

Elle a éclaté en sanglots avec une telle violence que j'en ai eu les larmes aux yeux.

– Frankie est un garçon bien, Maman. Il a des copains super équilibrés. Il ne... *sera jamais comme moi*, j'ai failli dire, mais j'étais tellement gênée que j'ai rectifié la phrase en ajoutant : ... fera jamais de conneries.

– J'espère que non. J'ai déjà du mal à maîtriser ce qui se passe avec toi. Je suis seule. Je ne peux pas assumer la charge de tout le monde en même temps.

– Tu n'as plus besoin d'assumer ma charge. Je vais bien, Maman, sérieusement. Le docteur Hieler trouve que je fais des super progrès. En plus je viens de commencer ces cours de peinture. Et je travaille sur un projet pour le BDE.

J'ai ressenti un besoin irrésistible de réparer quelque chose au cœur du cœur de Maman. Une immense vague de compassion. J'aurais voulu être celle qui allait lui redonner espoir, lui rendre le Dakota du Sud.

– Justement, je voulais te demander si tu étais d'accord pour que j'aille dormir chez Jessica Campbell ce week-end.

J'avais la gorge plus nouée que jamais.

– Tu veux dire la fille blonde qui passe souvent ?
– Oui. Elle est présidente du BDE et elle fait partie de l'équipe de volley. C'est une fille bien, je te promets. On déjeune tous les jours ensemble. On est très copines.
– Val, tu es sûre que tu en as envie ? Je croyais que tu avais horreur de ces filles.

– Non, je te promets. C'est la fille que j'ai sauvée en sautant pour la protéger. Depuis on est super amies.

Nouveau silence. Maman reniflait tout bas.

– J'ai tendance à oublier, m'a-t-elle répondu avec un filet de voix arrivant doucement jusqu'à moi. J'ai tendance à oublier que tu t'es comportée avec un courage exceptionnel ce jour-là. Je ne vois que la fille qui a rédigé cette longue liste de gens à abattre.

J'ai lutté pour ne pas me défendre en hurlant : *Je n'avais aucune envie que ces gens meurent. Et tu n'aurais jamais entendu parler de cette liste si Nick ne l'avait pas perdue. C'est Nick qui l'a perdue ! C'est pas moi !*

– Je suis tellement obnubilée par l'idée que c'est toi qui as fichu notre vie de famille en l'air que j'oublie que c'est toi qui as mis fin à la tuerie. C'est toi qui as sauvé la vie de cette fille. Je ne t'ai jamais remerciée pour ça, pas vrai ?

J'ai fait non de la tête. Pourtant je savais qu'elle était incapable de me voir sous ce nouveau jour.

– Alors, Jessica est vraiment ton amie ?

– Oui. Je l'aime vraiment, je te promets.

C'était la vérité et j'ai eu un choc en m'entendant le dire.

– Dans ce cas-là, vas-y. Va chez ton amie. Tu as besoin de t'amuser.

Sa réponse m'a fait un drôle d'effet. Je n'étais pas sûre de me distraire avec les amis de Jessica. Leur façon de faire la fête n'avait rien à voir avec tout ce que je connaissais jusqu'ici.

30

– Vous savez que mon père est parti, j'imagine ?
J'étais chez le docteur Hieler et je regardais ses étagères de livres pendant qu'il s'installait dans son fauteuil en prenant sa pose habituelle : une jambe au-dessus de l'accoudoir, promenant le majeur de sa main droite sur sa lèvre inférieure en signe de réflexion.
– Ta maman me l'a dit, oui. Qu'est-ce que tu en penses ?
J'ai haussé les épaules en observant les bibelots posés au sommet de l'étagère : un petit éléphant en porcelaine, une figurine qui représentait un médecin avec un enfant, de la série Disney « Moments précieux », un morceau de quartz poli. Sans doute des cadeaux de ses patients.
– Je le savais. Je n'ai pas été trop surprise.
– Même les choses auxquelles on s'attend peuvent être douloureuses.
– C'est vrai. Mais je crois que j'avais fait une croix sur Papa depuis longtemps. Ça a été dur mais maintenant... comment dire... c'est presque un soulagement.
– Je comprends.
– Au fait, je vous remercie de rassurer Maman pour cette histoire d'anorexie.

J'ai abandonné les figurines et je me suis écroulée au fond du canapé.

– Il faut que tu te nourrisses, a repris le docteur Hieler. Tu en as conscience, non ?

– Oui, je sais. Mais je mange, je vous promets. Je crois que j'ai pris un kilo. Ça va. Je ne cherche pas à maigrir.

– Je te crois. Mais ta mère est inquiète. N'oublie pas, il faut les rassurer, les bons vieux parents. Alors de temps en temps essaie de manger pendant qu'elle est là. D'accord ?

– D'accord. Vous avez raison.

– Super, j'ai gagné !

– Ah, j'ai failli oublier ! Je vous avais apporté quelque chose !

Il a levé un sourcil curieux en se penchant pour prendre la petite peinture que j'ai sortie de mon sac.

– Il ne fallait pas.

Il a examiné la toile avec attention. C'était un portrait que j'avais réalisé dans l'atelier de Béa la semaine précédente.

– Incroyable ! Incroyable, vraiment ! Jamais je n'aurais pensé que tu étais capable de peindre un truc pareil.

J'ai fait le tour de son bureau pour regarder ma peinture par-dessus son épaule. Elle s'intitulait *Portrait d'un guérisseur*[1]. C'était le portrait, non pas du type aux cheveux châtain foncé et au regard compréhensif que je voyais tous les samedis dans son cabinet, mais celui de la personne que je voyais, moi : un bain de sérénité, un rayon de soleil, un éclair au bout du long tunnel noir dans lequel j'étais enfermée.

---

1. Jeu de mots entre Hieler et *healer*, qui signifie « guérisseur ».

— En fait, j'adore la peinture. J'ai rencontré une femme par hasard qui a un atelier de l'autre côté de l'avenue ; elle m'autorise à venir gratuitement. J'ai aussi commencé à faire des croquis dans un carnet. Je dessine ce que je vois, comme je le vois. Pas comme tout le monde voudrait que je le voie. Ça me fait beaucoup de bien. Tant pis s'il y a des gens qui pensent que c'est une nouvelle liste de la haine. Je m'en fous. Eux aussi je les dessine.

Il a posé ma toile contre le pied de la lampe à côté de lui.

— Je pourrais voir ton carnet ? Tu me l'apporteras la prochaine fois ?

— D'accord. Euh... oui, d'accord.

31

Sitôt arrivée chez Jessica, une chose m'a frappée, ça sentait la vanille. Tout était impeccable, propre, comme le mini-van dans lequel sa mère nous avait conduites. Les couleurs de la déco ressemblaient à celles d'une pub : un mélange de bleu pervenche, de vert pomme et de jaune soleil, presque aveuglant.

Toute la bande – Jessica, Meghan, Cheri Mansley, McKenzie Smith et moi – s'est précipitée dans la cuisine pour dévorer les bretzels que sa mère avait préparés elle-même en prévision de notre retour du lycée. Ils étaient présentés sur un plat ovale au fond duquel étaient peintes à la main les paroles du Notre Père, avec plusieurs coupelles en Pyrex contenant, au choix, de la moutarde, de la sauce tomate ou du fromage fondu. Jessica et Cheri ont éclaté de rire en racontant que Doug Hobson s'était retrouvé tout nu dans le vestiaire après son entraînement de course à pied la veille. Elles riaient et mangeaient des bretzels avec une telle insouciance que j'avais l'impression d'être au cinéma en train de les regarder jouer. Meghan et McKenzie étaient plongées dans un article de magazine consacré aux dernières coupes de cheveux tendance. Quant à moi, j'étais assise au bout de la table, grignotant un bretzel en silence.

La mère de Jessica était là, près de l'évier, rayonnante, couvant sa fille du regard et riant chaque fois qu'elle racontait une nouvelle anecdote, mais sans jamais intervenir dans la conversation. Quand elle jetait un coup d'œil sur moi, son sourire faiblissait, imperceptiblement, mais je faisais comme si je n'avais rien remarqué.

Après le goûter, la petite troupe est montée dans la chambre de Jessica. Elle a mis une chanson que je ne connaissais pas, et les quatre filles se sont mises à danser en papotant et en poussant des petits cris si haut perchés que je ne suis pas sûre que mes cordes vocales m'auraient permis d'être à la hauteur. J'étais assise sur le lit et je les regardais, souriant naturellement, sans effort. Si j'avais eu mon carnet sur moi, j'aurais pu les dessiner telles qu'elles étaient là, devant moi. Pour une fois, j'avais l'impression que j'étais dans le vrai monde.

Un peu plus tard, la mère de Jessica a frappé à la porte, entrant en affichant son beau sourire parfait. Le dîner était prêt, et hop, on a dévalé les escaliers avant de découvrir trois sublimes pizzas faites maison qui nous attendaient sur le comptoir de la cuisine. Avec une pâte dorée à souhait. De la viande cuite à point. Des légumes fondants. Et une croûte recouverte de beurre à l'ail et de fromage. Presque trop belles pour être mangées.

Je n'ai pas pu m'empêcher de me demander comment aurait réagi la mère de Jessica si je ne m'étais pas interposée entre sa fille et Nick. Si elle avait perdu sa fille chérie. Aurait-elle continué à préparer des pizzas aussi appétissantes, présentées avec des coupelles de citrons et des bougies à la vanille pour faire joli ? Ce n'était pas le genre de femme qui devait aimer qu'on harcèle ses camarades. Savait-elle qu'avant, sa fille m'appelait Sœur Funèbre ? Si elle le savait, qu'en pensait-elle ? Est-ce qu'elle se remettait en question, puisque c'est elle qui avait élevé sa fille ? Et si elle avait été ma mère, comment aurait-elle réagi ? Qu'est-ce qui l'aurait plus affectée ? Perdre sa fille, ou savoir que c'est elle qui aurait pu tirer ?

À peine le dîner fini, on s'est empilées dans la voiture de Jessica et on a démarré alors que sa mère agitait la main comme si on était des gamines partant pour notre première excursion scolaire. Le trajet jusqu'à la ferme des parents d'Alex était long. Au bout d'un moment je ne reconnaissais plus le paysage : nous traversions des routes de campagne complètement perdues que jamais je n'aurais imaginées si près de Garvin.

La maison d'Alex était une bicoque en briques un peu de guingois, cachée derrière un bosquet de pommiers sauvages. Pas la moindre lumière n'était allumée, si bien qu'elle avait une allure un peu effrayante, même si l'allée qui y menait était remplie de voitures.

Au bout de l'allée, un peu plus haut, un grand portail qui donnait sur un champ était ouvert. Jessica s'est garée sur l'herbe au milieu d'une marée de voitures, comme si tout Garvin s'était donné rendez-vous là. Des battements de musique sourds retentissaient sur notre gauche. Plus loin, j'ai repéré la grange, dont la porte était grande ouverte, projetant sur l'herbe fraîchement tondue un carré de lumière noire au milieu d'un kaléidoscope de toutes les couleurs.

Le tout sous un tonnerre de rires et de cris qui ne couvrait pas complètement les bruits habituels de la ferme : un chien qui aboyait au loin, quelques meuglements çà et là, ou des grenouilles qui coassaient autour d'un étang.

Jessica, Meghan, Cheri et McKenzie fonçaient droit devant elles en tchatchant et en se dandinant au rythme de la musique. Je les suivais un peu en retrait, le cœur battant et les jambes en coton.

La grange était bondée. À peine suis-je entrée que j'avais déjà perdu de vue Jessica et sa bande. J'ai poussé pour me frayer un chemin jusqu'au moment où je me suis retrouvée à côté d'une immense baignoire métallique pleine de glaçons et de boissons. Il y avait surtout de la bière, mais j'ai fouillé et j'ai trouvé un soda. Je n'avais pas bu une goutte d'alcool depuis la mort de Nick et j'avais peur de ne pas supporter le choc.

– T'en veux pas une ? m'a interpellée quelqu'un derrière moi.

Je me suis retournée et je suis tombée sur Josh qui brandissait une bière vers moi.

– On est là pour faire la fête, merde !

Il m'a arraché ma boisson des mains avant de la balancer au milieu des glaçons pour fouiller jusqu'à ce qu'il trouve une bouteille de bière. Il a tourné la capsule à la main pour l'ouvrir.

– Tiens, m'a-t-il lancé avec un immense sourire.

J'ai pris la bouteille en tremblant. Je pensais à Nick. À l'époque où je faisais la fête avec lui. Où on ricanait en imaginant ces gens, Jessica et Josh, par exemple, qui s'éclataient. Si Nick m'avait vue en train de boire avec Josh, il aurait été trop déçu. Tant pis, je me foutais de ce qu'il pensait, de toute façon il n'était plus là. Bizarrement, c'est ça qui faisait la différence. Vite, j'ai bu une longue gorgée.

– T'es venue avec Jess ? m'a demandé Josh en hurlant.

J'ai acquiescé et hop, une nouvelle gorgée.

On est restés l'un à côté de l'autre en regardant les gens autour de nous, le temps qu'il finisse sa bière et la jette sur une pile de bouteilles vides derrière une meule de foin. Aussitôt il en a pris une nouvelle dans la baignoire, titubant un peu.

J'ai bu une autre lampée et j'ai vu que j'avais déjà descendu la moitié de la bouteille. Je commençais à avoir chaud aux bras et aux jambes. J'avais un léger vertige et je me mettais à trouver que la fête était une super idée, finalement.

– Tu veux danser ?

J'ai eu le réflexe de me retourner. J'étais sûre que Josh s'adressait à quelqu'un derrière moi. Quand on était au Bureau des élèves, c'est tout juste s'il m'accordait un regard. Et on ne peut pas dire qu'il se précipitait pour me proposer une chaise quand j'arrivais à table au déjeuner. Honnêtement, son changement d'attitude était... inattendu.

– C'est à toi que je parlais, a-t-il insisté en riant.

J'ai éclaté de rire. Pas un petit rire, c'est ce qui m'a surprise. J'ai renversé la bouteille pour prendre une nouvelle gorgée mais elle était vide. Je l'ai jetée derrière la meule, *schlack !* et j'en ai pris une autre au milieu des glaçons. Josh me l'a arrachée des mains pour la décapsuler avant de me la rendre. Un peu pompette, je lui ai répondu :

– Je ne danse plus beaucoup. Ma jambe...

J'ai jeté un coup d'œil sur ma cuisse, mais elle m'avait l'air tout ce qu'il y a de plus normal. Et je ne ressentais aucun élancement. Hop, une nouvelle lampée...

– Allez, viens, a repris Josh en m'entraînant au centre. Personne ne remarquera rien.

Il sentait bon. Un parfum de savon. De savon pour homme, comme celui qu'utilisait Nick. Une bouffée de nostalgie m'a saisie, atroce. J'avais l'impression d'être seule, enfermée dans une cage. J'ai fermé les yeux et je me suis laissé aller dans les bras de Josh. Le monde entier semblait valser derrière mes paupières closes. J'ai souri avant de rouvrir les yeux pour finir ma bouteille. Je l'ai jetée dans la meule et j'ai pris Josh par la main en m'exclamant :

– Allez, qu'est-ce qu'on attend ? Dansons !

J'ai été sidérée de voir avec quelle facilité j'enchaînais les mouvements. À quelle vitesse ils me revenaient. À une époque, danser était un de mes plus grands plaisirs et dès que j'avais un peu bu, j'avais du mal à ne pas y aller. Combien de fois j'avais dansé dans les bras de Nick tandis qu'il me soufflait dans la nuque en murmurant, *Tu es sublime, tu le savais ? Ces bals de lycée, c'est naze, mais au moins ça me permet de danser avec la plus belle fille de la salle.*

Ils ont passé un slow et Josh en a profité pour me serrer la taille. Je me suis laissé faire, les yeux fermés. Les manches en cuir de son blouson de footballeur crissaient contre mes joues et je m'abandonnais, goûtant son parfum et le toucher râpeux de son blouson contre mon oreille. J'imaginais que c'était celui de Nick, dont la fermeture Éclair me chatouillait l'oreille. Il me disait qu'il m'aimait. Qu'il m'avait toujours aimée.

J'étais si loin de la réalité que je n'ai pas pu m'empêcher d'avoir l'air surprise quand j'ai rouvert les yeux et découvert Josh face à moi.

– Pardon, je crois qu'il faut que j'aille prendre d'air. J'ai la tête qui tourne. J'ai dû boire un peu trop vite.

– Ouais, on sort.

On a réussi à se dégager pour aller à l'extérieur. Plusieurs personnes se bécotaient ; d'autres fumaient ou jouaient à se tapoter les fesses sous les rayons de lumière et les ondes de musique qui glissaient à travers la porte ouverte. On a fait le tour de la grange pour trouver un coin plus tranquille. Josh s'est assis dans l'herbe et je me suis écroulée à côté de lui en essuyant mon front qui commençait à transpirer.

– Merci, ai-je lâché. Je n'ai pas fait beaucoup de sport ces derniers temps. J'ai un peu perdu l'habitude.

– Pas de souci. Moi aussi j'avais besoin de faire une pause.

Il m'a souri. Un vrai sourire, sincère. C'était sympa, cette fête, finalement. Rien à voir avec ce que Nick et moi, on imaginait.

J'ai entendu un bruissement dans les herbes et un trio de garçons a surgi du pré qui n'avait pas dû être fauché depuis un bail. J'ai tout de suite reconnu Troy, le frère de Meghan. Les deux autres étaient des types plus âgés qui traînaient souvent avec lui, mais je ne connaissais pas leurs noms.

– C'est qui, cette nana, Joshy ? a lancé Troy. On drague la copine du meurtrier, maintenant ? Audacieux ! Il paraît que le meurtre, ça excite à fond.

Le sourire de Josh s'est éteint, comme une ampoule, aussitôt remplacé par cette mine un peu dure que je lui connaissais par cœur.

– Moi, avec elle ? Ça va pas. Je l'ai juste à l'œil. Pour Alex. Histoire d'être sûr qu'elle ne fout pas la zizanie.

J'ai cru recevoir un coup de poing en pleine poitrine. Une raclée, une vraie, physique. Que j'étais bête ! Penser que Josh me faisait du gringue... Trop naïve pour voir la vérité. Aveugle, comme avant. J'avais la tête qui tournait, et les larmes aux yeux. *Nulle, Val, t'es trop nulle.*

– Je te remercie, j'ai pas besoin de baby-sitter, me suis-je défendue. (J'ai essayé d'avoir l'air dure, blindée, mais je frémissais.) De toute façon, j'allais rentrer.

Troy s'est accroupi pour me serrer les genoux entre les mains en me regardant droit dans les yeux, si près de moi que j'étais complètement déstabilisée.

– Ouais, c'est bon, Joshy. Vas-y. Je m'occupe de Sœur Funèbre.

– Cool.

Il s'est levé et il a disparu. Arrivé au coin de la grange, il s'est retourné pour me jeter un dernier regard. Je vous jure que j'y ai perçu une pointe de regret, mais comment pouvais-je me fier à ce que je voyais maintenant ?

– Si elle fiche en l'air la soirée, a repris Troy, je lui causerai en utilisant le même langage...

Il a pressé son index et son majeur contre ma tempe comme si c'était une arme.

– Lâche-moi, me suis-je défendue, furieuse. (J'ai essayé de me lever mais il me tenait par la jambe, enfonçant son petit doigt dans ma cuisse, juste à côté de ma cicatrice.) Arrête, tu me fais mal. Lâche-moi !

– C'est quoi, ton problème ? T'as plus ton copain pour te protéger ? (Il me postillonnait contre l'oreille.) Alex m'avait dit que tu venais. Apparemment tes nouveaux copains ne sont pas ravis de te voir.

– Alex n'est pas mon copain. Je suis venue avec Jessica. De toute façon, je m'en vais. Alors laisse-moi.

– Ma sœur y était, dans la cafèt'. Elle a vu ses amis mourir, grâce à toi et à ton copain. Elle en fait encore des cauchemars. Il a eu ce qu'il méritait, mais toi, t'as eu un passe gratuit. C'est pas juste. T'aurais dû crever, Sœur Funèbre. Tout le monde regrette que tu ne sois pas morte. Regarde autour de toi. Elle est où Jessica, elle qui avait tellement envie que tu viennes ? Même les copines avec qui tu es venue te fuient.

– Lâche-moi.

– Y a pas que ton ex qui est capable d'appuyer sur la gâchette, tu sais.

Il a relâché la pression pour se redresser et il a enfoui la main sous la ceinture de son jean avant de sortir un petit objet noir. Sous la lumière du clair de lune, je l'ai vu briller, pointé sur moi. J'ai reculé contre le mur de la grange, bouche bée.

– Alors, c'est le genre de flingue que ton mec a utilisé ? m'a-t-il balancé en faisant tourner le revolver dans sa main avec un air ravi.

Il a visé ma jambe en ajoutant :

– Tu reconnais l'engin ? C'est pas très difficile de s'en procurer, tu sais. Mon père cache celui-là derrière une poutre à la cave. Si je voulais, je pourrais éliminer des gens, moi aussi, comme Nick.

J'ai essayé de détourner le regard, de résister, de me lever pour m'enfuir, mais j'étais happée par l'image du revolver qui luisait dans la main de Troy. Un bourdonnement assourdissant s'est mis à résonner dans mes oreilles, comme le jour de la tuerie, et j'ai cru que j'allais étouffer. J'avais l'esprit envahi d'images du Foyer en sang.

– Stop ! j'ai fini par dire.

J'ai essuyé mes larmes d'une main tremblante.

– Lâche-leur les baskets, à ma sœur et à ses copains, m'a lancé Troy.

– Arrête, c'est nul, mec, est intervenu un de ses deux amis. Viens, j'ai la tête qui tourne. Il n'est même pas chargé, ton flingue.

Troy a pointé sur moi son revolver en éclatant de rire avant de répondre à son copain :

– T'as raison. On se casse.

Il a rangé son engin dans sa ceinture et tous trois ont disparu au coin de la grange.

J'ai pris mes jambes à mon cou et j'ai couru le plus vite possible vers la route, de l'autre côté du champ, ignorant les élancements dans ma cuisse chaque fois que je posais le pied.

J'ai couru, couru... les poumons en feu, puis j'ai ralenti pour marcher, d'abord sur des chemins de pierre, puis sur une vraie route, suivant une voie ferrée qui devait rejoindre l'autoroute. À un moment je me suis assise contre un muret près d'un étang pour reprendre mon souffle et reposer ma jambe. J'ai rampé au bord de l'étang et je me suis allongée sur le ventre pour m'asperger le visage d'eau fraîche. Puis je suis restée assise un instant, mon jean bientôt trempé à cause de la terre humide, admirant le ciel au-dessus de moi, dégagé, riche de promesses...

J'ai fini par trouver l'autoroute et bientôt, une station-service. J'ai pris mon portable et j'ai composé le numéro de Papa. Celui que j'avais ajouté dans mon répertoire en me disant, *Je ne l'appellerai jamais. Je ne l'appellerai jamais.*

Son téléphone a sonné deux fois.

– Papa ? Tu pourrais venir me chercher, s'il te plaît ?

32

Papa est arrivé à la station-service en pyjama, le visage tendu, ses traits encore plus anguleux que d'habitude. Je me suis glissée sur le siège à côté de lui, mais il ne s'est pas retourné, mains agrippées au volant et mâchoire serrée.

– Tu as bu ? m'a-t-il demandé en reprenant la route.

J'ai hoché la tête.

– Putain, Valérie ! C'est pour ça que tu m'as appelé ? Parce que tu es saoule ?

– Non, je ne suis pas saoule.

– Si, tu sens l'alcool.

– Je n'ai bu que deux bières. S'il te plaît, ne dis rien à Maman. Je t'en supplie.

Et moi ? signifiait le regard qu'il m'a lancé à ce moment-là. Cela dit il n'a pas moufté, sans doute parce qu'il savait que je n'étais pas la seule à tuer Maman. Lui aussi était responsable de la mort de ses rêves.

– Je n'en reviens pas que ta mère te laisse sortir pour aller faire la fête, a-t-il marmonné dans sa barbe.

– Peut-être parce qu'elle veut me faire de nouveau confiance.

– Elle a tort.

Nous étions sur l'autoroute et nous roulions en silence, Papa hochant régulièrement la tête comme s'il était dégoûté. Comment avait-on pu en arriver là ? Comment lui, qui avait bercé dans ses bras sa fille chérie et embrassé son petit minois, avait-il pu en arriver à l'exclure de sa vie et de son cœur ? Comment, alors qu'elle l'appelait à la rescousse parce qu'elle était désespérée – *S'il te plaît, Papa, viens me chercher, viens me sauver* – son unique réaction pouvait-elle être de l'inonder de reproches ? Et comment cette fille-là pouvait l'observer et ne rien ressentir sinon du mépris, de l'amertume, de la colère et du ressentiment parce que c'est tout ce qui se dégageait de lui depuis si longtemps, et que c'étaient des sentiments contagieux...

Est-ce parce que j'avais un peu bu ? Ou parce que j'étais à vif à cause des menaces de Troy ? Ou les deux ? En tout cas, je n'ai pas pu taire mon indignation plus longtemps. C'était mon père. Il était censé me protéger, ou au moins s'inquiéter alors que je l'appelais d'une station-service, au milieu de nulle part, pour lui demander de venir me chercher en pleine nuit.

– Pourquoi ? ai-je soudain lâché.

– Pourquoi quoi ?

– Pourquoi est-ce que Maman ne devrait pas me faire confiance ? Pourquoi est-ce que tu tiens tant à ce que je sois la méchante dans l'histoire ?

Je l'ai fixé pour qu'il craque et me regarde enfin. Mais ça n'a pas marché. J'ai repris :

– Je vais beaucoup mieux depuis quelque temps, mais je parie que tu t'en fous.

– Peut-être, mais tu t'es encore débrouillée pour t'attirer des ennuis ce soir.

– Tu ne sais pas ce qui s'est passé. Tu penses que je me suis laissé embarquer dans un sac de nœuds et que je suis coupable. Tu pourrais au moins faire semblant de t'intéresser à ce qui s'est passé, essayer de comprendre.

– Je vais te dire ce que je comprends, a-t-il répondu avec un ricanement typique d'avocat. Ce que je comprends, c'est que dès qu'on te laisse seule, tu as des embrouilles. Je comprends aussi que je passais une soirée sympa et relax avec Briley, et pour la énième fois tu as tout foutu en l'air.

– Désolée de déranger ta petite vie pépère avec ta chérie. Désolée que ta vraie famille vienne te déranger. Mais au cas où...

– Ce que je comprends, m'a-t-il interrompue, vociférant brusquement, c'est que ta mère te laisse sortir comme ça, en toute liberté. Je peux te dire que si j'avais été là, je t'aurais interdit d'aller à la moindre fête !

– Sauf que tu n'étais pas là. C'est là que le bât blesse. Tu n'es jamais là. Même quand tu traînes à la maison, tu n'es pas là. Briley, c'est pas ta famille. Ta famille, c'est moi. Moi. Briley, c'est jamais qu'une... liaison à la noix.

Il a donné un violent coup de volant et la Lexus a fait une embardée vers le bas-côté. La voiture derrière nous a pilé en grinçant et en klaxonnant à tue-tête. Puis elle a dépassé la nôtre et le chauffeur a fusillé Papa du regard. Qui n'a rien remarqué. Il a coupé le contact et il est descendu. Il a fait les cent pas le long de la voiture jusqu'au moment où il a ouvert ma portière, brutalement, et m'a attrapée par l'épaule avec une force incroyable en m'obligeant à descendre. Je suis sortie tant bien que mal en lâchant un petit glapissement pitoyable.

Il m'a tirée contre lui, à deux millimètres de son visage, les doigts enfoncés dans mon épaule.

– Écoute-moi bien, jeune fille, m'a-t-il menacée en serrant les dents. Il est temps que tu comprennes que tu as eu une vie sacrément sympa, une vie de gamine pourrie gâtée, alors je commence à en avoir assez de... (Il m'a postillonné contre le menton.) Assez que tu fiches en l'air la vie de tout le monde autour de toi. Soit tu reprends tout ce merdier en main et tu te tiens à carreau, soit je te fous à la porte.

J'étais là, les yeux écarquillés, haletant, et les genoux tremblants. Toute ma rage avait fondu. J'avais trop peur pour être en colère. Je hochais la tête comme une idiote.

– Bien. Maintenant je vais t'amener chez moi, où je vis avec Briley qui, que ça te plaise ou non, est aussi ma famille, et tu n'as pas intérêt à l'importuner. Si tu n'es pas fichue de te comporter correctement une seule putain de soirée, je te ramène illico chez ta mère, mais tu auras cinq minutes à peine pour rassembler tes affaires et décamper. Hors de cette famille-là aussi. Pigé ? C'est pas le moment de me chercher.

Une voiture argentée a ralenti et j'ai vu la vitre du côté passager se baisser. Un visage de femme, inquiète et intriguée, est apparu, demandant aussitôt :

– Tout va bien ?

Ni Papa ni moi n'avons bougé. Nous nous regardions comme deux chiens de faïence.

Jusqu'au moment où Papa, qui soufflait comme un bœuf, m'a lâché l'épaule.

– Ça va, ça va, a-t-il répondu en disparaissant de l'autre côté de la voiture.

– Mademoiselle ? m'a interpellée la femme. Ça va ? Vous voulez que j'appelle quelqu'un ?

Lentement, comme si j'étais sous l'eau, je me suis retournée. Elle a agité son portable en clignant de l'œil du côté de Papa qui remontait dans la Lexus. J'ai failli me jeter dans sa voiture en la suppliant de m'emmener loin, le plus loin possible, n'importe où.

Mais j'ai juste répondu :

– Tout va bien. Merci.

– Vous êtes sûre ? a insisté la femme.

– Ouais, ça va.

– Bon... Allez, bonne nuit.

Elle a remonté sa vitre en dévisageant Papa, et sa voiture a disparu dans la nuit.

Je me suis appuyée contre la Lexus, tremblant de tous mes membres. Mon cœur battait à toute vitesse et j'avais des spasmes au ventre. J'ai pris plusieurs respirations contrôlées, puis je suis remontée dans la voiture. Nous avons roulé sans dire un mot jusqu'à ce que nous arrivions devant chez Papa.

Briley nous attendait à la porte, drapée dans un épais peignoir rose. Elle m'a longuement considérée avant de jeter un regard surpris à Papa en demandant :

– Qu'est-ce qui se passe ?

Papa a jeté ses clés sur un guéridon avant d'entrer et je l'ai suivi, un peu intimidée, en observant les lieux. L'appartement lui ressemblait, même si je ne reconnaissais aucune de ses affaires. Tout ce qu'il avait ici aurait pu être à la maison : l'écran plat dans le coin du salon, les meubles en cuir – noir –, et les deux immenses étagères bourrées de livres. Sur la table basse traînaient deux verres à pied avec un fond de vin. Je les imaginais déjà tous les deux, en pyjama et peignoir en train de regarder l'émission de David Letterman[1], s'offrant un petit verre avant d'aller se coucher, jusqu'au moment où le téléphone a sonné. Briley avait-elle levé les yeux au ciel quand Papa était parti ? Avait-elle tenté de le retenir ?

J'ai entendu la porte du réfrigérateur s'ouvrir et se refermer. J'étais toujours dans l'entrée, paralysée, et Briley me dévisageait.

– Viens, m'a-t-elle dit, posant délicatement la main sur mon épaule, un peu comme Papa avec elle quelques jours avant – le geste qui m'avait mis la puce à l'oreille. Je vais te chercher un pyjama.

Je l'ai suivie jusqu'à une chambre, ou plutôt une boîte à chaussures, un peu fraîche. Elle m'a fait signe de m'asseoir sur le lit pendant qu'elle fouillait dans une commode pour trouver un pyjama.

– Tiens, m'a-t-elle dit peu après en me le donnant.

Elle a reculé pour m'observer, les mains sur les hanches, avant d'ajouter :

– C'est ton père. Il a le droit de savoir ce qui s'est passé.

J'ai baissé les yeux sans un mot.

– Tu penses que tu pourrais plus facilement te confier à moi ?

Son ton n'était pas particulièrement sympathique ; elle n'essayait pas d'être chaleureuse ou de me tendre la main,

---

1. Émission de télévision très regardée aux États-Unis.

ce que j'ai assez apprécié. Il aurait suffi qu'elle me passe la main dans les cheveux, qu'elle me frotte le bas du dos, ou je ne sais quoi, c'était fichu. Pas du tout, elle s'est assise à côté de moi sur le lit, elle a posé les mains sur le matelas et elle a poursuivi :

– Raconte-moi et je le lui dirai. Il faut qu'il sache, d'une manière ou d'une autre. Tu ne peux pas passer la nuit ici sans rien lui dire. C'est moi qui appellerai ta maman.

Je lui ai tout raconté. Pas une seule fois elle ne m'a interrompue, et quand je me suis arrêtée, elle n'a pas cherché à me prendre dans ses bras ni rien. Elle s'est levée et elle a remis son peignoir en place en me déclarant :

– Tu peux aller te changer dans la salle de bains, là, sur la gauche.

Et elle est sortie de la chambre.

Deux ou trois minutes plus tard j'étais assise en tailleur sur le canapé en cuir, je sirotais le verre de lait qu'elle m'avait apporté et je les écoutais qui s'engueulaient dans la cuisine.

– Elle ne peut pas faire comme s'il ne l'avait pas menacée, murmurait Briley. Tu le sais bien.

– Elle a peur. Tu comprends, non ? De toute façon, elle n'écoutera jamais le moindre mot de ce que je pourrais lui dire ce soir. Ça, je te le garantis.

J'éprouvais une certaine fierté à avoir déclenché une dispute entre eux. La faille dans ce couple filant le parfait amour. Rirait bien qui rirait le dernier... malgré les menaces de Papa. Sauf que j'avais du mal à me réjouir. La vérité, c'est que j'étais épuisée et complètement sonnée.

– Elle souffre en cours. Mais ce garçon ne lui a pas fait de mal. Il a quitté le lycée... j'entendais Papa expliquer.

– C'est pas le problème, Ted. Il l'a menacée. Il lui a fichu une trouille pas possible. Et il avait un revolver.

– Qui n'était pas chargé. Qui te dit que c'était un vrai flingue ? En plus... c'est pas à nous de nous en occuper. Laisse sa mère s'en débrouiller, si tant est qu'elle en parle à sa mère. C'est Jenny qui l'a autorisée à sortir ; c'est à elle de prendre ses responsabilités.

– Elle a besoin de savoir qu'elle a un parent, là, tout de suite, Ted.

– Mais tu n'es pas sa mère !

Je n'en revenais pas qu'il ose lui lancer une vacherie pareille, et sincèrement, j'ai eu pitié de Briley. De son côté, elle a dû être aussi stupéfaite parce qu'il a tout de suite baissé d'un ton – comme s'il contenait sa rage.

– Je suis désolé... je suis désolé. Je sais que tu voudrais qu'on soit une grande famille, mais c'est trop tôt. Tu ne peux pas encore jouer le rôle de parent pour elle. Moi, oui.

– Dans ce cas, comporte-toi comme un parent.

Telle est la réponse, confuse, que j'ai entendue, suivie par des bruits de pas et de pantoufles glissant sur le plancher, puis la porte de leur chambre qui se refermait doucement.

Papa a soupiré. Nouveaux bruits de pas feutrés. Et il a débarqué dans le salon.

– Je te ramènerai à la maison demain matin, m'a-t-il annoncé. Et la copine chez qui tu devais passer la nuit ? Tu n'as pas peur qu'elle appelle ta mère quand elle verra que tu as disparu ?

– J'ai laissé un message sur son portable en lui disant que je ne me sentais pas bien et que je t'avais demandé de venir me chercher. Ne t'inquiète pas.

– Écoute... en tant qu'avocat, je te conseille d'appeler la police pour leur dire que ce type t'a menacée. Tu verras comment ils réagiront. Comme ça au moins, ils auront enregistré votre conversation.

– Je vais y réfléchir.

– Oui, réfléchis. Il faut aussi que tu en parles à ta mère.

– Je sais, ai-je répondu.

Mais en mon for intérieur, je me suis jurée de ne pas le faire. Cette fête était pour elle une libération. En plus, il avait raison. Je n'étais pas experte en armes. Si ça se trouve, le revolver de Troy était un faux. Comment aurais-je pu faire la différence ?

– Allez, on ferait mieux d'aller se coucher, a conclu Papa en m'indiquant l'oreiller et la couverture sur le canapé. Je te promets que je te raccompagne à la première heure demain matin. J'ai des rendez-vous assez tôt.

Il a éteint le lampadaire, plongeant le salon dans le noir. Je me suis allongée sur le canapé et j'ai fixé le plafond jusqu'à ce que j'aie mal aux yeux, parce que j'avais peur de les fermer et de voir apparaître les images de la soirée. Je n'en pouvais plus d'avoir peur. Hélas, allongée comme ça sur ce canapé, toutes les routes qui se présentaient à moi me paralysaient de frousse.

Autre chose qui ne faisait aucun doute à mes yeux. Papa ne viendrait jamais à ma rescousse. Inutile que je lui tende des perches. Il avait son avis sur moi et il n'en démordrait pas.

Le lendemain matin, il m'a raccompagnée à la maison en voiture comme prévu. Ni l'un ni l'autre n'a bronché. Le jour était à peine levé, le ciel était gris et la maison avait l'air endormie.

– Dis à Frankie que je passerai vous prendre samedi matin. On ira déjeuner quelque part.
– D'accord, je vais le prévenir, mais je crois que je resterai à la maison.
– Ça m'aurait étonné.

33

Je suis montée dans ma chambre et je me suis écroulée à plat ventre sur mon lit, m'endormant aussitôt. Peu après Maman est venue me réveiller pour me rappeler que j'avais ma séance de psy, mais j'ai agité la main en lui promettant que j'appellerais le docteur Hieler. J'ai menti en disant que je m'étais couchée trop tard chez Jessica et que j'avais besoin de dormir.

Maman est repartie et j'ai roulé sur le dos, fixant le plafond et incapable de me rendormir. Au bout d'un moment, j'en avais assez, alors je me suis levée et je lui ai demandé de m'accompagner chez Béa.

– Mon Dieu ! s'est exclamée celle-ci en me voyant arriver dans son atelier une heure plus tard à peine. Seigneur !

Elle n'en a pas dit plus, continuant à fabriquer ses bijoux en secouant la tête et en claquant la langue.

Je n'ai pas fait de commentaires. J'avais besoin qu'on me fiche la paix. Peindre et m'échapper, ailleurs.

J'ai pris une toile blanche sur l'étagère et je l'ai posée sur un chevalet, puis je l'ai regardée, si longtemps que j'ai cru que Maman allait bientôt revenir et que je n'aurais rien à lui montrer. J'ai fini par prendre un pinceau que j'ai posé sur la palette, hésitant à choisir une couleur.

– Tu sais... a murmuré Béa en piquant dans une boîte une perle verte et brillante qu'elle a enfilée sur un fil pour en faire un bracelet, tu sais que la plupart des gens croient que les pinceaux ne servent qu'à peindre ? C'est fou ce que les gens sont étroits d'esprit.

J'ai pris le bout du manche du pinceau et je l'ai écrasé contre la toile, de plus en plus fort, jusqu'à ce que j'entende un craquement et aperçoive une légère déchirure : je venais de trouer le milieu de la toile. J'ai recommencé, à un ou deux centimètres de la première entaille.

Je n'étais pas en train de créer quoi que ce soit. Je n'avais aucune idée en tête, mais j'avançais. Mes mains étaient occupées et ça me soulageait – une sensation que j'aurais eu du mal à identifier.

Bientôt j'ai vu que j'avais une dizaine d'entailles dans la toile. Je les ai recouvertes de peinture rouge et je les ai entourées d'épaisses couches de noir, ponctuées de fines gouttelettes qui ressemblaient à des traces de larmes.

J'ai reculé pour regarder le tout. C'était affreux, lugubre, sens dessus dessous. Un visage de monstre. Ou qui sait, le mien. Et si ce visage exprimait une forme de mal, ou une certaine vision de moi-même ?

– Les deux, a murmuré Béa, comme si elle avait lu dans mes pensées. Bien sûr que ça représente les deux... malheureusement. Mon Dieu, j'ai du mal à y croire !

Son commentaire ne m'a pas arrêtée, au contraire. Troy avait raison. Je n'étais proche de personne. Ni de Jessica, ni de Meghan, et sûrement pas de Josh. Ces fêtes, ce n'était pas mon truc. Ni le Bureau des élèves. Je n'étais pas non plus proche de Stacey ou de Duce. Ni de mes parents, qui souffraient. Ni de Frankie, qui avait toujours plein d'amis.

Et de Nick ? Est-ce que j'avais été proche de Nick ? Je l'avais trahi, je lui avais dit que je croyais en ce à quoi il croyait, que je serais toujours de son côté, quoi qu'il arrive, même s'il tuait des gens.

Béa se trompait. J'étais à la fois le monstre et la petite fille éplorée. Je ne pouvais pas dissocier les deux.

Soudain j'ai lâché mon pinceau, projetant une pluie de taches sur le bas de mon jean, et j'ai filé, faisant comme si je n'entendais pas les encouragements de Béa qui hurlait derrière moi.

34

– Tu ne peux pas abandonner maintenant, m'a dit Jessica, une petite ride agacée barrant son front. Il nous reste à peine deux mois pour finir le projet. On a besoin de ton aide. Tu t'es engagée.

– Oui, mais j'ai décidé de me désengager. J'arrête.

J'ai fermé mon casier à clé et je me suis dirigée vers les portes en verre.

– C'est quoi ton problème ? a sifflé Jessica en se précipitant derrière moi.

J'ai cru voir l'ancienne Jessica, si sûre d'elle, renaître. J'ai cru entendre sa voix répétant *Qu'est-ce que tu regardes, Sœur Funèbre* ? Ce qui au fond m'arrangeait.

– Mon problème, c'est ce bahut ! ai-je répondu en serrant les dents. Mon problème, c'est toute ta bande de copains débiles. J'ai envie qu'on me foute la paix. Envie de finir l'année et de me tailler. Tu ne pourrais pas comprendre pour une fois ? Pourquoi tu passes ton temps à m'encourager à être ce que je ne suis pas ?

– Je rêve ! Quand est-ce que tu dépasseras le stade de « je ne fais pas partie de ta bande », Valérie ? Combien de fois il va falloir que je te répète que tu en fais partie ? Je croyais qu'on était amies.

J'ai pivoté comme si je voulais lui tenir tête. Hélas, je ne pouvais pas lui raconter ce qui s'était passé avec Troy. Elle avait déjà forcé la main de Meghan pour qu'elle accepte que j'aille à la fête. Au point où elle en était, elle était capable de débarquer chez Troy et d'envoyer les flics à ses trousses. Je l'imaginais déjà s'emparant de moi pour en faire sa cause et obliger chaque élève de Garvin à m'accepter parmi eux. J'en avais assez de servir de bonne conscience et d'être tout le temps scrutée par les autres. Fini, je n'en pouvais plus.

– Désolée, mais tu te trompes. On n'est pas amies. J'ai fait un effort parce que je culpabilisais à cause de mon carnet. Mais les autres n'ont qu'une envie, que je disparaisse. Et moi, je n'ai qu'une envie, me tailler. Nick n'a jamais pu sacquer ta petite clique, et moi non plus.

– Au cas où tu l'aurais oublié, Nick est mort. Alors peu importe ce qu'il pensait. Je croyais que tu étais différente, mieux. Tu m'as sauvé la vie, je te rappelle.

– T'as toujours pas compris ? Je n'ai jamais cherché à te sauver la vie. C'est parce que je voulais l'empêcher de continuer à tirer. Ça aurait pu tomber sur n'importe qui.

– Je ne te crois pas. Pas un mot de ce que tu viens de dire.

– Ben, tu ferais mieux parce que c'est la vérité. Et tu peux finir ton petit projet merdique du BDE sans moi.

J'ai tourné les talons et j'ai filé.

– Tu crois que ça a été facile pour moi ? a résonné sa voix dans mon dos.

Je me suis retournée. Elle était figée là où je l'avais plantée, bouleversée.

– Tu crois vraiment ?

Tout à coup elle a lâché son sac à dos et foncé vers moi d'un pas décidé avant de poursuivre :

– Pas du tout. Si tu veux savoir, j'en fais encore des cauchemars. J'entends encore les coups de feu. Je... vois encore le visage de Nick chaque fois que je... te regarde.

Elle a éclaté en sanglots, comme une gamine, mais poursuivant avec une voix ferme et maîtrisée :

– Avant, je ne t'aimais pas. Ça, ça ne changera jamais. Mais après j'ai décidé de me battre contre mes copains pour qu'ils t'acceptent. De me battre contre mes parents. Moi au moins, je fais un effort.

– Personne ne t'a demandé de faire des efforts. Personne ne t'a demandé de me choisir comme super-copine.

– Tu n'as rien compris. Tout a changé le 2 mai. J'ai survécu, voilà ce qui fait la différence.

– Tu es folle.

– Et toi, tu es égoïste. Si tu m'abandonnes là, maintenant, tu n'es qu'une pauvre égoïste, égoïste de chez égoïste.

Elle m'a devancée de deux ou trois pas, mais je n'avais plus qu'une idée, décamper, peu importe si j'étais la plus monstrueuse des égoïstes. J'ai foncé contre les portes, couru jusqu'à la voiture de Maman et je me suis jetée sur le siège avant. Mon menton tremblait et j'avais la gorge nouée.

– On rentre, ai-je bredouillé alors que Maman démarrait.

35

— Tu ne dis toujours rien ? m'a demandé le docteur Hieler en me tendant un Coca.

Je n'avais pas prononcé un mot depuis qu'il était venu me chercher dans la salle d'attente. Pas moufté quand il m'avait demandé si je voulais un Coca, pas même réagi quand il était allé nous chercher à chacun une boisson en me disant qu'il en avait pour deux secondes. J'étais calée au fond de son canapé et je boudais, les bras croisés et les sourcils froncés.

Le silence a duré un certain temps.

— Tu m'as apporté ton carnet ? J'aimerais bien voir tes nouveaux dessins.

J'ai fait non de la tête.

— Tu veux qu'on joue aux échecs ?

Je me suis glissée au bout du canapé pour m'asseoir en face du jeu d'échecs.

— Tu sais, m'a-t-il dit en bougeant un pion face à moi. Je me doute que tu as quelque chose qui te turlupine.

Il m'a fait un rapide clin d'œil avec un grand sourire en ajoutant :

– Un jour j'ai lu un livre sur le comportement humain. Depuis, je repère très vite quand quelqu'un est blessé.

J'avais les yeux rivés sur l'échiquier et je me suis contentée d'avancer un pion. On a continué à jouer un moment en silence car je m'étais juré de ne plus dire un mot. De tout faire pour retrouver la chaleur du cocon de calme et de solitude de l'hôpital. De me recroqueviller jusqu'à ce que je disparaisse. De ne plus jamais adresser la parole à personne.

Sauf qu'avec le docteur Hieler, il était difficile de résister longtemps. Il était trop compréhensif. Trop rassurant.

– Tu ne veux toujours rien me dire ?

J'ai senti une larme couler sur ma joue.

– Je me suis brouillée avec Jessica.

J'ai essuyé ma joue d'un geste rageur en me défendant :

– Du reste je ne sais même pas pourquoi ça me fait pleurer. De toute façon on n'a jamais été vraiment proches. C'est idiot.

– Qu'est-ce qui s'est passé ? m'a-t-il demandé, abandonnant la partie d'échecs. Elle te trouve trop nulle pour être ton amie ?

– Non. C'est pas son genre.

– Alors ? C'est à cause de Meghan ?

– Non.

– De Ginny ?

– Non, je ne l'ai pas revue depuis la rentrée.

– Hmm... Si je comprends bien, tu es la seule à encore être là, non ?

– Jessica veut absolument qu'on soit amies, mais je ne peux plus.

– Parce que quelque chose a changé.

Je l'ai fusillé du regard. Il était calé au fond de son fauteuil, les bras croisés, et promenait son majeur sur sa lèvre inférieure : autrement dit, il cherchait à me soutirer des infos.

– Rien à voir avec la raison pour laquelle j'ai envoyé péter Jessica.

– Dans ce cas-là, c'était une simple coïncidence.

Je n'ai pas répondu. J'ai secoué la tête et j'ai craqué, j'ai éclaté en sanglots.

– Je voudrais que ça s'arrête, ai-je murmuré. Je voudrais que ça finisse, tout, toute cette histoire. Personne ne me croira jamais. Tout le monde s'en fiche.

– Non, pas moi.

Je n'avais pas de mal à le croire. S'il y avait une personne sur terre que ça intéresserait de savoir ce qui s'était passé le soir de la fête, c'était le docteur Hieler. Autant ne rien dire et tout garder pour moi me semblait réconfortant une semaine plus tôt, autant ce jour-là, tout m'a paru trop lourd, presque physiquement. Quand soudain c'est sorti, je lui ai tout raconté.

Il m'écoutait, le regard de plus en plus animé et le corps de plus en plus tendu. À un moment on a appelé la police pour leur faire part de la menace de Troy, et les flics nous ont promis qu'ils suivraient l'affaire. Cela dit, ils ne pouvaient pas vraiment intervenir. Surtout que je n'étais pas sûre que c'était un vrai revolver. Heureusement, ils ne m'ont pas ri au nez. Ni rétorqué que j'avais ce que je méritais. Ni traitée de menteuse.

Une fois la séance finie, le docteur Hieler m'a raccompagnée dans la salle d'attente où Maman lisait un magazine.

– Il faut que tu racontes à ta mère ce qui s'est passé, a-t-il ajouté. (Maman a levé les yeux d'un air surpris.) Et cette fois-ci tu vas bosser parce qu'il faut que tu t'en sortes. Tu ne peux pas t'arrêter maintenant. Je te l'interdis. Tu as travaillé dur pour arriver jusqu'ici. Et tu as encore un sacré boulot devant toi.

Sauf que j'étais loin de me sentir prête à remonter les manches, et sitôt arrivée à la maison je me suis précipitée dans ma chambre et je me suis écroulée sur mon lit.

J'avais déjà tout raconté à Maman dans la voiture, y compris la menace de Papa au bord de l'autoroute. Elle m'avait écoutée, impassible, ne disant pas un mot, même pas quand j'ai arrêté de parler. Mais dès qu'elle a franchi le seuil de la maison, elle a appelé Papa. J'étais dans ma chambre mais je l'ai entendue qui s'emballait au téléphone. Elle lui reprochait de ne pas lui avoir dit quoi que ce soit alors qu'il savait. D'être passé me prendre sans la prévenir. De ne pas être à la maison alors que c'est là qu'était sa place.

Quelques instants plus tard, j'ai entendu la porte d'entrée s'ouvrir, suivie par des murmures de Maman. Je suis allée jeter un coup d'œil. Papa était debout sur le seuil, les poings sur les hanches. Il avait l'air exaspéré.

Il n'était pas en costume, ce qui était bizarre puisque c'était en pleine semaine, et il ne quittait jamais son bureau avant la tombée de la nuit. Puis j'ai vu qu'il avait de la peinture sur sa chemise et j'ai compris qu'il avait dû passer la journée à repeindre l'appartement de Briley. Pour le transformer en leur petit nid d'amour. J'ai refermé la porte et je suis allée regarder par la fenêtre. Briley l'attendait dans la voiture garée devant le trottoir.

Maman a recommencé à gémir sur un ton angoissé, quand soudain Papa a hurlé « Que voulais-tu que je fasse ? », suivi par une pause et de nouveau « T'as qu'à la renvoyer dans ce putain de service psychiatrique, c'est tout. J'en ai rien à battre de ce que raconte ce psy sur ses prétendus progrès ! ». La porte de l'entrée a claqué. Je suis retournée à la fenêtre et je l'ai vu monter dans la voiture à côté de Briley avant de s'éloigner.

Quelques instants plus tard j'ai entendu un bruissement près de ma porte et j'ai ouvert un œil. C'était Frankie, appuyé contre l'encadrement, comme hésitant. Bizarrement, il avait l'air un peu plus âgé : il avait les cheveux en brosse, brillants et couverts de gel, et il portait une longue chemise à peine boutonnée au-dessus d'un T-shirt Abercrombie et d'un jean vieilli. Il avait l'air doux comme un agneau, innocent, avec des petites taches roses sur les joues comme s'il était intimidé. Le fait est qu'il avait peut-être l'impression d'être en trop...

Depuis le départ de Papa, il vivait plus ou moins chez son meilleur ami, Mike. Un jour j'avais surpris Maman en train d'expliquer à la mère de Mike qu'elle avait besoin de se concentrer sur son aînée et qu'elle ne dirait pas non si Frankie pouvait passer un certain temps chez eux. C'est sans doute ce qui expliquait son changement. La mère de Mike faisait partie de ces mamans modèles dont il était hors de question que le fils parade avec les cheveux hérissés à la punk, encore moins qu'il mette son lycée à feu et à sang. À part ça, Frankie était un mec bien. C'était clair.

– Salut, Val. Ça va ?

– Ouais, je suis juste un peu crevée.

– Ils vont te renvoyer à l'hôpital, tu crois ?

– Mais non, Papa dit n'importe quoi parce qu'il a besoin de lâcher la pression. Il a envie que je dégage.

– Tu penses qu'il faut que t'y retournes ? Genre... t'es folle ?

J'ai failli éclater de rire. Du reste je n'ai pas pu m'empêcher de glousser en répondant que non, je n'étais pas folle.

– C'est parce qu'ils étaient en train de s'engueuler. T'inquiète, ça va passer.

– En tout cas, si tu... (Il s'est interrompu, tripotant mon couvre-lit avec ses ongles ras.) Si tu y retournes, je t'écrirai.

J'ai failli me précipiter sur lui pour le serrer dans mes bras. Le consoler. Lui dire qu'il n'était pas question qu'on me renvoie dans ce service psychiatrique à la noix. Mais que pour le moment je préférais me tenir à distance de Papa jusqu'à ce qu'il se calme. Et qu'un jour toute la famille se retrouverait – et ça serait encore plus sympa.

Mais j'ai préféré me taire, plutôt que lui donner de faux espoirs en le laissant imaginer la vie en rose. Après tout, comment savoir ce qui allait se passer ?

– Papa va m'acheter un quatre-quatre ! s'est-il exclamé tout à coup, les yeux brillants. Il me l'a promis au téléphone hier soir. En plus, il va m'apprendre à le conduire. Trop génial, non ?

– Génial, oui.

J'ai essayé d'avoir l'air aussi enthousiaste. C'était tellement bien de le voir sourire et se réjouir comme avant. Pourtant j'avais du mal à croire que Papa tiendrait sa promesse. Ça serait trop... typique d'un vrai père... et de ce côté-là, Frankie et moi, on ne se faisait plus la moindre illusion.

— Si tu veux, tu pourras aussi le conduire. Si, disons... si un jour tu viens chez Papa.

— Merci. Ça serait trop cool.

Il était assis sur mon lit et il avait l'air un peu mal à l'aise, comme souvent les garçons quand la situation est tendue. Si j'avais été une grande sœur à la hauteur, je lui aurais dit d'aller s'amuser, mais sa présence me faisait du bien. Il dégageait quelque chose qui me rassurait. Qui me donnait de l'espoir.

Hélas, il s'est bientôt redressé pour m'annoncer :

— Bon, faut que je retourne chez Mike. Ce soir on va à la messe. (Il a baissé la tête légèrement, un peu gêné.) Bon... à plus, salut.

Et il a disparu.

Je me suis affalée contre mes oreillers, fixant les chevaux de mon papier peint qui galopaient vers le néant. J'ai fermé les yeux et essayé d'imaginer que je chevauchais l'un d'eux, comme avant. Impossible. Tout ce que je voyais, c'étaient des chevaux qui me décochaient des ruades pour que je tombe, et *paf !* je m'écroulais sur les fesses contre le sol dur comme du bois. En plus, les chevaux avaient tour à tour les visages de Papa, de M. Angerson, de Troy, de Nick. De moi.

36

Je n'avais jamais été sur la tombe de Nick, mais je savais exactement où elle était. D'abord parce qu'on l'avait vue à la télé quasiment toutes les dix secondes dans le mois qui avait suivi la fusillade. Ensuite parce que j'avais suffisamment entendu de gens en parler pour savoir à quoi elle devait ressembler.

Je n'avais prévenu personne que j'y allais. De toute façon, qui prévenir ? Maman ? Elle éclaterait en sanglots et elle me suivrait en hurlant à travers la vitre de la voiture. Papa ? Bof, on ne peut pas dire que le courant passait très bien entre lui et moi. Le docteur Hieler ? Oui, mais la dernière fois que je l'avais vu, je n'avais pas encore pris ma décision. Je suis sûre qu'il m'aurait proposé de m'accompagner en voiture et ça m'aurait épargné d'avoir ces élancements insupportables dans la jambe. Mes copains ? Oh, je les avais tous plus ou moins balancés hors de ma vie.

J'ai longé plusieurs rangées de tombes parfaitement entretenues, avec des pierres tombales polies et des bouquets de fleurs fraîches, jusqu'à ce que je trouve la sienne, entre celle de son grand-père Elmer et celle de sa tante

Mazie, dont il m'avait parlé, mais que je n'avais jamais rencontrés.

Je l'ai regardée un long moment. Le vent venait de se lever pour chasser l'hiver et tournoyait autour de mes chevilles ; je frissonnais. Le tableau était parfait : le léger froid, le vent, la grisaille, mon chagrin, et ma poitrine qui m'opprimait à cause de la marche. Un paysage de cimetière typique, non ? En tout cas c'est comme ça que les cimetières apparaissaient dans les films. Sombres, glacés. Comment le soleil pourrait-il rayonner le jour où vous allez voir la demeure éternelle d'une personne que vous avez aimée ?

La tombe de Nick brillait autant que celles qui l'entouraient. La lueur dégagée par le ciel couvert projetait de longues ombres grises qui semblaient jouer sur l'épitaphe. Que j'ai réussi à déchiffrer :

NICHOLAS ANTHONY LEVIL
1990 – 2008
Mon fils bien-aimé

J'ai été surprise par l'expression « Mon fils bien-aimé ». Elle était en petits caractères, en italique, presque enfouie dans l'herbe. Comme une excuse.

J'ai pensé à sa mère. Bien sûr, je l'avais vue plus d'une fois à la télé, mais ce n'était pas la femme que j'avais rencontrée. Je l'avais toujours connue sous le nom de « M'man », telle que l'appelait Nick, et avec moi, elle avait toujours été sympa et relax. Un peu en retrait, évitant de nous déranger, discrète, ne se croyant jamais obligée de nous asséner des règles sur la façon de se comporter. Cool. Je l'aimais bien.

Souvent j'imaginais que c'était ma belle-mère et l'idée me plaisait.

Évidemment que M'man voulait qu'on se souvienne de Nick comme de son « fils bien-aimé ». Et évidemment, elle voulait passer le message de la façon la plus discrète possible, chuchotant ses mots à l'oreille de son fils en lettres minuscules gravées sur sa pierre tombale. À peine un murmure. *Je t'ai aimé, mon fils. Tu as été mon bien-aimé. En dépit de ce qui s'est passé, je me souviendrai toujours de celui que j'ai aimé. Je ne t'oublierai jamais.*

Un bouquet de roses bleues en plastique avait été déposé dans un vase incrusté au sommet de la pierre tombale. J'ai caressé les pétales frêles en pensant à Nick. Je me demandais s'il aurait aimé avoir des fleurs sur sa tombe. Je m'étais jamais posé la question. Trois années avec lui et pas une seule fois je n'avais cherché à savoir s'il aimait les fleurs, s'il préférait les roses, s'il ne pensait pas que le bleu artificiel de ces fleurs en plastique était un peu ridicule. C'était ça, la vraie tragédie, le fait que je ne lui avais jamais posé la question.

Je me suis agenouillée et j'ai passé le doigt sur les lettres qui formaient son nom. *Nicholas.* Je n'ai pas pu m'empêcher de sourire en me rappelant que je le taquinais souvent sur ce prénom.

– Nicholas ! je chantonnais en sautillant entre la cuisine et la salle à manger et en agitant la photo encadrée de lui qui trônait sur le manteau de la cheminée. Nicholas, mon amour ! Viens, mon Nicholas chéri !

– Tu vas le regretter, me lançait-il du fond de la salle à manger.

J'avais beau l'appeler par un prénom qu'il détestait, je percevais un sourire au fond de sa voix et je savais qu'il ne demandait qu'une chose, m'attraper et me sauter dessus en riant.

– Si je mets la main sur toi, ma vieille, tu...

Tout à coup il bondissait comme un diable en criant « Aha ! » et je filais à travers la cuisine avant de monter quatre à quatre jusqu'à la salle de bains.

– Nicholas ! Nicholas ! Nicholas ! je hurlais en éclatant de rire. Nicholas Anthony !

Je l'entendais glousser en se rapprochant derrière moi.

– Je t'ai eue ! s'exclamait-il en m'attrapant par la taille alors que j'arrivais à peine à la salle de bains. Tu vas me le payer !

Puis il me plaquait au sol et s'écroulait sur moi en me chatouillant jusqu'à ce que je pleure.

C'était tellement loin...

J'ai promené mon doigt sur son nom. Comme si le Nick d'autrefois était plus vivant que jamais. Le vieux Nick, celui qui me chatouillait devant la salle de bains chez lui.

– Je ne t'en veux pas, ai-je chuchoté. Pas du tout, je te promets.

Un geai bleu s'est mis à gazouiller dans un arbre. J'ai scruté les branches mais je n'ai pas réussi à le voir.

– Il était temps, a résonné une voix derrière moi.

C'était Duce : il était assis sur un banc en béton, penché en avant, ses mains pendouillant entre les genoux.

– Ça fait longtemps que tu es là ?

– Je viens ici tous les jours depuis qu'il est mort. Et toi ?

– C'est pas ce que je voulais savoir.

– Je m'en doute... Alors qu'est-ce que tu fous ici ?

– Parce que tu voudrais me chasser ? Du reste, je ne sais pas pourquoi tu es tellement remonté contre moi. C'était ton meilleur ami. Toi aussi, tu aurais pu l'empêcher de tirer.

– C'est toi qui avais la liste.

– Et toi qui as passé la nuit chez lui deux jours avant la fusillade, ai-je aboyé, avant d'ajouter d'une voix plus calme : On peut continuer comme ça toute la journée. Stop, c'est grotesque. Ça ne ressuscitera personne.

Une voiture s'est garée devant le cimetière et un vieil homme en est sorti prudemment, avant de se diriger vers une tombe, un bouquet à la main.

– Moi aussi, les flics m'ont interrogé, a poursuivi Duce en observant le vieil homme. Ils se disaient que j'étais dans le coup vu que je passais pas mal de temps avec lui.

– Sérieux ? Je ne savais pas.

– Je m'en doutais, m'a-t-il répondu, un peu amer. Tu n'as pas arrêté de te plaindre, pauvre petite Valérie éplorée. Tu étais blessée. Tu souffrais. On te soupçonnait. Jamais tu n'as eu la moindre pensée pour les autres. Jamais, putain ! Jamais tu as cherché à savoir comment on allait, nous. Tu nous as lâchés comme des vieilles chaussettes.

Je tombais des nues. Il avait raison. La seule fois où Stacey était venue me voir, je ne lui avais demandé aucune nouvelle de personne. Je n'avais appelé personne. Envoyé de mails à personne. Rien. Ça ne m'avait même pas traversé l'esprit.

– Mon Dieu ! ai-je murmuré, entendant soudain le reproche de Jessica : *Tu es égoïste, Valérie.* Je suis désolée. Je ne pensais pas que...

– Le type, là, l'inspecteur Panzella, il était quasiment installé chez moi, merde ! Il m'a pris mon ordinateur et tout le reste. Mais tu sais le pire ? c'est que... je ne me doutais de rien. Nick ne m'a jamais fait la moindre allusion à son plan. Il ne m'a jamais prévenu ni rien.

– Moi non plus, il ne m'avait pas prévenue.

Et j'ai ajouté, d'une voix à peine audible :

– Je te demande pardon, Duce, sincèrement.

Il a fouillé dans sa poche avant de sortir une cigarette qu'il a allumée en répondant :

– Au début, je me sentais nul, de n'avoir rien vu venir. On était sans doute moins proches que ce que je pensais. En plus je culpabilisais. J'aurais dû m'en douter, j'aurais pu l'arrêter. L'aider. Faire quelque chose. Mais aujourd'hui... je ne sais pas... peut-être qu'il a préféré ne rien nous dire pour nous épargner.

– Tu parles, s'il a voulu nous épargner, il avait tout faux.

– Tu m'étonnes.

J'ai jeté un œil du côté du vieil homme : il venait de se redresser et remettait sa veste en place en se dirigeant vers sa voiture.

– Tu te rappelles le jour où on est allés au parc aquatique, tous les trois ? ai-je demandé à Duce.

– Ouais, qu'est-ce que tu nous as cassé les pieds ce jour-là ! Tu n'arrêtais pas de chouiner parce que tu avais froid, ou faim, quelle plaie ! On aurait dit que tu voulais l'empêcher de s'amuser.

– Je me souviens, ai-je répondu en regardant sa tombe. *Nicholas Anthony*. À la fin de la journée, vous, les mecs, vous avez fini par nous planter, Stacey et moi. On vous a cherchés partout et on vous a retrouvés en train de manger des Oreo avec deux blondes qui venaient de Mount Pleasant...

– Canon, les deux nanas.

– Ouais, pas mal. Tu te souviens de ce que j'ai dit à Nick quand on vous a retrouvés ?

J'ai levé les yeux vers Duce. Il a secoué la tête. Avec un beau sourire.

– Je lui ai dit que je le haïssais. Tel quel, je te promets, « Je te hais. »

J'ai ramassé une feuille morte que j'ai commencé à dépiauter en poursuivant :

– Tu crois qu'il sait que je n'en pensais pas un mot ? Tu ne crois pas qu'il est mort en pensant que je le haïssais, non ? Oh, je sais, c'était il y a super longtemps et on s'est réconciliés le soir même. Mais parfois ça me turlupine et j'ai peur qu'il n'ait jamais oublié, et que le jour de... de la tuerie, quand j'ai essayé de l'empêcher de tirer, ça lui est revenu en mémoire et c'est pour ça qu'il s'est suicidé. Parce qu'il était persuadé que je le haïssais.

– Peut-être.

J'ai réfléchi quelques instants avant de répondre :

– Je l'aimais.

Tout à coup j'ai éclaté de rire en m'exclamant :

– Telle fut la cause de ma chute !

C'est exactement ce que m'aurait dit Nick si j'avais été l'héroïne vouée au malheur d'une des tragédies de Shakespeare qu'il aimait tant.

Duce s'est mis à tapoter le banc à côté de lui avant de tendre le bras vers moi en souriant. Je me suis assise et il m'a pris la main. Il avait des gants et la chaleur de sa main enveloppant la mienne s'est diffusée dans tout mon corps.

— Tu crois que c'est à cause de moi ?

Il a réfléchi avant de cracher par terre et de répondre :

— Non, à mon avis, il ne savait absolument pas pourquoi il le faisait.

En effet. Je n'y avais jamais pensé. Comment aurais-je pu deviner puisque Nick lui-même n'en savait rien ?

Duce m'a lâché la main, qui s'est tout de suite refroidie, avant de glisser un bras autour de moi. Ça m'a fait un drôle d'effet, mais pas complètement désagréable. Au fond, personne ne pouvait me rapprocher de Nick, de la chaleur de Nick, plus que son meilleur ami. Je me suis blottie contre le creux de son épaule.

— Je peux te demander un truc ?

— Oui.

— Puisque tu l'aimais tellement, pourquoi tu n'es pas venue plus tôt sur sa tombe ?

— Parce que pour moi il n'était pas vraiment là. Alors que je sentais sa présence partout autour de moi, partout où je regardais.

— C'était mon meilleur ami. Tu te rends compte ?

— C'était aussi mon meilleur ami.

— Je sais, m'a répondu Duce, trahissant une légère tension. J'imagine. Peu importe.

Le vent soufflait de plus en plus fort. Le ciel s'assombrissait et les feuilles tournoyaient autour de mes chevilles en cercles si concentriques qu'elles me picotaient. Voyant que je commençais à frissonner, Duce a retiré son bras de mon épaule et s'est redressé.

– Faut que j'y aille.
– Salut.

J'ai continué à regarder la tombe de Nick jusqu'à ce que mes yeux pleurent et que je ne sente plus le bout de mes orteils tellement j'avais froid. Puis je me suis levée et j'ai balayé de la pointe du pied les feuilles tombées sur la pierre.

– Salut, Roméo...

Et je suis partie, tremblante, sans me retourner, sachant que jamais je ne reviendrais sur sa tombe. C'était le « fils bien-aimé » de M'man. Les mots gravés dans le granit ne faisaient aucune mention de moi.

37

En arrivant devant la maison, j'ai vu une voiture de la police garée devant celle de Papa, elle-même devant une vieille Jeep rouge cabossée. Panique ! J'ai remonté l'allée et je me suis précipitée à l'intérieur.

– Ah, Dieu merci ! a hurlé Maman en se jetant sur la porte d'entrée avant de me serrer contre elle. Dieu merci !

– Mais... ? Qu'est-ce qui...

Un officier de police a surgi derrière elle, manifestement furieux de se trouver ici. Suivi par Papa, qui avait l'air encore plus contrarié. J'ai jeté un œil dans le salon et j'ai aperçu le docteur Hieler assis sur le canapé, les traits tendus, ce qui lui donnait un air épuisé et un peu dur.

– Qu'est-ce qui se passe ? ai-je demandé en me dégageant de Maman. Docteur Hieler... ? Il y a eu quelque chose ?

– On était sur le point d'appeler Alerte-Enlèvement, a répondu Papa, la voix brisée par la rage. La prochaine fois, tu nous prépares quoi, nom de Dieu ?

– Alerte-Enlèvement ? Pourquoi ?

– Tu as envie qu'on te pince comme si tu avais fugué ? a renchéri le policier en se dirigeant vers la porte.

– Fugué, moi ? Mais pas du tout. Je... Maman...

Maman l'a raccompagné en le remerciant et en s'excusant. Il avait une petite radio sur l'épaule qui braillait et m'empêchait de comprendre ce qu'ils se disaient.

Le docteur Hieler s'est approché de moi avec un air à la fois confus et triste, fâché et soulagé. J'ai pensé à sa famille qui devait l'attendre. De quelle tranquillité domestique l'avais-je encore privé ? Sa femme l'attendait-elle en priant secrètement pour que je disparaisse une bonne fois pour toutes ?

– Tu étais sur sa tombe ? m'a-t-il demandé très calmement.

J'ai hoché la tête et il m'a répondu d'un air entendu :

– À samedi. On en reparlera.

Quelques secondes plus tard, il était à la porte, échangeant quelques mots avec Maman lui aussi – tous deux s'excusant –, puis il a serré la main de Papa avant de partir. J'ai regardé le policier courir jusqu'à sa voiture tandis que le docteur Hieler grimpait dans sa Jeep avant de disparaître.

– Je rentre, a dit Papa en s'adressant à Maman. Appelle-moi si tu as besoin de moi. Mais je ne changerai pas d'avis. Elle a besoin d'une meilleure prise en charge, Jenny. Il est temps que tu l'empêches de répandre le malheur autour d'elle.

– J'ai compris, Ted, a lâché Maman en soupirant. Je t'ai entendu.

Il a vaguement tapoté son épaule avant de disparaître. Et je me suis retrouvée face à face avec Maman.

– Tu n'imagines pas le bin's que ça a été, m'a-t-elle avoué d'un ton amer. Une fois de plus. Il y avait des journalistes dans le jardin. Une fois de plus. Il a fallu que le docteur Hieler intervienne pour qu'ils s'en aillent. Je t'ai accordé le bénéfice du doute, Valérie, et tu as vu comment ça se termine ? Ton père a peut-être raison. On te donne ça, un centimètre, et tu prends ça, un mètre.

– Pardon. Je ne savais pas, je te jure, je n'ai pas cherché à m'enfuir. J'étais juste sortie me balader.

– Ça fait des heures que tu es partie, Valérie. Tu n'avais prévenu personne. J'ai cru que tu avais été kidnappée. Ou pire. J'avais peur que ce gamin, Troy, ait mis sa menace à exécution.

– Pardon, Maman. J'ai perdu la notion du temps.

– N'importe quoi ! s'est écriée une voix en haut.

J'ai levé les yeux en même temps que Maman : c'était Frankie, debout au premier étage, en caleçon et T-shirt, les cheveux ramassés et pointant d'un seul côté.

– Frankie...

– Papa a raison, tout ce qu'elle fait, c'est semer la zizanie.

– Je répète, je vous demande pardon. Je n'ai pas cherché à semer la zizanie. Je suis allée au cimetière et je suis tombée sur Duce, du coup on a discuté et j'ai oublié l'heure. J'aurais dû vous prévenir, c'est vrai.

– Duce Barnes ? a repris Maman, l'air interloquée.

J'ai baissé les yeux.

– Oh, Valérie, encore un ! a-t-elle soupiré. Encore un type du genre de Nick. Ça ne t'a pas servi de leçon ? Avec tout ce qui s'est passé, tu ne trouves rien de mieux à faire que de continuer à traîner avec ce genre de garçons et à foncer droit vers les ennuis ?

– Pas du tout, c'est pas du tout ce que tu penses.

– J'avais un match de sélection de foot, a hurlé Frankie du haut de l'escalier. Je n'ai pas pu y aller parce que Papa et Maman étaient tous les deux ici, balisant parce que tu avais disparu. Écoute, Valérie, je veux bien prendre ta défense mais tu ne penses qu'à toi. Tu crois tout le temps que toi et Nick, vous étiez des victimes. Même aujourd'hui, alors que Nick n'est plus là, tu continues à bousiller la vie des autres. C'est pas possible. Papa a raison. J'en ai ras le bol que ma vie dépende de la tienne.

Il est retourné dans sa chambre en claquant la porte.

– Sympa, merci, a lancé Maman en agitant la main vers le haut de l'escalier. Cela dit, tu ne pourrais pas nous laisser un peu souffler, ne serait-ce qu'une journée ? J'étais là, j'avais décidé de te faire confiance et tu...

– Je n'ai rien fait de mal. Je suis allée me promener. Je n'ai pas fichu ta journée en l'air. C'est toi qui la fous en l'air en refusant de me faire confiance. Quand est-ce que vous allez comprendre enfin ça ? Je n'ai tiré sur personne ! Je n'ai rien fait ! Arrêtez de me traiter comme un monstre. Je n'en peux plus de me prendre tout dans la figure.

J'ai entendu la porte de Frankie s'entrouvrir, mais je n'ai pas levé les yeux. Je les ai fermés et j'ai pris une longue respiration pour me calmer. Je redoutais d'être la cause d'un nouveau drame dans la vie de Frankie.

– Je suis sortie me promener pour aller faire mes adieux à Nick, ai-je repris en rouvrant les yeux et en fixant Maman. Tu devrais te réjouir. Nick est officiellement sorti de ma vie, et à jamais. Maintenant tu peux commencer à me faire confiance.

Maman s'est enfin détendue, relâchant ses bras le long du corps.

– Bien, a-t-elle lâché. Au moins, tu es en sécurité.

Elle s'est retournée pour monter l'escalier, m'abandonnant dans l'entrée. J'ai entendu Frankie refermer sa porte. *Ouais*, pensais-je. *En sécurité.*

38

Frankie a décidé d'aller vivre chez Papa pendant la semaine, ne revenant à la maison que le week-end. Maman m'avait juré que ce n'était pas à cause de moi, mais j'avais du mal à la croire vu la scène qu'il m'avait faite. En plus il était parti sans me dire au revoir. Et je me sentais affreusement coupable. Je n'avais surtout pas l'intention de le blesser. Je ne voulais pas que sa vie dépende de la mienne. Malheureusement, je ne sais pas comment je me débrouillais, mais je blessais les gens autour de moi sans le vouloir.

Le temps que le printemps nous enveloppe pleinement, j'avais remarqué qu'il s'était coupé les cheveux pour ressembler aux joueurs de son équipe de foot et qu'il portait des lunettes qui lui donnaient un air sage inattendu.

Il m'adressait rarement la parole, si ce n'est pour me donner des nouvelles de Briley et Papa quand Maman n'était pas dans les parages.

– Papa a une nouvelle voiture, m'annonçait-il, par exemple. Briley est trop sympa, Val, tu devrais lui donner sa chance. Elle écoute de la musique punk, t'y crois ? T'imagines Maman en train d'écouter du punk ?

Un jour, pendant que Frankie était sous la douche, j'ai piqué son portable au fond de son sac à dos et j'ai fait défiler les photos qu'il avait stockées jusqu'à ce que je tombe sur eux. Je me suis assise par terre et je les ai regardées jusqu'à ce que j'aie les yeux qui picotent.

Le divorce allait bientôt être prononcé. Mel, l'avocat de Maman, passait très souvent le soir, apportant parfois des sandwichs de chez Sal's passés au four ou une bouteille de vin. Quand il venait, Maman se maquillait et s'asseyait gaiement autour la table de la cuisine avec lui, n'arrêtant pas d'éclater de rire en lui tapotant délicatement l'avant-bras.

L'idée m'était insupportable, pourtant je ne pouvais m'empêcher d'imaginer ce que donnerait Mel dans le rôle du beau-père. Jusqu'au jour où j'ai abordé le sujet avec Maman, et elle a rougi en me répondant tout bêtement :

– Je suis toujours mariée avec ton père, Valérie.

Là-dessus elle s'est éloignée avec un air rêveur, caressant son collier et souriant, telle Cendrillon le lendemain du bal.

Quant à moi, même si techniquement parlant, j'avais signé un pacte de non-agression avec Duce devant la tombe de Nick, nos rapports au lycée n'avaient pas beaucoup changé. On ne se parlait plus. On ne se retrouvait jamais sur les gradins devant l'entrée. On ne déjeunait jamais ensemble. Au contraire, je m'étais débrouillée pour que Mme Tate m'autorise à déjeuner dans son bureau, en échange de la promesse que je consulterais les catalogues des universités que je pourrais présenter.

C'était l'époque de l'année où le lycée semblait interminable et ennuyeux à mourir. Tandis que les oiseaux pépiaient derrière les fenêtres grandes ouvertes, les heures s'écoulaient et s'accumulaient sans fin. Les devoirs de classe me semblaient vains, vu que la terminale était presque finie. J'avais l'impression qu'ils ne servaient qu'à combler le vide. On savait tout ce qu'il nous fallait savoir, non ? On méritait un minimum de répit, quand même.

Le 2 mai est arrivé ; la journée s'est passée presque comme les autres. La direction nous a demandé d'observer une minute de silence le matin, suivie par la lecture du nom des victimes après les annonces de la journée. Le soir, plusieurs veillées de prière ont été organisées dans des églises locales. À part ça, la vie suivait son cours, normal. Déjà. Un an après seulement.

Au lycée on ne parlait plus que du jour de la remise des diplômes. Des fêtes organisées après pour célébrer l'événement. Et des réunions de famille, redoutables, organisées avant. Ce qu'on allait porter, comment éviter que le chapeau noir de rigueur ne tombe, quelle blague on allait inventer pour charrier M. Angerson.

La tradition du lycée voulait que chaque élève de terminale remette un petit truc facile à cacher au moment où le directeur lui serrait la main sur l'estrade le jour de la remise des diplômes. Une année, ça avait été une poignée de cacahuètes. Une autre, des pièces jaunes. Ou encore, des petites balles molles en plastique. Angerson était obligé de se débrouiller pour fourrer les objets dans sa poche, si bien qu'à la fin de la cérémonie elle était enflée et prête à craquer. La rumeur circulait que cette année ce serait des préservatifs, mais les *cheerleaders* du lycée menaient activement campagne contre. Elles préféraient l'idée de clochettes, de façon que M. Angerson ne puisse pas faire un geste sans carillonner. Personnellement, j'aimais bien l'idée des clochettes. Ou encore mieux, rien. Au fond, ce que notre classe pouvait offrir de mieux à M. Angerson, c'était un répit, une pause. Une vraie belle poignée de rien du tout.

À peine le sujet de la remise des diplômes était-il épuisé que les discussions typiques de terminale reprenaient. Qui allait à l'université du Missouri ? Qui allait passer l'année outre-Atlantique ? Qui restait sur place ? Vous étiez au courant de la rumeur comme quoi J.P. allait s'engager dans le Peace Corps[1] ? Et s'il attrapait le paludisme et mourait ? Ou si les enfants soldats le prenaient en otage et le décapitaient dans une hutte cachée par des feuilles de bananier ? Et patati et patata... ça n'en finissait jamais.

Tous les jours à l'heure du déjeuner, Mme Tate me harcelait en me posant des questions sur mes projets et en me rassurant :

– Valérie, sache qu'il n'est pas trop tard pour obtenir une bourse pour une université d'État.

– Non merci.

– Mais qu'est-ce que tu vas faire ?

Croyez-moi, j'y réfléchissais depuis longtemps, à ce que j'allais faire. Où irais-je, une fois mon diplôme en poche ? De quoi vivrais-je ? Rester à la maison en attendant qu'éventuellement Maman et Mel se marient ? Ou pourquoi pas, emménager avec Briley, Papa et Frankie et essayer de renouer alors que je savais que Papa n'en avait aucune

---

1. Organisation humanitaire.

envie ? Ou alors partir et trouver un boulot ailleurs ? Trouver une coloc ? Tomber amoureuse ?

« Me remettre », je me disais. Le fait est que j'avais simplement besoin de temps pour me remettre. Je penserais à l'avenir plus tard, quand le lycée de Garvin aurait glissé de mes épaules comme une cape, et qu'enfin je commencerais à oublier le visage de mes camarades. Le visage de Troy. Le visage de Nick. L'odeur de la poudre et du sang. Si tant est que ce soit possible.

Tout allait bien jusqu'à un certain vendredi, pluvieux, alors que le parfum d'herbe tondue et mouillée embaumait les couloirs. Le ciel était couvert de nuages tellement épais qu'il semblait faire nuit. La sonnerie signalant la fin des cours venait de retentir et tout le monde s'agitait. Comme d'habitude, je me tenais un peu en retrait, dans ma bulle, en attendant de cocher un nouveau jour dans mon calendrier. Un jour supplémentaire qui nous rapprochait de la remise des diplômes.

J'étais devant mon casier en train d'échanger mon livre de maths contre mon manuel de sciences.

– Alors, c'est qui la nana qui a essayé de se foutre en l'air ?

La question avait été posée par une fille quelques casiers plus loin. J'ai tendu l'oreille en jetant un œil de son côté.

– Comment ça ? a répondu son amie.

– Tu n'en as pas entendu parler ? Il paraît qu'il y a une fille de terminale qui a essayé de se suicider il y a deux jours. Elle aurait avalé des médocs. Ou peut-être qu'elle s'est coupé les veines, je ne me souviens plus. Elle s'appelait Ginny, je crois.

– Ginny Baker ? je n'ai pas pu m'empêcher de demander tout haut.

Les deux filles m'ont jeté un regard embarrassé.

– Quoi ? a lâché l'une d'elles.

– La fille qui a essayé de se suicider. Tu viens de dire qu'elle s'appelait Ginny quelque chose. C'était Ginny Baker ?

– Ouais, c'est elle. Tu la connais ?

– Oui.

J'ai fourré mes livres au fond de mon casier, j'ai claqué la porte et je me suis précipitée dans le bureau de Mme Tate. Elle a levé les yeux vers moi avec un air surpris.

– Je viens d'apprendre, pour Ginny. Vous pourriez me déposer à l'hôpital, s'il vous plaît ?

39

Je suis sortie de l'ascenseur de l'hôpital au troisième étage, dans le service psychiatrique. J'avais une boule d'angoisse au fond du ventre, persuadée qu'au premier faux pas, quelqu'un se précipiterait sur moi avec une camisole, me ramènerait illico dans ma chambre et m'obligerait à rester et à participer à leurs séances débiles de thérapie. M'obligerait à écouter cet imbécile de docteur Dentley répéter « Je vais vous dire ce que j'ai entendu, mademoiselle Leftman. Laissez-moi vous le prouver. »

Je suis entrée dans la salle des infirmières. Une aide-soignante aux cheveux en brosse a levé les yeux sur moi. Curieusement, elle ne me disait rien : soit j'étais trop sonnée par les médicaments quand j'étais ici pour avoir enregistré son visage, soit elle venait d'arriver. Ce qui devait être le cas, puisqu'elle non plus ne m'a pas reconnue.

– Oui ? m'a-t-elle demandé avec cet air soupçonneux et blasé qu'ont les infirmières psychiatriques, comme si j'étais venue prêter main-forte à un patient pour qu'il s'échappe.

– Je viens voir Ginny Baker.

– Tu es de la famille ?

Elle a fouillé dans les papiers qui traînaient sur son bureau en m'ignorant.

– Je suis sa demi-sœur, ai-je répondu illico, surprise de voir avec quelle facilité je mentais.

Elle n'en croyait manifestement pas un mot, mais que pouvait-elle faire – m'imposer un test ADN ?

– 421, par là, à gauche, m'a-t-elle répondu.

Vite, j'ai filé dans le couloir en priant pour que personne ne me voie – le docteur Dentley, par exemple. J'ai respiré un bon coup et je suis entrée dans la chambre numéro 421.

Ginny était allongée dans son lit, légèrement redressée, avec des perfusions aux bras et entourée de moniteurs de contrôle. Elle regardait la télé d'un air absent. Un gobelet en polystyrène avec une paille rayée pliable traînait sur la table devant elle. Sa mère était assise à côté de son lit et regardait aussi la télé où passait je ne sais quelle émission de mi-journée. Ni l'une ni l'autre ne parlait. Et ni l'une ni l'autre ne semblait avoir pris la peine de se laver les cheveux.

Mme Baker fut la première à me voir. J'ai senti que son corps se tendait, et elle n'a pas pu s'empêcher d'entrouvrir la bouche.

– Pardon de vous déranger, me suis-je excusée.

Enfin... je crois que c'est ce que j'ai dit. J'étais tellement dans mes petits souliers que je n'en suis pas certaine.

Ginny m'a regardée à son tour. De nouveau, j'ai été frappée de voir à quel point elle était défigurée. Et de nouveau, j'ai eu les larmes aux yeux. La vision de ses jolies pommettes massacrées et de ses lèvres déformées était un choc.

– Qu'est-ce que tu fais ici ?

– Je suis désolée de te déranger. Je voulais juste te parler.

Sa mère s'était levée de sa chaise et se tenait debout derrière, comme pour se cacher.

Le regard de Ginny allait et venait entre sa mère et moi, mais ni l'une ni l'autre ne bronchait.

– J'étais dans la chambre 416. Il vaut mieux être de ce côté parce que la réserve de somnifères est près des 450.

C'est alors que j'ai entendu une voix plus ou moins familière, puis le frottement de chaussures de mauvaise qualité se rapprochant dans le couloir.

– Alors, comment va notre petite Ginny ? a lancé le docteur Dentley, dont cette fois-ci j'ai identifié la voix.

Il est entré dans la chambre et a pris son pouls, tout en bavassant : ils avaient eu une bonne séance ce matin, et est-ce qu'elle se sentait agitée, et puis comment avait-elle dormi la nuit passée... avant de voir que la mère et la fille avaient toutes les deux les yeux rivés sur moi.

– Valérie ! Qu'est-ce que tu fais ici ? s'est-il exclamé, interloqué.

– Bonjour, docteur Dentley. Je suis venue rendre visite à Ginny.

Aussitôt il s'est retourné en posant sa main dans mon dos, pile entre mes deux omoplates, et m'a poussée doucement vers la porte.

– Compte tenu des circonstances, je ne pense pas que tu aies ta place ici. Mlle Baker a besoin de temps pour...

– C'est bon, est intervenue Ginny. (Le docteur Dentley m'a lâchée et Ginny a hoché la tête.) Elle peut rester, ça va.

Le docteur et sa mère l'ont regardée comme si elle était folle. À croire que le premier se demandait s'il ne valait pas mieux l'envoyer chez les schizophrènes.

– Vraiment, a insisté Ginny.

– Bien, a lâché le docteur Dentley. À part ça, il faut que je fasse un bilan de...

– Je vais attendre dans le couloir.

Ginny a acquiescé d'un air las. Manifestement, elle n'avait aucune envie de se retrouver seule avec le médecin.

Je suis sortie discrètement de la chambre, soulagée de savoir qu'à ses yeux j'étais bienvenue et autorisée à rester. Je me suis assise dans le couloir en attendant, tandis que le murmure sourd du docteur Dentley filtrait à travers la porte.

Peu après j'ai reconnu le pas de la mère de Ginny qui sortait elle aussi. Elle a fait une légère pause en me voyant assise par terre. Elle s'est raclé la gorge, elle a baissé les yeux au sol et elle s'est éloignée. Elle avait l'air épuisée. À bout, comme si elle avait passé plusieurs nuits blanches successives.

Au dernier moment elle s'est arrêtée et m'a fusillée du regard, avec un visage de marbre.

– Je ne l'ai pas vu venir, a-t-elle dit.

J'ai été incapable de répondre. Puis elle a ajouté, d'une voix absolument neutre :

– J'imagine qu'il faut que je te remercie pour avoir mis fin à la tuerie...

Soudain elle a tourné les talons. Elle a jeté un œil dans la salle des infirmières, donné un grand coup dans les battants de porte au bout du couloir et disparu. Elle imaginait qu'il fallait que... sauf que non. Pas vraiment.

Quand même. Ça m'a fait du bien – enfin, plus ou moins.

Peu après j'ai vu sortir le docteur Dentley, sifflant d'un air guilleret. Je me suis tout de suite levée.

– Le docteur Hieler m'a dit que tu allais beaucoup mieux, m'a dit Dentley. J'espère que tu prends bien tes médicaments.

Et hop, il s'est éloigné sans façon en me lançant un simple « Elle a besoin de se reposer, ne reste pas trop longtemps. »

J'ai pris une longue respiration et je suis rentrée dans la chambre. Ginny était en train de s'essuyer les yeux avec un Kleenex. Je me suis glissée sur la chaise la plus éloignée de son lit.

– Quel crétin ! a-t-elle soupiré. Je n'ai qu'une envie, sortir d'ici, mais il ne veut pas me lâcher. Il paraît que je constitue une menace pour moi-même et que le règlement exige que je reste. Grotesque.

– Ouais. En général, ils gardent les tentatives de suicide trois ou quatre jours. Mais la plupart restent plus longtemps parce que les parents sont trop flippés. Ta mère flippe vraiment ?

– Comme c'est pas permis, m'a répondu Ginny en ricanant et en se mouchant. T'as pas idée.

Nous sommes restées un moment à regarder la télé en silence – une banale émission de variétés. Une star à peine ado, avec une chevelure foncée, a surgi à l'écran. La pauvre, elle n'avait l'air ni glamour ni heureuse. Elle avait tout simplement l'air d'une gamine. Elle me faisait un peu penser à moi.

– Quand Nick est arrivé à Garvin, au début, on était copains, a dit Ginny, rompant brusquement le silence. On avait plusieurs cours ensemble.

– Ah bon ? Je ne savais pas.

Nick ne m'en avait jamais rien dit.

– Si, on se parlait, genre tous les jours. Je l'aimais bien. Il était super intelligent. Et sympa. C'est ça qui me tue. Il était trop sympa.

– Je sais.

Tout à coup j'avais l'impression que Ginny partageait avec moi un monde. Un monde que je n'étais plus seule à voir. Un monde incarné par le bon côté de Nick. Que Ginny comprenait, même avec son visage défiguré.

Elle s'est laissé aller contre son oreiller en fermant les yeux, pleurant doucement. J'ai pris un Kleenex dans une boîte posée sur la chaise à côté de la mienne, je me suis levée et j'ai essuyé délicatement ses paupières.

Elle a légèrement sursauté, sans ouvrir les yeux ni tenter de me repousser. J'ai passé le Kleenex sur son visage en suivant le contour de ses cicatrices arrondies, et une fois son visage sec, je me suis rassise. Peu après, elle a repris avec la voix cassée :

– Cette année-là, j'ai commencé à sortir avec Chris Summers. C'était au printemps, mais un jour Chris m'a vue discuter avec Nick et il a eu peur. Il était jaloux comme un tigre. Je crois que c'est comme ça que ça a commencé. Parce que j'étais amie avec Nick, sinon il l'aurait ignoré. Il était tellement salaud avec lui, il ne le lâchait jamais.

– Ginny, je...

– J'ai été obligée d'arrêter de parler à Nick. Je ne pouvais pas faire autrement, Chris n'aurait jamais accepté que je continue à lui parler. « Écoute, t'as envie d'être copine avec un nul pareil ? », a-t-elle ajouté en imitant le ton de Chris Summers.

– Mais c'est Chris qui a...

– Sauf que maintenant je n'arrête pas de penser que... peut-être que si je n'avais pas été amie avec Nick, à l'origine... ou si j'étais restée copine avec lui et que j'avais dit à Chris de laisser tomber... peut-être que la tuerie... Sauf qu'aujourd'hui ils sont tous les deux morts.

J'ai jeté un œil sur la télé. L'émission de variétés a accueilli un rappeur dont je n'avais jamais entendu parler. Il avait autour du cou des espèces d'énormes dollars en or et agitait la main vers la caméra. Ginny a rouvert les yeux et s'est mouchée en observant ce drôle de personnage.

– C'est pas ta faute, Ginny. Tu n'y es pour rien. Et je... hum, je suis vraiment désolée, pour Chris. Je sais que tu l'aimais beaucoup.

En d'autres termes, je savais que Ginny était capable de voir le bon côté de Chris. Et en ça, elle était mieux que moi, parce que moi, je n'avais jamais pu. Est-ce pour ça que Nick et Chris étaient plus proches qu'ils n'en avaient l'air ? Qui sait, ils étaient peut-être liés par cette face cachée de leur personnalité qui n'était pas la seule, ni même la meilleure ?

– Depuis que Nick m'a fait ça, a repris Ginny en pointant le doigt sur son visage, j'ai envie de mourir. Tu ne peux pas savoir le nombre d'interventions que j'ai eues... et encore, tu as vu à quoi je ressemble ? Je n'avais aucune envie de mourir sur le moment, pendant la tuerie, je veux dire. Au contraire, je priais pour qu'il ne tire pas sur moi. Mais aujourd'hui, je me demande si je n'aurais pas préféré y passer. Dès que je sors, j'entends les gens qui font des commentaires dans mon dos, genre « Quel dommage. Elle était jolie. » Elle était... Comme si c'était du passé. Non pas que le fait d'être jolie soit la chose la plus importante du monde, mais...

Inutile qu'elle poursuive, j'avais compris. Être jolie, c'est pas tout, mais être franchement moche, ça peut l'être.

J'étais désemparée. Elle était tellement directe, tellement courageuse, que je ne savais que lui répondre. J'ai jeté un œil sur mon jean. J'ai repéré une légère déchirure sur la cuisse et j'en ai profité pour y enfoncer un doigt.

– Tu sais, a-t-elle poursuivi, je ne me souviens pas de tout ce qui s'est passé ce jour-là. Mais j'ai parfaitement conscience que tu n'y étais pour rien. Je l'ai dit à la police. Avec Jessica, on est allées au commissariat et tout et tout. Mes parents étaient vraiment mal. Ils avaient besoin de s'en prendre à quelqu'un qui était toujours en vie. Ils n'arrêtaient pas de me dire que je ne pouvais pas savoir toute la vérité. Que j'oubliais sûrement des éléments. Mais moi, je n'avais aucun doute, tu n'avais pas tiré. Je t'ai vue, quand tu t'es enfuie après avoir essayé de l'empêcher de tirer. Et je t'ai aussi vue quand tu t'es agenouillée près de Christy Bruter pour lui venir en aide.

Je continuais à tripoter le trou de mon jean sans rien dire. Épuisée, Ginny s'est laissé aller contre son oreiller en refermant les yeux.

– Je te remercie, ai-je fini par dire, tout doucement, comme si je m'adressais au trou dans mon jean plus qu'à elle. Je te demande pardon. Vraiment, sincèrement, je te demande pardon pour ce que tu as subi. Par ailleurs, peut-être que tu t'en fiches, mais je te trouve aussi jolie.

– Merci.

Sa respiration est devenue de plus en plus lente, régulière, et j'ai compris qu'elle s'endormait.

Mon regard errait jusqu'au moment où je suis tombée sur un journal qui traînait sur la chaise où était assise sa mère. Le gros titre m'a sauté à la figure en hurlant :

Tentative de suicide d'une rescapée de la tuerie
Le directeur du lycée de Garvin confirme son soutien
aux élèves

Comme par hasard, l'article était signé par Angela Dash. Tout à coup, j'ai eu un flash. J'ai pris le journal, je l'ai plié en quatre et je l'ai fourré dans mon sac à dos.

– Il vaut mieux que je te laisse dormir, ai-je murmuré. Je sais ce qu'il me reste à faire. Je reviendrai, c'est promis, ai-je ajouté d'une voix timide.

– D'accord, ça serait sympa, m'a répondu Ginny sans rouvrir les yeux.

40

— Oui, tu devrais, m'a répondu le docteur Hieler en renversant la moitié d'une tasse de café dans l'évier de la petite cuisine de son cabinet.

J'avais foncé directement chez lui en sortant de l'hôpital, non seulement parce que je n'avais nulle part ailleurs où aller, mais parce que j'avais une idée et il fallait que j'en parle à quelqu'un. J'avais de la chance, il était entre deux patients et il avait deux ou trois minutes de répit.

— Écris quelques lignes. Pas forcément un mot d'excuse ni rien. Juste quelque chose au nom de ta promotion.

— Genre, un poème ?

— Un poème, pourquoi pas ? C'est une bonne idée. Juste quelques lignes.

Il est retourné dans son bureau où je l'ai suivi comme un toutou.

— Je leur propose de le lire le jour de la remise des diplômes, par exemple ?

— Ouich, a-t-il dit en faisant glisser avec sa main une petite pile de chips dans la poubelle.

— Moi ?

– Toi, oui.

– Vous n'avez quand même pas oublié que pour eux je suis Sœur Funèbre ? Ou la fille qui déteste tout le monde et celle que tout le monde déteste ?

– C'est justement pour ça qu'il faut que tu le fasses. Parce que tu n'as rien à voir avec cette fille, Val. Tu n'as jamais rien eu à voir avec elle.

Il a jeté un coup d'œil sur sa montre en ajoutant :

– J'ai quelqu'un qui m'attend.

– OK. Merci pour votre conseil.

– Ça n'est pas un conseil. C'est un devoir de classe, a-t-il conclu en me raccompagnant à la porte.

41

— Tu peux m'attendre ici ? ai-je demandé à Maman. J'en ai pour deux secondes.
— Ici ? Devant le siège du journal ? Qu'est-ce que tu vas faire là-dedans ?

Nous étions devant un bâtiment en briques dont le fronton annonçait : SUN-TRIBUNE.

— C'est pour le lycée. Pour notre projet de mémorial. Il faut que je récupère de la documentation dans le bureau d'une femme qui travaille ici.

Tous les signaux d'avertissement de Maman devaient être déclenchés. Il faut dire qu'elle était à peine rentrée du bureau, plus tard que d'habitude, quand je l'avais appelée pour lui demander de passer me prendre devant chez le docteur Hieler et de m'accompagner directement au bureau du *Sun-Tribune*, sans autre explication que « Je t'expliquerai plus tard, je te promets. »

Cela dit, malgré son air sceptique, elle était tellement soulagée de voir qu'aucune voiture de police ne nous suivait et que je n'avais pas de menottes qu'elle ne s'est pas fait prier.

– Ne t'inquiète pas, Maman, l'ai-je rassurée, la main sur la poignée de la portière. Fais-moi confiance pour ce coup-là.

Elle m'a jeté un long regard avant de retirer mes cheveux de mon épaule en répondant :

– D'accord. Je te fais confiance.

– Je n'en ai pas pour longtemps.

– Fais ce que tu as à faire. Je t'attends ici.

Je suis sortie de la voiture, et sans hésiter je suis entrée dans le bureau du *Sun-Tribune* en poussant les deux battants de la porte. Un gardien assis au fond du vestibule m'a indiqué une feuille pour que je signe. Je me suis exécutée et il a pris la feuille en lisant tout haut mon nom.

– Et la raison de votre rendez-vous... ?

– Il faut que je voie Angela Dash.

– Elle vous attend ?

– Non. Mais elle a beaucoup écrit sur moi, alors à mon avis, elle sera plutôt contente de me voir.

Malgré son air dubitatif, il a décroché son téléphone et marmonné deux ou trois mots. Quelques instants plus tard, une petite brune rondelette avec une jupe en jean un peu trop serrée et des bottines démodées est venue m'accueillir. Elle m'a tout de suite ouvert la porte pour m'introduire dans les bureaux.

– Je suis Valérie Leftman.

– Je sais qui tu es, m'a-t-elle répondu avec une voix un peu masculine.

Elle a foncé le long d'un couloir en accélérant le pas et je l'ai suivie tant bien que mal. Puis elle a disparu dans un petit bureau miteux à peine éclairé, si ce n'est par la lueur grise de l'écran d'un ordinateur. Je suis entrée. Elle était déjà assise derrière son bureau.

– Si tu savais le nombre de fois où j'ai cherché à te joindre, m'a-t-elle lancé en fixant son écran et en agitant fébrilement sa souris. Le moins qu'on puisse dire, c'est que tes parents te protègent.

– J'ai découvert assez tard qu'ils filtraient les appels. Cela dit, j'aurais refusé de vous parler. À l'époque, je ne parlais pas à grand-monde. Même pas à mes parents, qui me protègent si bien.

– Quel bon vent t'amène ? Tu te sens enfin prête à parler ? Inutile de te dire que si c'est ça, on n'a plus besoin de toi. Ton histoire commence à sentir le réchauffé. À part la tentative de suicide et la minute de silence qu'on vous a demandée au lycée, il n'y a plus grand-chose de nouveau. La page est tournée. La tuerie, c'est du passé.

Physiquement, Angela Dash ne ressemblait pas à ce que j'imaginais. En revanche, son comportement me surprenait tellement peu que ça m'a donné des ailes. Sans hésiter, j'ai ouvert mon sac et j'ai sorti l'article que j'avais subtilisé dans la chambre de Ginny à l'hôpital. Je l'ai balancé sur son bureau en disant :

– Je vous demande d'arrêter ce genre d'articles. S'il vous plaît.

Elle a lâché sa souris et retiré ses lunettes avant de les essuyer avec l'ourlet de sa jupe. Puis elle les a remises en clignant les yeux, réagissant brusquement :

– Pardon ?

– Tout ce que vous écrivez est faux. Rien ne se passe comme vous le racontez dans vos articles. À vous lire, on croirait que tout le monde a franchi un immense pas et qu'on est prêts à organiser une grande fête de l'amour au lycée. Vous avez tout faux.

– Je n'ai jamais parlé de fête de l'amour...

– En plus, on dirait que Ginny Baker est une espèce de folle suicidaire, incapable de se remettre du drame, alors que pour les autres ça ne pose aucun problème. C'est un mensonge pur et dur. Vous ne l'avez jamais interviewée. Jamais. La seule personne avec qui vous avez discuté, c'est M. Angerson, et vous vous contentez d'aligner tous les mensonges qu'il vous demande d'aligner. Monsieur ayant peur de perdre son boulot, il fait comme si le lycée de Garvin avait retrouvé sa petite vie tranquille.

– Moi, j'aligne des mensonges ? a-t-elle répété avec un petit sourire désinvolte. Je peux savoir ce qui te fait dire ça ?

– Le fait que je suis au cœur de cette histoire. Tous les jours, j'y suis, dans ce lycée. Et tous les jours je suis témoin de ce que les gens souffrent. J'y suis et je peux vous dire que Ginny Baker n'est pas la seule qui souffre. J'y suis, et je peux vous dire qu'entre ce que M. Angerson voit et ce qu'il veut voir, il y a un monde. Vous n'avez jamais mis les pieds dans ce lycée. Jamais, pas une fois. Vous n'êtes jamais venue chez moi. Vous n'avez jamais été à un match de foot, jamais assisté à un entraînement de course à pied ou à un cours de danse. Vous n'avez jamais pensé à aller voir Ginny à l'hôpital.

– Tu n'as aucune idée des lieux où je suis allée.

– Arrêtez d'écrire. Arrêtez d'écrire sur nous. Sur Garvin. Foutez-nous la paix.

– D'accord, je vais réfléchir à tes conseils, m'a-t-elle répondu avec cette pointe d'accent un peu doucereuse. Mais pardonne-moi si j'en parle d'abord au rédacteur en chef. Je te tiendrai au courant.

Je l'ai regardée un peu plus calmement et j'ai vu à quel point elle était petite – elle que j'avais toujours considérée comme une géante au bras long.

– Tu permets, j'ai un reportage à finir. Maintenant, si tu cherches à découvrir la « vérité » dans ce qui s'écrit, peut-être que tu devrais essayer d'écrire un livre toi-même. Si ça peut t'aider, sache que j'arrondis mes fins de mois en faisant le nègre.

C'était clair : non seulement Angela Dash était paresseuse, mais c'était une mauvaise journaliste prête à écrire ce que bon lui semblait. L'histoire que M. Angerson voulait que le monde entier entende serait celle qui serait racontée. Jamais la vérité de l'histoire du lycée de Garvin ne serait connue. Et face à ça, j'étais impuissante.

Sauf en un point.

Vite, j'ai quitté son bureau et j'ai couru rejoindre Maman qui m'attendait au bord du trottoir.

– Tu as eu ce que tu voulais ? m'a-t-elle demandé. Tu as récupéré la documentation dont tu avais besoin ?

– Oui. Je n'en reviens pas. J'ai eu exactement ce que je voulais.

42

Tant pis, il était peut-être trop tard pour que je rejoigne l'équipe du BDE qui travaillait sur le projet de mémorial, mais peu importe. Je n'avais rien à perdre. Il nous restait deux semaines de cours avant la remise des diplômes et je voulais absolument faire part de mon idée à Jessica.

J'ai pris mon courage à deux mains et je suis entrée dans la salle, prête à affronter les regards de tout le BDE, sauf que la seule personne présente était Jessica, plongée dans une pile de papiers.

– Salut, ai-je lancé sur le pas de la porte. (Elle a levé les yeux.) Où sont passés les autres ? Je croyais qu'il y avait une réunion du bureau.

– Ah, salut. Annulée. Stone a la crève. Je potasse mon examen de maths. Mais, attends... Tu voulais venir à une réunion du BDE ? Je croyais que tu avais laissé tomber.

– J'ai une idée pour l'inauguration du mémorial.

Je suis allée m'asseoir à côté d'elle. J'ai sorti la feuille de papier sur laquelle j'avais noté le plan de ce que je voulais dire – je m'étais creusé la tête toute la nuit – et je la lui ai donnée. Elle l'a tout de suite lue.

– Pas mal ! Pas mal du tout. Super bien, Val !

Elle m'a regardée de côté en me proposant :

– Tu veux que je t'accompagne ?

– D'accord.

Notre premier arrêt prévu était chez M. Kline. Il habitait dans une coquette petite maison brune avec des jardinières de fleurs à l'abandon, et un chat orangé, maigrelet, assoupi sur les marches du porche de l'entrée.

Jessica s'est garée dans la contre-allée avant d'éteindre le moteur.

– Prête ?

J'ai hoché la tête. En vérité, j'étais loin d'être prête, mais je n'avais pas le choix, il fallait que j'aille jusqu'au bout.

Regarde les choses telles qu'elles sont, je me disais pour m'encourager. *Regarde ce que tu as vraiment sous les yeux.*

Nous sommes descendues de la voiture avant de grimper les marches jusqu'à la porte. Aussitôt le chat est allé se cacher dans un buisson en miaulant. J'ai sonné...

J'ai entendu un aboiement de chiot de mauvais augure derrière la porte, suivi par des chuchotements de quelqu'un qui essayait de le faire taire. Jusqu'au moment où la porte s'est ouverte et un petit bout de femme avec les cheveux ébouriffés et d'immenses lunettes nous a jeté un regard suspicieux. Un petit garçon suçait une glace à l'eau en louchant derrière elle.

– Vous cherchez quelqu'un ?

– Bonjour madame, ai-je répondu, un peu fébrile. Euh... Madame Kline ? Je me présente, Val...

– Je t'avais reconnue. Que veux-tu ?

Sa voix avait fusé, telle une volée d'échardes glacées. Je

n'en menais pas large. Jessica m'a jeté un coup d'œil discret, et elle a dû sentir que je m'effondrais car elle a tout de suite enchaîné :

– Nous sommes désolées de vous déranger, mais nous aurions voulu vous parler quelques instants. Il s'agit d'un projet qui concerne, entre autres, votre mari.

– Un projet de mémorial, ai-je précisé sans réfléchir.

J'étais rouge comme une pivoine, les joues en feu. Le fait d'entendre mentionner le nom de son mari me mettait trop mal à l'aise. Tout à coup, le fait que cette petite bonne femme solide se retrouvait seule à élever ses enfants devenait une réalité concrète.

Elle nous a dévisagées un long moment, manifestement plongée dans un abîme de réflexions. Qui sait, elle se demandait peut-être si j'avais un revolver et si j'étais prête à tirer sur elle, privant ses enfants de leur mère ?

– Entrez, a-t-elle fini par dire en ouvrant grand la porte. (Elle s'est mise de côté pour nous permettre de nous glisser dans le salon bourré à craquer.) Je vous préviens, je n'ai pas beaucoup de temps.

– Merci, a répondu Jessica.

Trois quarts d'heure plus tard, nous étions chez Abby Dempsey, une visite qui devait être une véritable épreuve pour Jessica : elle était très proche d'Abby, et elle n'avait pas revu ses parents depuis son enterrement.

Une heure plus tard encore, nous étions en train de discuter avec la sœur aînée de Max Hill, Hannah, toutes trois assises sur des fauteuils de jardin dans le garage de leur maison.

Et en fin de journée, nous étions au chevet de Ginny qui

pleurait toutes les larmes de son corps face à une montagne de mouchoirs en papier. Elle avait eu une journée particulièrement rude. Elle mourait d'envie de rentrer chez elle, mais la veille, elle avait cassé un miroir de poche et tenté de se tailler les veines avec un bout de verre. Ils avaient décidé de la garder à l'hôpital et elle n'en pouvait plus. Sa mère nous avait expliqué la situation dans la salle d'attente.

À huit heures du soir, nous mourions de faim, mais il nous restait une dernière personne à aller voir. Jessica s'est arrêtée pour prendre de l'essence dans une station et j'en ai profité pour faire une réserve de saucisses Slim Jim et de paquets de chips. J'ai appelé Maman pour lui dire que je rentrerais un peu tard et j'ai failli pleurer de bonheur quand je l'ai entendue répondre qu'il n'y avait pas de problème, simplement que je fasse attention et que je passe la voir en rentrant. C'était exactement ce qu'elle m'aurait dit avant... la tuerie.

– C'est peut-être pas une bonne idée... ai-je bafouillé.

On était sur le parking de la station en train de grignoter et j'avais mal au ventre à cause de toutes les cochonneries pleines de graisse que je venais de manger.

– Tu rigoles ! s'est exclamée Jessica en avalant une chips au fromage. Ton idée est topissime ! En plus on a presque fini. C'est pas le moment de reculer.

– Non, mais je me demandais si on ne risquait pas de blesser les gens plutôt que de les soulager. Je me disais...

– Tu te disais que tu as la trouille d'aller chez Christy Bruter, Val. Cela dit, je te comprends, mais il est hors de question de laisser tomber.

— Sauf que c'est elle qui a tout déclenché, le jour où mon MP3...

— C'est pas elle qui a tout déclenché. Celui qui a tout déclenché, c'est Nick. Ou le destin. Ou peu importe. On s'en fout. On y va.

— Non, attends, j'ai des doutes...

Elle a écrasé le paquet de chips au fromage vide et l'a jeté sur la banquette arrière. Puis elle a tourné la clé pour rallumer le moteur et la voiture a filé.

— Moi, je n'ai aucun doute. Allez, en route !

Je n'avais pas le choix. Je me suis laissé embarquer.

— Ça me fait souffrir de temps en temps, expliquait Christy Bruter, assise sur le canapé entre son père et sa mère.

Elle parlait en regardant exclusivement Jessica, mais je pouvais difficilement lui en vouloir. Moi aussi j'avais du mal à la regarder droit dans les yeux.

— À vrai dire, a-t-elle repris, je ne dirais même plus que ça me fait vraiment souffrir. Disons que ça m'a fait un effet bizarre. Honnêtement, ce qui me manque le plus, c'est de ne plus pouvoir jouer au foot. Une université m'avait déjà proposé une bourse pour que je fasse partie de son équipe. En plus mon père devait m'entraîner, mais aujourd'hui...

— Aujourd'hui, il pense qu'il a eu la chance d'avoir pu t'entraîner pendant des années, est intervenu son père en serrant tendrement la cuisse de sa fille. Et aujourd'hui, il pense également qu'il a de la chance d'avoir une fille en vie, qui peut aller à l'université.

La mère de Christy a marmonné un vague « amen » en se tamponnant les yeux du bout des doigts. Elle était blottie contre sa fille, tapotant gentiment son genou ou hochant la tête pour approuver ce qu'elle disait, tout en affichant un sourire un peu contraint.

— Est-ce que tu... ai-je bafouillé avant de m'interrompre, ne sachant plus très bien ce que je voulais dire. *Est-ce que tu m'en veux ?* Voilà ce que je voulais demander à Christy. *Est-ce que tu me hais d'autant plus ? Tu aurais préféré que Nick me tue ? Est-ce que tu fais des cauchemars dans lesquels j'apparais ?*

M. Bruter a dû comprendre mon malaise parce qu'il s'est penché vers moi avant de répondre :

— Nous avons beaucoup réfléchi au sens du pardon depuis le drame. Et sache que nous n'avons aucune envie que quiconque souffre à cause de ce qui s'est passé. Quiconque.

Christy avait les yeux rivés sur ses genoux. Quant à Jessica, j'ai senti qu'elle se rapprochait de moi.

— Certains sont des héros morts pour leur lycée, a repris M. Bruter. D'autres des héros qui ont failli mourir pour leur lycée. Et puis il y a ceux qui ont mis fin à la tuerie. Qui ont appelé le numéro d'urgence en voyant Christy allongée par terre. Qui ont posé la main sur son ventre pour l'empêcher de saigner. Des héros qui... qui ont perdu ceux qu'ils aimaient. Nous sommes reconnaissants envers tous les héros de Garvin.

Jessica a posé la main sur mon bras. Pour la première fois, je me sentais entourée. Je me sentais – mon Dieu, comment avais-je pu en arriver là ? – fière.

Le soir même, quand je suis rentrée à la maison, épuisée, je suis tombée sur Maman et Mel qui regardaient la télé sur le canapé.

— Il se fait un peu tard, a murmuré Maman en enlaçant tendrement Mel.

Elle avait les deux jambes de côté sur le canapé. Elle avait l'air à l'aise, détendue, comme jamais je ne l'avais vue, même avec Papa.

– Je commençais à m'inquiéter, ma chérie.

– Pardon. Il faut absolument que je finisse mon projet avant la remise des diplômes.

– Mais tu l'as fini maintenant ? m'a demandé Mel.

À ma grande surprise, je n'ai pas été gênée qu'il me pose la question. Finalement, c'était un type plutôt bien. Et grâce à lui, Maman était de plus en plus souriante, alors je dirais même plus, un type carrément sympa.

– Disons que j'ai fini le travail préliminaire. J'ai interviewé tous les gens dont j'avais besoin.

Il a acquiescé tranquillement.

– Je t'ai réservé une part du dîner, a ajouté Maman. Tu verras, dans le four.

– C'est gentil, mais Jessica et moi, on a pas mal grignoté. Je crois que je vais monter me coucher tout de suite.

Je me suis penchée pour embrasser Maman, un geste que je n'avais pas fait depuis des années. À tel point qu'elle a eu l'air surprise.

– Bonsoir, Maman, ai-je lancé en montant les escaliers. Bonsoir, Mel.

– Bonsoir, m'a-t-il répondu d'une voix de stentor, noyant la réponse de Maman.

43

J'ai foncé dans le cabinet du docteur Hieler pour ma dernière séance, électrifiée.

– Je crois que je commence enfin à comprendre qui je suis ! ai-je annoncé, tout sourire, en m'installant dans le canapé et en ouvrant une canette de Coca.

– Qui tu es ?

Il s'est installé dans son fauteuil avant de balancer une jambe au-dessus de l'accoudoir, comme d'habitude.

– Bon, d'accord, ça va peut-être vous sembler débile, mais j'ai l'impression que le fait d'avoir été parler à tous ces gens m'a permis de me retrouver.

– Mais qui es-tu, alors ? Ou plus exactement, qui te souviens-tu avoir été ?

– Bon... ai-je répondu en me levant et en arpentant son bureau. D'abord, quand j'étais petite, j'adorais l'école. J'adorais être entourée d'amis, passer du temps avec eux, aller à des matchs de basket avec eux, ce genre de trucs. J'étais vive d'esprit, motivée. Par exemple, j'ai toujours voulu aller à la fac.

– C'est bien. Je ne peux que t'encourager dans ce sens-là.

Je me suis rassise sur le canapé, surexcitée et pleine d'énergie.

– Mais la liste de la haine, je ne peux pas le nier, elle a vraiment existé. J'étais trop en colère. C'était pas pour frimer face à Nick. Bien sûr, je n'en voulais pas à la terre entière, comme lui. D'ailleurs, je crois que je n'ai jamais réalisé à quel point il était en colère. Parce que moi aussi, je l'étais. Les humiliations, les moqueries, les surnoms dégueulasses... mes parents, ma vie... tout ça se mêlait et me paraissait vide de sens, et ça me rendait folle. Peut-être que j'avais un côté suicidaire, même, mais je ne m'en rendais pas compte.

– C'est possible. Tu avais de bonnes raisons d'être en colère, cela dit.

– Vous voyez ? C'était pas du pipeau. Pas complètement.

Je me suis retournée pour regarder par la fenêtre. Les voitures garées sur le parking commençaient à disparaître sous la brume.

– En tout cas, je peux vous dire que c'était pas du chiqué de ma part. (Je regardais les gouttelettes se former sur le capot des voitures.) Ça au moins, on ne peut pas me le reprocher.

– Et faire un super-salto sur les deux mains ? Chiche ?

– Non, toujours pas.

– Tu es sûre ? Moi, oui.

– C'est pas vrai. Menteur !

– Si, je suis très bon, même. Et très fier de toi, Valérie. Honnêtement, là, je ne mens pas.

Comme toujours à un moment ou un autre au cours de ses séances, on s'est déplacés de part et d'autre de l'échiquier. Et comme toujours, il m'a battue à plate couture.

44

— Je sais que tu ne veux pas que je manifeste mon enthousiasme, m'a dit Mme Tate.

Elle était assise derrière son bureau sur lequel étaient posés un beignet entamé et une tasse de café brûlant. Le matin dans son bureau, il y avait toujours un parfum délicieux. Un parfum qui sentait le réveil idéal – riche de promesses, brillant, réconfortant.

— Je n'y peux rien, Valérie. C'est une excellente nouvelle.

— C'est pas vraiment une nouvelle, ai-je répondu. Je voulais simplement savoir si je pouvais emprunter les catalogues des universités. Pour plus tard.

— Bien sûr ! Bien sûr, pour plus tard ! Sans problème. Comment pourrais-je t'en vouloir ? Plus tard, c'est parfait. Mais tout dépend ce que tu entends par plus tard, remarque.

— Je ne sais pas. On verra combien de temps ça me prendra. J'ai besoin de temps pour réfléchir. Vous aviez raison. J'ai toujours voulu aller à la fac et il n'y a aucune raison pour que je renonce à être celle que j'ai toujours été

Elle a ouvert son secrétaire avant de sortir plusieurs catalogues épais.

– Tu n'imagines pas à quel point je suis fière de toi, Valérie. Tiens, prends-les. Tu as le choix. Surtout n'hésite pas à m'appeler si tu as des questions ou si tu as du mal à te décider.

J'ai pris les catalogues. Ils étaient lourds mais c'est une sensation que j'aimais. Pour une fois, l'avenir me paraissait moins sombre que le passé.

Quatrième partie

« Hélas, comment sera-t-il répondu de cette action sanglante ? »

Shakespeare

Je ne pourrais pas dire que je n'étais pas intimidée par les caméras de télé. Certes, on s'attendait à ce qu'il y en ait – on comptait dessus, même – mais tant que ça ? Dès que j'ai essayé de parler, j'ai senti ma gorge se nouer ; elle était complètement sèche.

C'était au mois de mai, mais il faisait déjà chaud, et ma longue toge noire s'enroulait autour de mes jambes à la moindre brise. La remise des diplômes avait lieu, comme c'était la tradition, à l'extérieur, sur l'immense pelouse du lycée du côté est. Un jour – la direction ne cessait de le répéter –, la remise aurait lieu dans un grand auditorium afin d'accueillir un public plus large et de se protéger du temps du Midwest, toujours imprévisible. Mais ce jour-là, la tradition était scrupuleusement respectée. Nous, les élèves de la promotion de l'année 2009, étions au moins tenus à ça. En outre, la tradition a quelque chose de rassurant, reconnaissons-le.

Toute ma famille était là : Frankie, assis entre Papa et Maman, au fond, et plutôt en bout de rangée. Et Briley, de l'autre côté de Papa.

Maman affichait un grand sourire, tout en jetant des regards noirs aux caméramans. C'est là que j'ai pris la mesure de la discrétion avec laquelle elle avait réussi à les éloigner de moi depuis le drame. La seule personne avec qui j'avais parlé, c'était Angela Dash, et encore, c'est parce que j'avais été la voir dans son bureau. En dépit de tout – les accusations jetées à tort et à travers, la méfiance qui pourrissait nos rapports depuis un an –, non seulement Maman avait tout fait pour protéger le monde de moi, sa fille, mais elle avait réussi à me protéger, moi, du monde. Au-delà de la tension qui régnait entre elle et moi, il y aurait toujours cet amour, fondamental, ce sentiment de sécurité dont elle serait l'incarnation toute ma vie.

Quant à Papa, assis entre Frankie et Briley, il n'avait pas l'air très épanoui, mais dès que nos regards se croisaient, un éclair de soulagement fusait dans ses yeux. Un soulagement profond. Un soulagement qui exprimait un espoir tel que, malgré toutes les horreurs que nous avions pu nous dire, je savais qu'un jour nous nous pardonnerions. Même si nous ne pouvions pas oublier. C'était une question de temps.

Çà et là, Briley se penchait vers lui pour lui chuchoter quelque chose à l'oreille et il souriait. J'étais contente qu'il ait une raison de sourire. J'en venais même à regretter que Mel ne soit pas là pour accompagner Maman. Elle aussi aurait eu une raison de sourire.

Frankie avait l'air de s'ennuyer ferme, mais c'était sans doute une pose, un genre qu'il voulait se donner. L'année prochaine, ce serait à son tour de découvrir le lycée de Garvin. De se précipiter sous le regard sévère de M. Angerson pour ne pas être en retard. De s'asseoir dans le bureau de

Mme Tate, où il serait sûrement surpris, et rassuré, de découvrir sa joyeuse pagaille. Je ne me faisais aucun souci pour lui, il s'en sortirait. Quoi qu'il arrive, il se débrouillerait.

J'ai repéré le docteur Hieler. Il était assis derrière Papa et Maman, enlaçant tranquillement sa femme, qui n'avait rien à voir avec ce que j'imaginais. Elle n'était pas particulièrement belle ni glamour. Elle n'avait pas non plus la grâce et l'expression d'infinie patience qui lui auraient donné un air de madone. Au contraire, elle jetait régulièrement l'œil sur sa montre, elle plissait les paupières pour se protéger du soleil, et à un moment je l'ai entendue aboyer je ne sais quoi dans son portable. Bof... je préférais ma version à moi. Autant me bercer d'illusions et croire que les familles idéales, telles que j'imaginais être celle du docteur Hieler, existaient. Surtout pour lui.

J'ai aperçu un éclair mauve dans le public. C'était Béa, les cheveux relevés en un chignon décoré de mille babioles violettes qui carillonnaient dès qu'elle bougeait. Elle avait un ensemble mauve et vaporeux, et un immense sac assorti. Elle me regardait avec un beau sourire, le visage parfaitement serein, magnifique, tel un portrait peint.

M. Angerson est monté sur l'estrade en faisant signe au public de se taire. Il a livré une brève allocution sur le thème de la persévérance, mais manifestement, il ne savait pas très bien quoi dire sur notre promotion. Vu les circonstances, les vieux clichés auxquels on avait recours auraient difficilement fonctionné. Que dire sur l'avenir à tous ces parents hantés par le passé, à tous ces parents ayant vu s'évanouir leurs espoirs pour leur enfant, disparu depuis bientôt un an ? Et comment pouvait-il nous rassurer, nous, marqués à vie par ce qui s'était passé dans cette enceinte sacrée du savoir qu'avant nous aimions ? Non, nous ne quittions pas le lycée avec de joyeux souvenirs – ils étaient éclipsés pour toujours. Non, nous n'organiserions pas de réunions d'anciens élèves – ce serait traumatisant.

M. Angerson s'en est bientôt remis à Jessica, qui est montée sur l'estrade avec une belle assurance. Elle a pris la parole en s'exprimant avec une voix maîtrisée, apaisante, évoquant l'université et le cursus académique qui nous attendaient, autant de sujets neutres qui ne tireraient de larmes à personne. Puis elle a hésité, la tête penchée sur les feuilles qu'elle avait à la main...

Certains commençaient à tousser et à remuer sur leur chaise, diffusant des ondes de malaise dans tout le public. À la voir ainsi sur l'estrade, on aurait dit qu'elle priait – d'ailleurs, on ne sait jamais, c'était peut-être le cas. M. Angerson a agité une main un peu nerveuse dans sa direction, prêt à monter sur la scène pour l'obliger à descendre. Quand soudain elle a levé les yeux, métamorphosée. Adoucie, comme si elle avait abandonné son masque de présidente du Bureau des élèves pour redevenir l'amie qui avait posé sa main sur mon bras au moment où le père de Christy Bruter évoquait la notion de pardon. C'est alors qu'elle s'est lancée :

– Notre promotion demeurera marquée à jamais par une certaine date. Le 2 mai 2008. Jamais personne quittant le lycée de Garvin en 2009 ne pourra voir passer cette date sans avoir une pensée pour quelqu'un qu'il ou elle aimait, aujourd'hui disparu. Sans se rappeler le cauchemar et la panique de ce matin-là. Sans se rappeler la douleur, la perte, le chagrin et la confusion. Sans se rappeler le pardon. Sans se rappeler, tout simplement. C'est pourquoi nous, le Bureau des élèves de la promotion de l'année 2009, avons décidé d'offrir au lycée de Garvin un mémorial en souvenir de...

Sa voix s'est brisée. Elle a fait une pause, inclinant de nouveau la tête avant de se redresser :

– ... en souvenir des victimes du 2 mai 2008. Car jamais nous ne les oublierons.

À ce moment-là, Meghan s'est levée de sa chaise pour aller jusqu'à une sorte de tertre recouvert d'un drap blanc près de l'estrade. Elle a retiré le drap. Un banc en béton est apparu, gris blanc, flambant neuf, presque aveuglant, installé au-dessus d'un trou dans la terre de la largeur d'un écran de télé. Il y avait à côté un tas de terre fraîche et une boîte en métal, la capsule témoin, dont le couvercle était ouvert. De ma chaise, j'ai vu que la boîte était déjà pleine de souvenirs – photos, guirlandes de pompons, dés en peluche...

Jessica m'a fait signe de me lever pour la rejoindre sur l'estrade. J'ai pris mon courage à deux mains et je suis montée, les jambes en coton, et elle s'est penchée vers moi pour me serrer dans ses bras.

Son geste m'a rappelé le jour où elle était venue vers moi alors que j'avais décidé d'abandonner le projet de mémorial. Elle avait les larmes aux yeux, et elle m'avait avoué sur un ton grave et désespéré : *J'ai survécu, voilà ce qui fait la différence.* Sur le moment je l'avais mal pris et je l'avais traitée de folle, mais ce jour-là, debout sur l'estrade avec elle pour la remise de nos diplômes, notre projet de mémorial abouti, j'ai compris. J'ai compris ce qu'elle voulait dire et j'ai compris qu'elle avait raison. Tout avait basculé le 2 mai. Nous étions devenues amies, pas tant parce que nous le voulions, mais parce que nous le devions. Je sais, vous allez peut-être penser que je suis folle, mais j'avais l'impression que tel était notre destin.

J'ai senti, plutôt que je ne les ai vus, des flashs d'appareils photo au fond de l'assistance. J'ai entendu des journalistes murmurer entre eux. Jessica s'est écartée pour me laisser la parole et je me suis raclé la gorge...

Ils étaient tous là : Stacey, Duce, David, Mason, mes vieux copains. Et Josh, Meghan, même Troy, assis au fond avec les parents de Meghan. Ils étaient tous là, telle une onde de malaise et de tristesse, chacun cachant sa peine, et chacun se racontant sa propre histoire, ni plus triomphale ni plus tragique que celle du voisin. J'ai pensé à Nick. D'une certaine façon il avait raison : à un moment ou un autre, chacun était gagnant. Mais ce qu'il n'avait pas compris, c'est que l'inverse était aussi vrai : à un moment ou un autre, chacun était perdant. L'un et l'autre étaient forcément liés.

Mme Tate m'observait en se rongeant les ongles. Maman avait les yeux fermés. J'ai été tentée, un quart de seconde, de suivre mon intuition et d'en profiter pour demander pardon. Au monde entier. Officiellement. Car ils avaient peut-être plus besoin d'un « pardon » que de ce que je m'apprêtais à leur offrir.

La main de Jessica a glissé dans la mienne, au moment où j'ai vu Angela Dash plonger le nez dans un carnet et commencer à griffonner. J'ai jeté un œil sur la feuille où j'avais tapé mon discours et je me suis lancée :

— Cette année au lycée de Garvin, nous avons été confrontés à une réalité particulièrement violente. La haine des gens, telle est la réalité que nous avons dû affronter. Les gens haïssent les autres, ils se haïssent eux-mêmes, ils ont des rancœurs, ils attendent des châtiments.

J'ai jeté un œil sur M. Angerson : il avait l'air prêt à bondir sur moi pour m'arrêter au cas où j'irais trop loin. J'ai senti que je vacillais. Heureusement, Jessica m'a serré la main et j'ai repris :

— Aujourd'hui les journaux annoncent que nous avons renoncé à la haine...

Angela Dash a reculé sur sa chaise et croisé les bras, laissant tomber son carnet et son stylo. Elle me dévisageait avec un regard noir et une moue affreuse aux lèvres. J'ai repris ma respiration et j'ai continué :

— Je ne sais pas s'il est possible d'arracher la haine du cœur des gens. Même du nôtre, alors que nous avons été les témoins directs des ravages qu'elle peut provoquer. En tout cas, aujourd'hui nous souffrons, tous. Et nous souffrirons encore longtemps. Mais nous, sans doute plus que quiconque présent ici, sommes obligés de poursuivre en cherchant à établir une nouvelle réalité. Une réalité meilleure.

J'ai jeté un œil sur le docteur Hieler : il avait les bras croisés et se frottait la lèvre avec le doigt. Je crois qu'il a hoché la tête, à peine, dans ma direction. À ce moment-là, j'ai laissé la place à Jessica qui s'est penchée vers le micro, sans me lâcher la main.

– Oui, il est possible de changer, a-t-elle poursuivi. C'est difficile, et la plupart des gens renoncent, mais c'est possible. Par exemple, il est possible de dépasser la haine en ouvrant son cœur à un ou une amie. Ou en sauvant la vie d'un ennemi ou d'une ennemie.

Elle m'a fait un clin d'œil ravi et j'ai souri en retour, un peu triste. Je me demandais si nous serions longtemps amies, même après un moment aussi émouvant. Et même si l'on se reverrait une ou deux fois après la cérémonie.

– Cependant, pour changer, il faut apprendre à écouter et à accepter l'autre. Apprendre à entendre. À entendre, vraiment. En tant que présidente de la promotion de l'année 2009, je vous demande à tous de ne jamais oublier les victimes de la tuerie du 2 mai et d'accepter la réalité de ce que chacun était.

Je me suis raclé la gorge et j'ai pris le relais :

– Beaucoup de ceux qui sont morts ont perdu la vie parce que celui qui a tiré... parce que... parce que mon petit ami, Nick Levil, et moi, nous pensions que ces personnes étaient malveillantes. Mais nous ne voyions en eux que ce que nous voulions voir et... (J'ai essuyé une larme et Jessica m'a lâché la main pour me tapoter dans le dos.) Euh... nous ne... Nick et moi, nous ne savions pas... nous ne connaissions pas la réalité de ce que ces personnes étaient vraiment.

– Abby Dempsey, a poursuivi Jessica, était une cavalière passionnée. Elle avait un cheval qu'elle avait baptisé Nietzsche et qu'elle montait tous les samedis. Il était même prévu qu'elle participe au grand rodéo des jeunes de Knofton cet été. Elle se réjouissait d'avance. C'était ma meilleure amie, a ajouté Jessica, la voix brisée. Voilà pourquoi nous avons décidé de déposer une mèche de la crinière de Nietzsche dans notre capsule témoin au nom d'Abby.

Elle a reculé pour me laisser de nouveau la place. J'avais dans les mains une série de cartes, mais je tremblais et je n'osais plus lever les yeux. Heureusement, j'ai pensé au visage de chaque parent que j'étais allée voir avec Jessica, chaque parent à qui j'avais personnellement demandé de m'excuser. Tous avaient accepté mes excuses. Certains m'avaient pardonné, d'autres non. Certains m'avaient répondu que je ne leur devais aucune excuse et nous avions pleuré ensemble en évoquant des souvenirs de leur enfant.

– Christy Bruter, ai-je repris, vient d'être acceptée par Notre Dame University, où elle a l'intention de suivre des études de psychologie. Elle voudrait se consacrer aux personnes victimes de traumatismes et elle a commencé à écrire un livre à quatre mains sur son expérience de mort imminente. Elle a choisi de déposer un petit ballon dans la capsule témoin.

– Le 2 mai dernier, a enchaîné Jessica, Jeff Hicks venait de rentrer de la maternité où il avait découvert son nouveau petit frère. Il est arrivé en retard au lycée, mais il était ravi, tout excité d'accueillir un autre garçon dans la famille. Il avait même proposé un prénom pour le bébé, Damon, en hommage à l'un de ses joueurs de foot préférés. C'est donc en l'honneur de Jeff que ses parents ont appelé leur petit garçon Damon Jeffrey. Et nous avons déposé le bracelet de la maternité de Damon dans la capsule témoin au nom de Jeffrey.

– Ginny Baker... ai-je continué en prenant une longue respiration.

J'avais un millier de choses à dire au sujet de Ginny. Elle qui avait tant souffert. Qui souffrait toujours. Qui n'était pas là parce qu'elle se croyait obligée d'achever ce que Nick avait commencé. Qui s'autopunissait parce qu'elle était persuadée que c'est elle qui avait déclenché cette série d'humiliations fatale.

– Ginny avait deux ans quand elle a gagné le concours de beauté de la région. Sa mère nous a dit qu'elle participait depuis toujours aux concours régionaux ; il paraît qu'à six ans elle avait appris toute seule à manier une baguette de *cheerleader*. Ginny a décidé de... (j'étais au bord des larmes) de ne rien déposer dans la capsule témoin.

Et ainsi de suite... Jessica et moi, nous avons tour à tour évoqué les vies et les souvenirs déposés au nom de Lin Yong, Amanda Kinney, Max Hills et les autres. La femme de M. Kline a éclaté en sanglots quand nous avons mis au nom de son mari une pièce de 25 *cents*, en souvenir de l'habitude qu'il avait de jeter une pièce jaune aux élèves qui répondaient correctement à ses questions. Une de leurs petites filles avait le visage enfoui dans les jupes de sa mère, tétanisée.

Une fois la dernière victime évoquée, je suis descendue rejoindre ma place en regardant droit devant moi. Le bruit des gens qui se mouchaient me semblait assourdissant.

Jessica s'est retrouvée seule sur l'estrade, mais elle se tenait bien droite, le nez rouge mais avec un aplomb impressionnant. Ses cheveux blonds ondulaient dans la brise telle une toile d'araignée.

– Je voudrais finir en rappelant le nom de deux personnes...

J'ai froncé les sourcils en faisant le compte. On n'avait oublié personne, que je sache.

– Nick Levil, qui était fou de Shakespeare.

Je suis tombée des nues. Comment le savait-elle ? Elle avait rendu visite à sa mère ? Et si oui, pourquoi l'avait-elle fait sans moi ? J'ai regardé le banc en béton. Bien sûr que le nom de Nick y figurait, c'était même le dernier de la liste. J'ai eu un léger hoquet, c'était plus fort que moi, et j'ai éclaté en sanglots, surtout quand elle a déposé le vieil exemplaire écorné d'*Hamlet* dans la capsule témoin – l'exemplaire dont Nick m'avait lu tant de passages... C'est à peine si j'ai entendu la fin de son allocution :

– Valérie Leftman est la véritable héroïne du jour. C'est la personne la plus courageuse que j'aie jamais vue dans la vie, car c'est elle, et elle seule, qui m'a sauvé la vie et qui a empêché que la tuerie du 2 mai 2008 ne se transforme en un carnage pire encore. Aujourd'hui, c'est donc elle que j'ai le bonheur de pouvoir présenter comme mon amie. Elle a choisi de déposer dans notre capsule un carnet de dessins.

Elle a sorti mon carnet à spirale noir et l'a déposé sur l'exemplaire d'*Hamlet* de Nick. Mon symbole à moi sur le symbole de la fuite de Nick... ensemble, tous les deux.

Elle a fini en remerciant le public pour sa présence, puis elle est descendue de l'estrade. Personne n'a applaudi. Quand tout à coup, tel un immense volume d'eau arrivant à ébullition, un tonnerre d'applaudissements a jailli et plusieurs personnes se sont levées de leur chaise.

Je me suis retournée pour voir : Papa et Maman applaudissaient tous les deux en se frottant les yeux. Le docteur

Hieler, lui, était debout devant sa chaise et ne cherchait même plus à cacher ses larmes.

M. Angerson est remonté sur l'estrade, revenant au cœur du sujet, la remise de nos diplômes et l'avenir qui nous attendait.

J'ai pensé à la valise que j'avais déposée sur mon lit avant de venir. Presque bouclée, avec toutes mes affaires. La photo de Nick et moi sur le rocher au bord du lac Bleu, cachée sous une pile de sous-vêtements. L'exemplaire du livre, *Le Don de la peur*, que m'avait offert le docteur Hieler, avec sa dédicace et un vœu : « Pourvu que tu sois en sécurité. » La pile de cartes de visite que Papa m'avait glissée dans la main sans un mot, samedi, quand il était passé prendre Frankie. Les catalogues d'universités que j'avais récupérés dans le bureau de Mme Tate...

Puis j'ai pensé au train que je comptais prendre le lendemain matin, pour une destination inconnue. J'imaginais Maman en larmes sur le quai, me suppliant de ne pas partir, surtout sans savoir où ni pourquoi. Et Papa, soulagé, dont je regarderais la silhouette diminuer à travers la fenêtre à mesure que le train s'éloignerait. Papa à qui je n'en voulais plus, malgré tout ce qu'il m'avait infligé.

J'imaginais aussi tout ce que je risquais de rater une fois partie. Et si Maman et Mel se mariaient pendant que j'étais absente ? Et si je n'étais pas là le jour où Frankie aurait son premier petit boulot, surveillant à la piscine municipale – au hasard ? Ou le jour où Briley annoncerait qu'elle serait enceinte ? Tout ça allait-il me manquer ? Aurais-je le sentiment que chacun méritait que je sois absente pour fêter chaque heureux événement en paix ?

– Tu es sûre de ça ? m'avait demandé le docteur Hieler lors de notre dernière séance. Tu as assez d'argent ?

– En tout cas, j'ai votre numéro de téléphone.

Nous savions tous deux que je ne l'appellerais pas, même si je me réveillais dans une obscure auberge de jeunesse à l'odeur de renfermé, avec des élancements dans la jambe et la voix de Nick résonnant à mes oreilles. Même si mon cerveau m'autorisait finalement à revoir Nick en train de se tirer une balle dans la tête sous mes yeux, en larmes. Ou même pour lui souhaiter un joyeux Noël, une bonne année, lui dire « Tout va bien », ou encore « À l'aide. »

Ce jour-là, le docteur Hieler m'a prise dans ses bras en déposant son menton sur le sommet de mon crâne et en me chuchotant :

– Tu vas voir, tout va bien se passer.

S'adressait-il à moi ? Ou à lui-même ?

Peu importe. Je suis rentrée à la maison, j'ai commencé à rassembler mes affaires et je les ai rangées dans ma valise que j'ai laissée grande ouverte sur mon lit, sous le regard des chevaux de mon papier peint, immobiles – comme depuis toujours, bien sûr.

Remerciements

En premier lieu, je remercie profondément Cori Deyoe, mon mentor et mon amie, qui a parié sur moi, m'a donné le courage de remettre l'ouvrage sur le métier, et qui fut ma *cheerleader* la plus enthousiaste et la plus éloquente.

Un immense merci à toi aussi, T.S. Ferguson, pour avoir cru à mon histoire et m'avoir tant appris sur l'art de la narration, répondant inlassablement à mes innombrables questions et m'obligeant à creuser plus loin que je ne l'aurais jamais imaginé. Merci à tous ceux qui, chez mon éditeur, Little Brown, m'ont lue et aidée à mettre en forme ce roman, en particulier Jennifer Hunt, Alvina Ling et Melanie Sanders. Sans oublier Dave Caplan pour sa couverture stupéfiante.

Merci à mes amies écrivains, Cheryl O'Donovan, Laurie Fabrizio, Nancy Pistorius, et les filles du Café Scribe : Dani, Judy, Serena et Suzy, toujours prêtes à me réconforter quand j'étais en proie aux « Je n'y arriverai jamais. »

Merci à ma mère, Bonnie McMullen, qui non seulement m'a dit, mais aussi prouvé, que tout est possible. Et à mon père, Thomas Gorman, qui déclare à qui veut l'entendre que quelle que soit l'histoire que je suis en train d'écrire, c'est la meilleure. Merci aussi à mes beaux-parents, Bill McMullen et Sherree Gorman, et à mes parents par procuration, Dennis et Gloria Hey, de même qu'à ma « sœur », Sonya Jackson, qui m'a certifié, il y a des années, qu'un jour j'y arriverais.

Vis-à-vis de mon mari, Scott, je n'ai pas les mots pour dire ma gratitude, lui qui me soutient, m'aime et croit en moi. À mes enfants, Paige, Weston et Rand, merci pour votre patience et votre présence. J'ai foi en l'avenir quand je vois que vous en êtes à la pointe.

Enfin, je dis tout mon amour et ma reconnaissance à celui qui, quel qu'il soit, manipule les ficelles « là-haut ». Jack, si c'est toi, je te dois un super-baiser !

D'autres livres

Sherman ALEXIE, *Le premier qui pleure a perdu*
Jay ASHER, *Treize Raisons*
Fabrice COLIN, *La Malédiction d'Old Haven*
Fabrice COLIN, *Le Maître des dragons*
Fabrice COLIN, *Bal de Givre à New York*
Sharon DOGAR, *Si tu m'entends*
Norma FOX MAZER, *Le Courage du papillon*
Neil GAIMAN, *Coraline*
Neil GAIMAN, *L'Étrange Vie de Nobody Owens*
Neil GAIMAN, *Odd et les géants de glace*
Gregory GALLOWAY, *La Disparition d'Anastasia Cayne*
Jenny HAN, *L'Été où je suis devenue jolie*
Jenny HAN, *L'Été où je t'ai retrouvé*
Alice KUIPERS, *Deux filles sur le toit*
Joyce Carol OATES, *Un endroit où se cacher*
Kit PEARSON, *Le Jeu du chevalier*
Meg ROSOFF, *Maintenant, c'est ma vie*
Laurie Faria STOLARZ, *Bleu cauchemar*
Laurie Faria STOLARZ, *Blanc fantôme*
Laurie Faria STOLARZ, *Gris secret*
Laurie Faria STOLARZ, *Rouge souvenir*
Laurie Faria STOLARZ, *Mortels petits secrets*
Laurie Faria STOLARZ, *Mortels petits mensonges*
Gabrielle ZEVIN, *Une vie ailleurs*
Gabrielle ZEVIN, *Je ne sais plus pourquoi je t'aime*

www.wiz.fr
Logo Wiz : Cédric Gatillon

Composition Nord Compo
Impression CPI Bussière en janvier 2012
à Saint-Amand-Montrond (Cher)
Éditions Albin Michel
22, rue Huyghens, 75014 Paris

ISBN : 978-2-226-23974-7
ISSN : 1637-0236
N° d'édition : 19550/01. – N° d'impression : 114085/4.
Dépôt légal : février 2012.
Loi n° 49-956 du 16 juillet 1949 sur les publications destinées à la jeunesse.
Imprimé en France.